투명인간은 밀실에 숨는다

투명인간은 밀실에 숨는다

아쓰카와 다쓰미 지음

이재원 옮김

READbie

차례

투명인간은
밀실에 숨는다

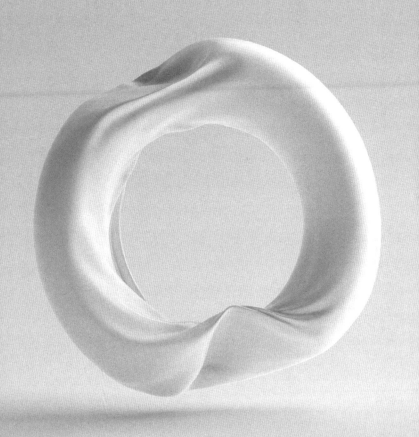

"보다시피, 이 가엾은 양반은 마치 구름처럼 증발해 버렸어요. 남은 거라곤 바닥 위에 저 붉은 자국뿐이죠. 이 세상에서 일어날 수 있는 일이 아닙니다."

G. K. 체스터턴, 〈보이지 않는 남자The Invisible Man〉 중에서

1

세면대 앞에 서서 커다란 거울에 비춰 보니, 목덜미만 도로 투명해져 있다. 경동맥이 지나가는 부근이다. 빛이 투과되니 목 뒤로 길게 드리운 검은 염색 머리가 그대로 거울에 비친다.

"아야코, 목 쪽에 비투명화가 풀린 것 같은데."

옆에서 넥타이를 매고 있던 남편이 거울에서 눈을 떼지 않은

채 말한다.

"그러게. 나도 지금 봤네."

"아침 약 깜박했어?"

"응, 이따 챙겨 먹을게. 근데 여보, 넥타이 비뚤어졌다."

남편의 목 쪽으로 손을 가져가 넥타이 매듭을 단정하게 해 준다.

"고마워. 나 다녀올게."

남편이 빙긋 웃는다. 출근 전마다 보여 주는 부드러운 미소가 나는 좋았다.

"응, 다녀와."

현관 앞에서 남편을 배웅하고 나면, 마침내 느긋한 아침 시간이 된다. 창문으로 들이비치는 아침 햇살 덕에 기분도 상쾌해진다.

남편이 일러둔 대로 약을 먹었다. TV에서 흘러나오는 아침 정보 프로그램을 BGM 삼아 신문을 펼쳤다. 사설에서 '투명인간병'이라는 글자가 눈에 들어왔다. 나도 모르는 곳에 나에 대한 소문이 퍼진 듯한 불쾌감을 느끼면서도, 사설을 쓱 훑었다.

투명인간병. 세포 변이로 전신이 투명하게 변하는 무시무시한 병이다. 현재 일본 전역에서 약 십만 명, 전 세계에서는 7백만 명에게 발병한 것으로 확인되고 있다. 인류 역사상 최초의 사례가 발생한 지 100년 남짓. 투명인간의 존재는 사회 시스템, 군사, 각국의 첩보전에 있어 엄청난 혼란을 야기하였다. 이러한 혼란도 지나가고, 이제는 투명인간과 공생하는 사회를 모색하기에 이르렀다.

그러나 지금, 투명인간을 피해자로 삼는 참혹한 사건이 잇따르고 있다. 얼마 전 내각부에서 실시한 조사에서, 투명인간의 가정폭력 피해가 증가하고 있음이 밝혀졌다. 이러한 피해는 성별에 관계없이 발생했는데, 이는 멍이나 상처가 다른 사람의 눈에 띄어 의심받을 염려가 없다는 점을 이용한 악질적인 범죄다. 보통 가정폭력을 들키지 않으려고 얼굴에 상처를 내지 않는 경우가 많지만, 투명인간의 경우 가해자가 이를 조심할 필요가 없으므로 피해가 더욱 심각하다는 점이 이러한 사건들의 특징이라고 할 수 있다.

현재의 기술로는 투명인간화를 완전히 억제하기는 불가능하다. 따라서 상처를 확인하는 것도 불가능하여, 가정폭력 피해 사실을 확인할 때는 원칙적으로 피해자의 진술에만 의지할 수밖에 없다. 물론 가해자는 폭력을 저지른 사실을 부인할 것이다. 증거를 발견할 수 없다는 게 투명인간 피해자의 입장을 더욱 불리하게 만드는 것이다.

우리는 그동안 투명인간과 함께 살아가는 사회를 모색해 왔다. 투명인간은 자신의 모습을 '비투명화'할 의무가 생겼다. 옷을 입고, 화장을 하고, 머리를 염색하는 것. 그리고 무엇보다 중요한 건 5년 전 마침내 일본에서도 인가된 미국산 신약이다. 투명인간화를 억제하는 이 신약은 아직은 불완전하고, 지정한 색으로 재현하는 것만 가능하나, 복약을 통한 치료에 처음으로 성공했다. 이를 통해 투명한 상태로는 불가능했던 의료적 처치도 실시할 수 있게 되었다. 투명인간병은 몸의 노폐물도 투명하게 만들기 때문에, 혈액마저 투명해져 혈액 검사가 불가능했다. 그러나 이러한 상황도 신약을 통해 개선되었다.

투명인간병에 관련된 기술도 나날이 발전하고 있어, 그 미래 또한 앞으로 더욱 밝게 열릴 것이다.

그러나 투명인간을 둘러싼 사회 문제는 지금도 여전히 불투명함을 더해 가고 있는 듯하다.

너무나 평범한 결론에 머쓱해졌다. 뒤에 이어지는 사설 내용도 이웃 간의 정이 소중하다는 둥, 가까이에 투명인간이 있는 경우 어떤 케어가 필요하다는 둥 피상적인 얘기뿐이었다.

그 옆에 실린 관련 기사가 훨씬 흥미로웠다.

일본 투명인간병 연구의 대가 가와지 아키마사 교수의 신약 개발에 대한 기사였다.

나는 그 기사를 다 읽고는 신문을 덮었다. 그러고는 한동안 멍하니 정신을 놓고 있었던 모양이다. 어느새 점심시간이 되어 있었다. 간단하게 식사를 하고, 투명인간화 억제제 알약을 꺼냈다.

'환자분, 운이 좋으셨네요.'

십수 년 전, 투명인간병이 발병하여 병원을 찾았을 때 들었던 말이 떠올랐다.

'그게 말이죠, '투명인간병'이 국가 지정 난치병이 된 게 몇 년 안 되거든요. 이게 지정이 되고 안 되고는 엄청난 차이라고요.

고가의 약제비를 보조받느냐, 못 받느냐. 이를 가르는 기준이 바로 지정 난치병이냐 아니냐 하는 거거든요. 그러니까, 이렇게 말하는 건 좀 그렇지만, 유명한 병에 걸려서 다행이다, 하고 긍정적으로 받아들일 수 있다고나 할까…….'

사실과 자기 생각을 담담하게 말해 주면 내가 안심할 거라고 믿는 듯한 목소리였다.

싫은 기억이 떠올라 버렸다. 나는 거실 의자에 깊숙이 파묻혔다.

"결국 환자 취급인가."

혼잣말이 새어 나왔다.

물론 약을 먹고 비투명화가 되는 것, 즉 보통 사람들과 똑같아지는 건 좋은 일이다. 몸이 투명한 채로는 사람들이 많은 곳에서 제대로 걸어 다닐 수도 없다. 물건을 사러 갈 수도 없다. 직장도 구하지 못한다. 따라서 약을 먹고, 필요하면 남녀 불문하고 화장을 하는 것이다. 신약이 수입되기 전에는 화장이 불가능한 눈을 커버하기 위해 눈동자까지 그대로 재현한 콘택트렌즈가 투명인간의 기본 아이템이었다.

우리는 어째서, 투명한 상태로 있는 걸 용납받지 못하는 걸까.

조금 전 읽은 가와지 아키마사 교수의 기사가 떠올랐다.

다음 순간, 나는 약을 손에 쥔 채 잘게 부숴 버렸다. 그러고는 남편이 눈치채지 못하도록 변기에 흘려보냈다.

또다시 투명한 몸이 되어야겠어.

가와지 아키마사는 T대학의 교수다. 그의 연구실은 대학 안에 있다. 가장 가까운 역은 U역. 경비가 삼엄할까? 교수에게 접근할 기회가 있을까?

둘 다 투명인간에게는 문제 될 게 없는 일이다. 가와지 아키마사를 죽이겠어. 그 계획이 세워지는 순간이었다.

◆

좁은 골목에서 새된 목소리가 들려왔다.

"아얏, 너, 내 리코더 내놔!"

"뺏긴 게 바보지!"

초등학생 남자아이 둘이 쫓고 쫓기고 있었다. 리코더를 빼앗은 아이가 나와 부딪쳤다.

"아고고, 죄송합니다." 아이가 코를 누르며 말했다.

"괜찮아요. 그래도 앞을 잘 보고 걸어야지."

웃는 표정이 굳어지진 않았는지 걱정됐다.

오전 8시 12분. 이 시간에 이 길로 가면 안 되겠어.

이 동네에는 가와지 교수가 근무하는 대학뿐 아니라 유치원, 초등학교, 진학률이 높은 명문 고등학교 등 교육기관이 잔뜩 있다. 당연히 등교 시간을 고려했어야 했다. 교통량이 많은 큰길을 피해서 온 것까지는 좋았는데, 이런 곳에서 장애물을 맞닥뜨릴 줄이야. 다른 사람과 부딪치는 일이야말로, 투명해졌을 때 가장 피해야 할 공포스러운 일이다.

 스쿨 존은 모두 접근 금지. 나중에 도로 표지판을 알아 두도록 하자.

 투명인간 억제제를 먹지 않은 지 2주가 조금 넘었다. 몸이 점점 원래의 투명했던 상태에 가까워지고 있다. 본업인 메이크업 아티스트로서의 기술을 살려 얼굴과 팔다리 등 노출되는 부위가 자연스럽게 보이도록 화장을 한다. 투명인간은 기본적으로 머리를 염색해서 보통 사람처럼 보이게 하지만, 계획이 떠오른 뒤부터는 머리카락도 탈색을 시작해, 가발을 쓰고 지낸다.

 투명인간으로 돌아가고 있다는 사실을 줄곧 숨기면서, 완전히 투명해진 뒤에 집에서 교수의 연구실까지 찾아가는 과정을 시뮬레이션하곤 했다.

 투명인간의 특징으로는, 다음과 같은 것들을 들 수 있다.

 • 빛이 몸을 투과한다. 투명해지면 어떤 방법으로도 눈에 보이지 않게 된다.

 • 광학적으로는 존재하지 않지만, 물리적으로는 존재한다. 따라서 벽을 통과하는 등의 일은 불가능하다.

 • 자신 이외의 다른 것을 투명하게 하는 기술은 없다. 투명인

간병은 감염되지 않으므로, 다른 사람을 투명하게 하는 것 또한 불가능하다.

첫 번째 특징에 따르면, 연구소의 경비가 아무리 삼엄하다 해도 침입이 가능하다. 나의 계획을 실현시키는 데 가장 요긴한 점이다. 연구소 출입구에는 카드 키로 열 수 있는 잠금장치가 있다. 이는 카드 키를 가진 직원을 슬쩍 따라 들어가면 어렵지 않게 해결된다. 연구소 안에 들어가기만 하면, 다음은 가와지 교수의 연구실만 노리면 될 일이다.

반면 두 번째 특징은 큰 장벽이 된다. 예를 들어 문이 열리는 모습이 누군가의 눈에 띄었는데 문을 여는 사람이 보이지 않는다면, 투명인간이 그 자리에 있다는 증거가 되어 버린다. 물론 흉기를 들고 가는 것 또한 안 될 일이다. 손에 쥔 물건을 투명하게 하는 기술은 없으니까. 흉기가 공중에 둥둥 떠 있는 시간을 줄이려면 가와지 교수의 연구실 안에서 적당한 도구를 확보하는 수밖에 없다.

또한 계획 실행 과정에서는 실오라기 하나도 몸에 걸칠 수 없다. 다른 사람 앞에 알몸으로 나서야 한다는 게 여자로서 꺼려지긴 하지만, 목숨을 건 계획이므로 그 부분은 내려놓기로 했다.

그리고 두 번째 특징과 관련해서 내가 열심히 검토 중인 경로에도 문제점이 남아 있었다.

투명해진 상태에서 길을 걸을 때, 자동차는 물론이지만 지나다니는 사람들이 훨씬 더 무섭다. 마주 걸어오는 사람이 나를 보고 비켜 줄 리가 없으니까. 게다가 어떤 행동을 할지 전혀 예측할 수 없는 어린아이 곁으로는 더더욱 지나갈 수 없다. 너무나 위험하다.

만약 예행 연습을 제대로 하지 않은 채 오늘의 경로를 걸었다면……. 그 아이는 아무것도 없는 빈 공간에서 무언가와 부딪치고 얼마나 놀랐겠는가. 생각만으로도 섬뜩하다.

그뿐이 아니다. 집에서 T대학까지 가는 교통수단도 문제다.

우선 집에서 대학 근처 역까지 전철을 타 봤다. 그 경로는 절망적이었다. 통근 시간, 등교 시간에는 만원이라 누구와도 닿지 않고 탈 수가 없다. 평소 붐비는 노선인지라 시간대를 늦춘다 해도 여전히 불안하다. 버스나 택시에서도 같은 문제가 생긴다.

그래서 남편 차를 타고 대학 근처까지 가기로 했다. 남편이 눈치채지 못하도록, 남편이 출근해서 집에 돌아오기 전까지로 시간대를 정했다. 연구소 출입구에서 직원 뒤에 바짝 붙어 숨어들려면 직원들의 출입이 많은 시간이어야 그만큼 기회도 많아질 거다. 출근 시간대에 가는 것이 베스트. 이렇게 결론을 냈다.

여기서 고민되는 것은 '투명인간이 되는' 장소를 어디로 하느냐다. 집에서 나설 때부터 투명한 채라면, 운전석에 아무도 없는데 차가 움직이는 것을 보고 사람들이 놀라 기절할 테니 말이다.

유리창에 차단 필름을 붙일 수도 없다. 남편이 알게 되면 곤란한 일이니까.

대학교 근처 주차장에 차를 대고, 차 안에서 옷을 벗고 화장을 지우는 것. 이게 최선이겠지. 이때 하지 않는다면, 차에서 내려 화장실 같은 곳으로 가서 해야 할 텐데, 그러면 벗은 옷을 둘 장소가 없다. 차 안에서 투명인간이 되어야 증거가 남지 않는다.

주차장은 어두컴컴하고, 주차요원과 만날 일이 없는 곳이 좋다. 옷을 벗고 화장을 지울 때 눈에 띌 위험을 줄여야 하기 때문이다. 학교에서 가장 가까운 곳에 있는 주차 빌딩을 노리기로 했다.

여기까지는 좋지만, 경로를 연구하는 데는 시간이 걸릴 것 같다.

문제점은 여전히 잔뜩 쌓여 있다.

투명인간이 사람을 죽인다는 것도, 쉬운 일은 아니다.

"아야코, 목욕 아직 멀었어?"

남편이 초조한 목소리로 물었다.

"응, 조금만."

평소에도 목욕을 오래 하니까 의심받을 일은 없겠지. 내겐 해야 할 일이 있었다.

완전히 투명해지면, 몸에 붙어 있는 모두 게 내가 여기에 있다는 신호가 된다. 식사 후 칫솔질이나, 치아 사이를 치실로 청소하는 것 등이 전에 없이 중요한 일이 되었다.

여기서 더 고민되는 것은, 손톱 밑에 끼는 먼지다. 몸의 때는 노폐물이어서 투명한 상태로 배출되지만, '먼지'는 다르다. 얼마 되지 않는 먼지나 더러움이라도, 검은 얼룩이 공중에 둥둥 떠 있는 것처럼 보이게 되어 버릴 테니까.

손톱 청소용 나일론 솔을 사서 어느 정도까지는 제거했지만, 그것만으로는 부족하여 스테인리스로 된 손톱 때 제거기까지 샀다. 다만 의외로 깊숙이 들어가 손톱 밑 피부를 다치기 십상이다. 네일 케어에 공들였을 때보다 몇 배나 정성을 들여 손질한 기분이다.

손톱 밑까지 깔끔하게 하고 벌거벗은 채 거울 앞에 서 보았다.

황홀해질 만큼 투명했다.

샤워기의 물방울이 허공에 부딪쳐 튀어 오른다. 욕조에 몸을 담그면 사람의 형태로 물이 도려내지면서, 그 모양이 내 몸의 형태에 점점 맞춰진다. 오싹해지는 쾌감이었다. 완전히 투명해진 건 병에 처음 걸렸을 때 이후 처음이다. 유쾌한 기분마저 북받쳐 올라왔다.

신약이 수입되기 전, 투명인간화를 가리는 방법이 화장뿐이었을 때, 즐겨 하던 놀이가 있다.

집게손가락 두 번째 관절에서부터 손가락이 시작되는 부분까지 화장을 지우고, 날짜가 내일로 넘어갈 즈음에 이 아파트 베란다에서 보이는 보름달을 향해 집게손가락의 빈틈을 갖다 댄다.

그냥 그게 다였던, 시시한 놀이였다. 보름달이 마치 나만의 반지라도 된 듯한 착각을 맛볼 수 있었다. 지금 북받쳐 오르는 이 기분은, 그때 느꼈던 유쾌함이다.

그러나 계획이 성취되는 건 이제부터다. 아무도 없을 방에서 무참히 살해당한 가와지 교수를 내려다볼 때, 이 유쾌함은 최고조에 이르겠지.

검토를 시작하고 한 달. 8월 3일.

계획을 실행에 옮길 생각이었는데, 아침부터 비가 억수같이 쏟아졌다. 작전은 하루 미루기로 했다.

비와 눈만은 어떻게든 피해야 했다. 빗속을 걸어 다녔다가는 투명인간이 있다는 걸 금세 들키는데다가, 눈길에는 발자국이 반드시 남는다.

8월 4일. 결행의 날. 아침 일찍 일어나 반팔 셔츠와 스커트 밖으로 드러난 팔, 손, 다리, 얼굴에 화장을 하여 약을 먹은 투명인간처럼 보이도록 했다. 투명해진 머리카락은 가발로 감추었다. 발은 남편 앞에서는 양말을 신어서 눈속임하기로 했다.

긴장해서 식욕이 별로 없었지만, 나중에 배에서 꼬르륵 소리가 나서 위치를 들키는 사태가 벌어졌다가는 큰일이다. 복숭아를 믹서에 갈아 숟가락으로 부지런히 떠서 꼭꼭 씹어 삼킨다.

'소화' 시간에 대해서는 계측이 끝난 상태다. 이 시간에 일어나 식사를 하면, 운전해서 주차장에 도착할 때쯤엔 체내 조직과 마찬가지로 '투명'해질 터였다.

"잘 다녀와, 여보."

"……어어, 다녀올게."

남편은 내 쪽은 한 번도 돌아보지 않은 채 집을 나섰다.

5분 정도 간격을 두었다가 자동차 키를 들고 밖으로 나갔다.

집에서 나와 복도 맞은편 집을 바라보며 숨을 내쉰다. 몸이 떨렸다. 우리 아파트는 복도를 사이에 두고 동서로 집들이 마주 보고 있어, 내부 구조는 동서 방향으로 선대칭이다. 지금 내 모습은 비투명인간으로만 보이겠지만, 아침 일찍부터 외출복 차림으로 집을 나서는 게 이웃이 보기에 의심스러울 수 있다. 우리 집은 9층에 있지만 신중을 기하기 위해 지하 주차장까지 계단으로 내려갔다.

남편 차에 올라타 차를 출발시킨다. 사전에 시뮬레이션한 대로의 교통량이어서, 교통 체증에 막히는 일 없이 목적지에 도착. 순조롭게 주차 빌딩 저층에 차를 댈 수 있었다.

차를 세우는데, 시선이 느껴졌다.

아기. 옆 차에 탄 아기가 창문 너머로 물끄러미 바라보고 있다. 멍한 표정으로 엄지손가락을 빨면서. 차에서 내린 부모가 트렁크에서 커다란 짐을 꺼내고 있었다. 이렇게 이른 평일 아침부터 자녀 동반 외출이라니? 하필 오늘? 차 안에서 초조하게 속을 태우며 가족이 사라지길 기다렸다. 아침 시간은 빠르게 움직인다. 단 몇 분 차이로 돌이킬 수 없는 실패가 될지도 모른다.

가족의 모습이 사라지자 나는 서둘러 뒷좌석으로 옮겨 갔다. 옷과 가발을 벗어 버리고 얼굴을 비롯한 노출 부위의 화장을 지웠다. 손톱 밑도 깨끗하다. 주차장 감시 카메라의 위치도 전부 머릿속에 입력되어 있다. 뒷좌석에 있으면 카메라에 찍힐 일은 없다.

이제부터가 문제다.

주변에 아무도 없을 때 뒷좌석 문을 재빨리 열었다 닫았다. 차 키는 미리 준비한 박스 테이프로 차 밑에 붙였다. 이렇게 작은 물건조차도 가지고 갈 수 없기 때문이다.

주차 빌딩을 나오자, 피부에 여름 햇볕이 직접 내리쬐면서 땀이 조금 배어 나왔다. 땀도 노폐물이라 투명하지만, 수건으로 닦아 낼 수도 없으니 찝찝한 상태로 계속 움직일 수밖에 없다.

발자국이 남지 않도록 흙이나 잔디 등은 피하고, 아스팔트와 콘크리트 위만 골라 걸었다. 해가 높이 떠 아스팔트가 뜨거워지면 맨발로 걷는 것도 쉽지 않을 것 같았다. 일을 끝내면 최대한 빨리 차로 돌아가야겠다.

맨발바닥에 가느다란 모래 입자나 먼지가 붙어 버려 가슴이 철렁했다. 사전에 검토했던 사항이지만, 오늘 더위가 예상 밖이다. 발바닥에 땀이 많이 나는 바람에 상황이 심각해졌다. 되도록 그늘을 골라 걸으며 발을 높이 들지 않도록 유의하며 걷는다.

자동차와 사람들을 피해 가며 조금씩 대학교에 접근해 갔다. 투명인간이 되어도 차는 피해 다녀야 하는 건 변함없으니, 인도로 걸을 수밖에 없는데다가 신호를 지켜 도로를 건너야 한다. 빨간 신호 앞에서 기다릴 때는 다른 사람과 부딪치지 않도록 거리를 두다 보니, 보통 사람보다도 더 불편하다. 왠지 모르게 화가 났다.

주차장에서 몇 분 지체한 탓에 한쪽 경로가 초등학교 등교 시간과 겹쳐 버렸다. 경로를 두 가지 확보해 두길 잘했다.

캠퍼스 안으로 들어섰다.

연구소 건물 앞에 서서, 직원이 출근하길 기다린다.

안색이 안 좋고 새우처럼 등이 굽은 남자가 나타났다. 한 손에 프랜차이즈 커피점의 아이스커피를 든 채 건물로 향한다. 나이가 조금 있어 보이는 것으로 보아 대학원생이겠지. 주머니에 손을 쑥 집어넣고 뒤적거린다. 나는 그의 뒤에 딱 붙어 서서, 그가 문을 열길 기다렸다.

사건은 그때 일어났다.

양쪽 주머니를 뒤지려고 아이스커피를 오른손에 쥐었다. 왼손에 쥐었다 정신없이 옮기던 남자는 결국 손이 미끄러졌고, 커피를 땅에 떨어뜨리고 말았다.

'위험해!'

소리를 지르지 않도록 참으며 허둥지둥 뒤로 획 물러났다.

"야! 조심해야지!"

등 뒤에서 화난 여자 목소리가 들려왔다. 그 순간 나는 온통 새파랗게 질렸을 거다.

"이것 봐, 내 실험복에 다 튀었…… 으응……?"

컵에서 튄 커피는 당연히 뒤에 서 있던 여자의 하얀 실험복에 묻었어야 했겠지만, 보이지 않는 내 몸에 튀어 공중에 떠 있었다. 여자가 의아해하는 것도 무리는 아니었다.

"미안, 미안. 미안하게 됐어. 그래도 안에 갈아입을 실험복 정도는 있잖아?"

이렇게 말하며 남자가 카드 키로 문을 열었다.

그 순간, 나는 연구소 내부로 뛰어들어 갔다.

'아기.'

나는 입술을 깨물었다.

주차장에서 마주쳤던 아기. 그 순간부터 시간이 어긋나면서 계획이 틀어지기 시작했다.

그때부터, 모든 게 안 좋은 방향으로 기울어지기 시작한 것이다.

화장실로 내달려 들어가, 페이퍼 타월로 몸에 묻은 커피를 재빨리 닦아 냈다. 여자 화장실에 아무도 없는 게 천만다행이었다.

아까 일로 투명인간의 존재를 눈치챘으려나? 미심쩍어하던 여자도 기분 탓으로 생각해 주면 좋겠는데.

가와지 교수에게까지 이야기가 전해져 경계하는 분위기가 되면, 연구실 문이 잠겨 버릴지도 모른다. 그렇게 되면 침입의 가능성은 사라져 버린다…….

아니지, 이렇게 끙끙거릴 때가 아니다.

커피 사건이 일어났을 때 도망치려고 했다면 도망칠 수 있었다. 하지만 나는 계속 나아갔다. 그 순간 후퇴하지 않겠다는 결의를 확고히 다진 거다. 그렇다면 마지막까지 해내는 수밖에.

화장실 문이 열리더니 정장 차림의 여자가 들어왔다. 문이 열려 있는 사이에 슬며시 문을 밀어 탈출했다. 누군가 제대로 지켜보며 측정했다면 약 3초간 문이 움직임을 멈춘 걸 알아챘을 것이다.

가와지 교수의 연구실 위치는 이미 파악해 두었다. 이제 누군가 연구실을 출입할 때 맞추어 침입하면 된다. 다행히 연구실 앞에서 망을 본 지 몇 분 만에, 리포트를 제출하러 온 남학생이 지나갔다. 운이 따르려는 걸까.

나는 문이 열린 틈을 타 슬쩍 안으로 들어간다.

"교수님, 리포트 제출하러 왔습니다."

"엇, 자네로군……."

교수는 연구실 안쪽 책상 앞에 앉아 있었다. 남학생은 교수를 향해 똑바로 걸어갔다.

나는 두 사람과 거리를 두기 위해, 들어가서 왼쪽에 있는 책상 근처에 몸을 숨겼다.

연구실 안은 꽤 좁았다. 가와지 교수의 책상 외에도 연구원들이 쓰는 책상이 네 개 있고 각각의 책상 위에는 서류가 널려 있어, 컴퓨터를 쓰려면 좀 치워야 할 판이었다. 벽면을 채우고 있는 유리장과 책장에는 온갖 방대한 실험 데이터, 자료, 문헌이 보관되어 있다. 한쪽에는 싱크대가 있는데 연구실에 딸린 것 치고는 조리 도구나 양념이 제대로 갖춰져 있는 것으로 보인다.

"지적한 부분이 제대로 수정된 것 같진 않다만."

교수가 리포트에서 시선을 들어 학생을 바라보며 조목조목 정성스레 설명을 이어 갔다. 언제 끝나려나. 혹시 지금이라도 누가 들어와 투명인간이 침입했다고 알린다면…….

이마에서 슬며시 식은땀이 흘렀다.

흉기로 쓸 만한 물건을 찾아냈다. 문 가까이에 있는 장식 선반 위에 놓인 금속 방패다. 사방 약 20센티미터 정도로, 뭔가의 기념품인 것 같다. 유리장 안에도 기념 트로피 같은 게 진열되어 있지만, 일단 유리장 문을 열어야 한다는 게 고민스러운 지점이다. 싱크대 아래 칸에도 아마 칼이 있겠지만, 역시 문을 열어야 한다는 점에서 위험하긴 마찬가지다.

"수정해서 3일 안으로 가져와. 기한 넘기면 학점은 없어."

남학생이 주먹 쥔 손을 부르르 떨었다. 그러고는 고개를 푹 수

그리고 풀이 죽은 채 방을 나갔다. 가와지 교수는 길게 한숨을 내쉬고는, 의자에 앉은 채 내 쪽으로 등을 돌렸다.

지금이다.

이제야 장식 선반에 가까이 갈 수 있게 되었다.

눈치채지 못하도록 방패를 살짝 들어 올려 본다. 나름대로 무게가 나간다. 들기 힘든 게 흠이지만, 흉기로서는 충분하겠지. 선반 위에 놓여 있을 뿐이어서 손으로 집어 들기까지 많은 동작이 필요하지도 않다.

방패를 집어 들었다. 묵직함을 손으로 느끼면서, 가와지 교수에게 슬며시 접근한다.

그는 키가 2미터 가까이 될까 싶을 만큼 기골이 장대한 남자다. 그에 맞서는 나는 140센티미터대의 힘없는 여자. 상대가 앉아 있을 때 허를 찌르지 않는 한 승산이 없다.

그때였다. 발밑에서 바스락, 소리가 났다.

숨이 멎는다. 소리가 난 쪽을 내려다보니 바닥에 떨어진 서류를 밟고 있다.

"음?"

가와지 교수가 의아한 표정으로 몸을 돌려 내가 있는 쪽을 본다. 그의 눈엔 공중에 둥둥 떠 있는 방패가 비치겠지. 그는 눈을 부릅뜨고 입을 벌려 당장이라도 소리를 지를 듯한 태세였다.

이젠 망설일 틈이 없었다. 나는 양손에 든 방패를 가와지 교수의 이마를 향해 곧장 내리쳤다.

싱크대에서 몸에 튄 피를 씻어 내자 내 몸은 다시 투명한 상태로 돌아왔다.

가와지 교수의 시신이 쓰러진 지점에서 여기까지 핏자국이 점점이 남아 버렸지만, 내 흔적은 하나도 남지 않았을 거다.

컴퓨터에 있는 연구 데이터를 전부 삭제한다. 백업 파일도 완전히 지우고, 유리장 안에 있는 서류 가운데 중요한 건 모두 분쇄기에 넣었다. 이것으로 적어도 몇 년간은, 가와지 교수가 개발하려던 신약의 완성이 늦춰지겠지. 영원히 개발되지 않는다면 더 좋겠지만.

이제야 겨우 한숨을 돌린다.

오전 10시 32분. 생각보다 시간이 걸렸다.

다음으로 할 일은, 잠긴 문을 풀고 사람이 없는 적당한 타이밍을 노려 밖으로 나가기만 하면…….

그때, 누군가 문을 두드렸다.

"가와지 교수님, 가와지 교수님 계십니까."

나는 그 자리에 얼어붙었다.

"무사하신가요? 무사하시면 대답해 주세요. 이 건물 안에 투명인간이 숨어들었습니다."

무엇보다도 나를 공포에 떨게 한 것은 그 목소리의 주인공이었다.

어째서, 남편이, 나이토 겐스케가 여기 있는 거지?

"소용없어요, 나이토 씨. 분명 벌써 살해당했을걸. 투명인간이
이 안에서 언제까지고 멍하니 있진 않을 거 아냐."

처음 듣는 남자 목소리였다.

몇 분이나 더 벌 수 있을까?

나는 다급하게 움직이기 시작했다. 문이 잠겨 있다는 걸 눈으
로 확인한 뒤, 방 안을 살펴보기 시작했다.

그때 등 뒤에서 탁 소리가 났다. 돌아보니 책상 위에 수북이
쌓여 있던 서류가 무너져 내린 것이었다.

"어, 안에서 무슨 소리 나지 않았어?"

"설마 진짜로 이 안에……."

식은땀이 흘러내렸다. 몇 분 더 벌 수 있지? 머릿속이 어지럽
게 돌기 시작했다. 어떻게든 여기서 잡히지 말아야 한다.

나는 이 밀실에서, 어떻게든 사라져야만 한다.

2

내가 아내를 의심하기 시작한 게 언제부터였을까.

첫 번째 실마리는 부추계란볶음과 닭연골튀김이었다.

"오늘은 입맛이 없네. 당신이 다 먹어도 괜찮아."

아야코가 이렇게 말하며 부추계란볶음이 담긴 접시를 내 쪽으로 밀었을 때, 내가 꽤 놀란 표정이었던 모양이다. "내가 뭐 이상한 말 했어?" 하고 아야코가 난처한 듯 웃으며 물었다.

"아니, 별로……."

이렇게 대답하고는 부추계란볶음을 입 안에 쓸어 넣었지만, 내겐 충분히 이상한 일이었다. 부추계란볶음은 우리 부부 둘 다 좋아하는 반찬이다. 특히 아내는 너무 좋아해서 사족을 못 쓴다. 입맛이 없을 때도 이걸 먹으면 기운이 난다고, 본인 입으로 말한 적도 있다.

두 번째 이변은 닭연골튀김. 아내가 좋아하는 반찬 가게에서 마음에 들어 할 줄 알고 사 왔는데, 아내는 젓가락 한 번 대지 않았다. 생각해 보면 부추계란볶음 사건이 있던 날부터 주 반찬이 고기보다는 생선일 때가 많아졌다.

어느 날 아침엔, 주방에서 아내가 과일을 믹서에 갈고 있었다. 내가 항상 늦잠을 자기 때문에 아내는 내가 일어났을 거라고 상상도 못 한 모양이었다. 과일 스무디를 만들어서는 한 번에 삼키지 않고 숟가락으로 조금씩 떠서 바지런히 먹고 있었다. 그러고 보니 요즘 아침 식사를 혼자 하는 일이 많아졌다고 생각했는데, 아내가 이 시간에 아침을 때워서였던 걸까.

바닥에 늘어놓은 커다란 조미료 병에 발이 부딪치며 큰 소리가 났다. 아내가 헛, 하고 숨을 삼키며 재빨리 내 쪽으로 고개를 돌렸다.

"……좋은 아침. 왠지 오늘 아침엔 눈이 일찍 떠져서 말이야."

어색할 게 하나 없는데도, 내 입에서 변명하는 듯한 말이 튀어나왔다.

"어머, 그래? 조금만 기다려. 지금 아침 차릴 테니까……."

아내는 몸으로 믹서를 가리며 말했다. 난처한 듯한 표정을 하고서. 마치 보여 주면 안 되는 걸 보여 준 것처럼.

"요새 아침마다 스무디 먹는 거야?"

"응? 어어, 그러네." 아야코가 미소를 짓는다. "아침 방송에서 봤거든. 과일 스무디가 건강에 좋다더라고. 이게 꽤 맛이 좋아서 요새 좀 꽂혔어. 당신도 만들어 줄까?"

"응, 그래. 한 잔 마셔 볼까."

소파에 앉아 신문을 펴니 가와지 아키마사 교수의 연구에 대한 기사가 눈에 들어왔다.

가와지 교수가 개발 중인 신약으로 투명인간의 신체를 원래 상태로 되돌리는 게 가능해질 거라고 한다. 몸 전체를 재현하는 약 이전에 얼굴이나 팔, 발 등 일부분만 원래대로 되돌리는 시제품을 개발하는 것도 고려 중이라고 한다. 수입 약의 효과가 안 좋을 땐 노출 부위의 '비침'을 커버하려면 화장을 해야 하는데, 시제품만 있어도 그런 수고를 덜어 줄 수 있으니 투명인간의 생활이 상당히 편해질 것이다. 그 옆에 실린 칼럼에는, 가와지 교수의 사생활에까지 접근하여 그의 취미가 근력 운동이라는 것과 그렇게 단련된 그의 신체적 매력에 대해 적혀 있어 쓴웃음이 절로 나왔다.

투명인간병이 등장한 지도 100년 가까이다. 그동안은 치료 정책이든 약제든 그때그때의 증상에 대응하는 방식으로 비투명화를 해 왔다면, 이번에는 마침내 근본적인 치료법에 이르려고 하는 것 같았다. 약의 세계도 일취월장했다.

아내와 처음 만났던 대학 시절에는 아직 미국의 신약이 국내에 인가되지 않아서, 옷과 화장으로 가리는 게 전부였다. 물론 화장을 하는 건 팔다리, 얼굴 등 겉으로 노출되는 부분뿐이었기에, 옷을 벗었을 땐…….

여기까지 생각이 미치자, 생생한 기억과 함께 부추계란볶음, 닭연골튀김, 스무디를 하나로 잇는 선이 보이기 시작했다.

민망한 얘기지만, 아내와의 첫 경험은 순조롭지 못했다. 원인은 그녀의 배 속이었다. 투명인간의 몸은 빛을 투과시킨다. 그녀의 위 속에서 그날 모임에서 먹은 것이 소화되는 장면이 실시간으로 보이며 걸쭉한 액체가 되어 배 속을 맴돌고 있었다. 맥주와 회, 칵테일과 튀김의 혼합물. 그걸 보자 기분이 완전히 시들해져 버렸다.

'미안해요. 오늘은 아무래도 갑작스러웠다 보니…….'

'피부에 바르는 인체에 무해한 페인트가 있거든요. 이럴 줄 알

았으면 제대로 챙겨 바르고 왔을 텐데……'

그녀의 사정을 살피지 못한 내 자신이 한심했다. 남자로서의 수치와 함께, 그날 밤 일어난 일은 교훈으로 삼아 가슴에 새겨져 있다.

여기서 중요한 포인트는, 위 속에서 소화되는 과정이 다 보인다는 사실이다.

부추계란볶음에 들어가는 부추는 섬유질이 풍부한 식품이다. 그리고 연골 역시 소화가 잘되지 않는 음식이다.

시험 삼아 인터넷을 검색해 보니, '투명인간과 음식'이라는 사이트가 나왔다. 섬유질이 많은 음식이나 육류에 포함된 연골, 과일과 채소류의 씨앗은 소화되지 않은 채 한참을 위 속을 돌아다닌다든지, 충분히 씹지 않은 경우에도 그 형태 그대로 변으로 나오는 경우도 있으니 투명인간에게는 주의해서 다뤄야 할 음식이라는 거다. 상당히 오래전에 만들어진 페이지이고, 억제제 수입이 허가되기 전에 쓴 내용이라 끝은 이렇게 마무리 짓고 있었다.

'물론, 이것도 억제제가 수입되면 달라질 이야기다. 기존의 페인트제 등에 비해 훨씬 간편하게 피부색을 재현할 수 있게 해 줄 이 약이, 투명인간에게 식생활의 자유도 열어 줄 것이라는 건 의심할 여지가 없는 사실이다.'

그래, 비투명 상태가 계속된다면…….

그날 아침이 지나고 이틀 후, 나는 아내가 억제제를 먹을 때의 모습을 슬며시 지켜보고 있었다. 약 두 알을 오른손바닥 위에 꺼내 놓고 그 상태로 입으로 가져가, 왼손에 들고 있던 물을 마신다. 아내가 오른손을 움켜쥔 채로 있는 것을 내 눈은 놓치지 않았다. 그 상태로 복도를 걸어가서는 왠지 모르게 오른쪽 벽을 향해 오른손을 뻗어 잠시 허공을 가르더니 왼쪽에 있는 화장실로 들어갔다. 일련의 흐름 속에서 아내는 오른손을 결코 펴려고 하지 않았다. 그동안 약을 먹지 않고 변기에 흘려 버린 것이 분명하다.

이젠 의심의 여지도 없다. 아내는 억제제를 먹지 않은 채 투명인간 '그 자체'로 돌아가려 하고 있다. 투명한 몸으로 돌아가려는 거라면, 섬유질이 함유된 음식이나 연골은 피해야 한다. 물론, 소화되지 않고 배출되면 되지만, 아내의 목적이 무엇이건 간에 배 속에 한동안 남아서 허공에 둥둥 떠 있는 것처럼 보이는 걸 피해야 하는 것이리라. 그렇기 때문에 소화가 잘되는 과일 스무디를 먹는 거다.

하지만, 목적이 뭔지 알 수가 없다.

투명해져서 생활이 편해질 일은 없다. 그럼에도 투명해지려는 거라면, 분명 그럴 만한 이유가 있는 거다.

그렇게 생각하기 시작했을 때, 또 다른 단서가 눈에 들어왔다. 내 차의 기름이 늘어나 있었다. 늘어나 있었다고 하기엔 어폐가 있으나, 내 기억으론 절반 이하로 차 있던 휘발유가 어느새 거의 가득 채워져 있었다. 누군가 멋대로 차를 타고 주유소에 가서 기

름을 넣은 게 틀림없다. 그리고 나 외에 차 키를 사용할 사람은
아내밖에 없다.

내가 집을 비운 사이에 내 차를 타고 어딘가로 외출을 한다…….

일단 떠오르는 건 아내의 외도다.

투명해지고 있는 건, 아무도 모르게 내 앞에서 사라지기 위함일
지도 모른다……. 그렇게 생각하니 무서워서 견딜 수 없어졌다.

내가 아내에게 색을 입히게 하는 건, 언젠가 어디론가 사라져
버릴지 모른다는 두려움 때문인지도 모른다. 아내가 투명해져
버린다면, 내겐 그녀를 찾아낼 방도가 없다. 국가에서도 의료 정
책을 펼치고 투명인간에게 계속해서 색을 입히는 것은 결국, 우
리의 두려움에서 기인한 게 아닐까?

하지만 아내의 배신 같은 건 의심하고 싶지 않았다.

한편으로는 확인하고 싶은 마음도 있었다.

그런 시기에, 우편함에 쑤셔 넣어져 있던 싸구려 전단이 눈에
들어온 것이다. '자카제 요시테루 탐정 사무소'라고 적힌 무미건
조한 글자 밑에 '미행, 맡겨만 주십쇼! 절대 들키지 않을 자신 있
습니다! 어려운 사건 대환영!'이라는 글이 멋들어지게 쓰여 있었
다. 믿을 수 있는 사람인지 판단할 순 없었지만, 나에게 탐정 지
인이 있을 리도 없으니 시험 삼아 이 사람을 만나 상담해 봐야겠
다는 생각이 들었다. 수상한 전단지에 낚일 정도로 그 당시 나는
정신적으로 불안정했었나 보다.

8월 3일 밤. 조사 보고를 듣기 위해 퇴근 후 '자카제 요시테루 탐정 사무소'에 들르게 되어 있었다.

아내에게는 '일 때문에 늦을 거야.'라고 연락해 두었다. 아침부터 하루 종일 많은 비가 내리는 바람에 우산을 썼는데도 발이 다 젖었다.

인터폰을 누르자 문이 기세 좋게 열리더니 밤색 양복을 걸친 깡마른 남자가 얼굴을 내밀었다. 갈색으로 염색한 머리는 아무래도 경박해 보였지만, 오뚝한 콧날과 맑은 눈동자에서 왠지 총명함이 느껴졌다. 내 얼굴을 보자마자 그의 얼굴이 확 밝아졌다.

"이야! 기다리고 있었어요, 나이토 씨!"

사무실 안으로 들어가니 비 오는 날의 습기와 함께 눅눅한 냄새가 코를 훅 찌른다. 빽빽하게 꽂아 둔 서류 다발과 책들 때문인 듯하다. 사무실의 네 벽 중 삼면이 책으로 가득했다. 높이 쌓인 서류 더미 속에서 소파를 찾아내고는 조용히 앉아 탐정의 보고를 기다리기로 했다.

"지난 일주일간 미행 조사를 통해, 아내분의 행적이 파악됐어요. 안심하셔, '절대 들키지 않는' 걸로 인정받고 있으니까. 아내분이 눈치챈 기색은 없었다고요."

이 남자의 자신감은 어디에서 나오는 걸까. 부럽기까지 했다.

"결론부터 말하자면, 부인께서 평일에는 날마다 같은 장소로 차를 몰고 간 게 맞습니다."

"역시……." 예상했던 일이긴 하지만, 역시 충격이 크다. "그래서, 아내가 어디로 갔다는 거죠?"

"U역 근처에 있는 주차 빌딩에 차를 세우고, 거기서부터 걸어서…… T대학으로 가더라고."

"네?"

예상도 못 한 답변이었다.

"그래요, 대학이었다니까. 이게 나이토 씨한테 행운인지 아닌지는 모르겠는데, 불륜 상대의 집으로 간 건 아니었다는 거지. 대학 캠퍼스로 들어가서, 구내에 있는 연구소 앞까지 걸어가. 이걸 매일 반복하더라니까요."

"……무슨 뜻인지 모르겠는데요."

"그렇겠지."

탐정은 일어나더니 책상 위에 커다란 지도 한 장을 펼쳤다. U역과 T대학 주변의 백지도였다. 지도에는 수많은 메모가 적혀 있고, 여러 가지 색깔의 펜으로 몇 가지 경로가 그려져 있었다.

"이건 뭐죠?"

"각각의 색은 아내분이 지나간 경로예요. 빨간색은 첫째 날, 파란색은 둘째 날, 이런 식으로 말이지. 8시 넘어 주차장에 차를 대고, 이 경로를 거쳐 T대학으로 가고……. 이런 식의 이동을 날마다 반복했다는 거야. 예를 들어, 여기 빨간색 길이랑 파란색 길의 차이를 한번 보라고."

보니, 빨간색과 파란색은 처음엔 같은 길을 따라가다가, 어느 지점부터는 두 갈래로 갈라지더니 대학교 바로 앞에서 다시 합쳐지고 있었다.

"그러면, 첫째 날과 둘째 날 사이에 경로가 살짝 수정됐다는, 그런 건가요?"

"그렇지. 그리고 첫째 날의 경로는 초등학교 통학로와 일치해요."

"……그래서요?"

"거참 머리가 둔한 사람이네. 그러니까, 아내분은 사람들의 통행이 적은 길을 찾고 있다, 그런 얘기죠. 셋째 날, 넷째 날에도 다른 길을 생각해 본 것으로 보이는데, 여기는 큰길을 따라가는 길이었고. 결국 다섯째 날에는 다시 둘째 날과 같은 경로를 따라갔어요. 되도록 사람이 적은 길을 택한 거야. 이런 시행착오를 거듭한 의도는 당신이 애초에 탐정 사무소를 찾은 이유를 생각해 보면 알 수 있어."

"아." 거기까지 듣자 마침내 짚이는 곳이 있었다. "아내가 투명해지려고 한다는 것 말입니까."

"바로 그거예요. 투명한 모습으로 돌아갔을 때 가장 먼저 신경 써야 하는 것은 다른 사람과 부딪치지 않도록 하는 거니까. '투명인간'이 있다는 것을 다른 사람이 눈치챈다면, 신고당하는 걸 피할 수 없어. 그것 때문에라도 가능한 한 사람의 통행이 적은 길을 찾아다녔다는 거지. 움직임을 예측하기 힘든 초등학생들이

다니는 길이나, 사람이나 자전거, 자동차 왕래가 많은 큰길은 제일 먼저 피해야 할 대상일 테고."

"그렇긴 하지만……. 대체 뭘 하려고?"

"아내분이 날마다 반드시 찾아갔던 연구소를 생각하면 이해할 수 있죠. 그 연구소 출입구는 전자 보안 장치가 걸려 있거든. 하지만 투명인간이라면 다른 사람이 들어갈 때 그 뒤에 붙어서 따라 들어갈 수 있지 않겠어요?"

"그러면, 왜 그 연구소에 몰래 들어갈 필요가 있는 걸까요?"

"몸이 투명해진 것을 열심히 감추고, 당신 차를 몰래 빌려 타고, 다른 사람에게 절대 들키지 않고 연구소로 갈 수 있는 길을 찾는다……. 이것으로부터 내가 세운 가설이 두 가지 있어요. 첫째는, 부인이 어떤 기업의 산업 스파이일 가능성. 즉, 가와지 교수의 신약 데이터를 훔쳐 내려고 하는 거지."

"산업 스파이요? 제 아내가 말입니까?"

"상상이 안 돼요? 하지만 말이지, 역사상 투명인간 활용의 최초 사례가 인체 실험이랑 첩보원이었다고."

"활용이라니……! 투명인간도 엄연히 사람이라고요."

"이런, 기분을 상하게 했나 보군. 말을 잘못했네. 사과할게요." 자카제 탐정은 뻔뻔하게 말해 버린다. "다만, 이런 가능성은 낮다고 봐야 돼. 만약 진짜로 산업 스파이라면, 사전답사 단계부터 이미 투명한 상태여야겠죠. 실례되는 말이지만, 아내분은 너무 부주의하게 움직였거든."

"그러면, 자카제 씨는 나머지 가설을 유력하다고 보는 거네요. 두 번째 가설은 뭐죠?"

"아, 그건 말이야."

자카제 탐정은 이마에 손을 얹고는 고개를 숙이며 말했다.

"부인께서 가와지 교수를 살해하려는 계획을 세우고 있을 가능성이야."

"그런데, 동기를 알 수 없어요."

다음 날인 8월 4일, 우리는 아침부터 T대학 근처에 와 있었다.

미행 결과 아내가 둘째 날과 다섯째 날에 같은 경로를 밟았다는 걸 알아냈고, 이를 통해 다섯째 날 범행 리허설을 했으리라고 생각해 볼 수 있다. 그날이 8월 2일이니까, 아내는 다음 날에라도 실행에 옮길 계획이었을 거라고, 자카제 탐정이 말했다.

그러나, 8월 3일에는 비가 내렸다. 아내는 범행을 잠시 보류했을 것이다. 따라서 유력한 날은 오늘, 8월 4일이 아니겠냐는 게 자카제 탐정의 추리였다.

회사에는 꾀병을 부려 유급 휴가를 냈다. 아내가 보는 앞에서는 양복을 입고 누가 봐도 출근하는 모습으로 꾸미고는, 집 근처에서 자카제 탐정의 차에 탔다.

그로부터 몇 분 뒤, 아파트 차고에서 내 차가 나왔다. 증거를 통해 파악하고 있던 것이긴 하지만, 막상 눈으로 직접 확인하니 외면하고 싶어진다.

아내가 탄 차를 미행하는 동안, 그제서야 머릿속에서 의문이 다시 떠올랐다.

"대체 왜, 아내는 가와지 교수를 죽이려고 하는 걸까요?"

"글쎄요, 이 시점에 계획을 세운 걸로 봐선, 가와지 교수가 개발 중인 신약과 관련된 게 틀림없는 것 같은데 말이지."

"신약요? 말도 안 돼. 투명인간병의 완치는 모든 투명인간의 꿈이라고요. 물론 투명인간의 남편인 제게도요. 다들 투명인간병의 불편함에 맞서 온갖 대책을 강구해 오지 않았습니까."

"그냥 이렇게 생각할 수도 있어. 그들이 투명한 게 아니라, 우리한테 색이 너무 많이 입혀진 것뿐이라고 말이야."

"……무슨 말이지 전혀 모르겠는데요."

"예를 들어, 아내분이 사실은 엄청나게 못생긴 얼굴이어서, 다른 사람에게 보이는 게 싫을 수도 있고."

"그럴 리가요."

"부정할 수 있나?" 자카제 탐정은 핸들에서 한 손을 떼고, 나에게 집게손가락을 들이댔다. "나이토 씨도 알겠지만, 투명인간의 신분을 확인하는 방법은 자진 신고에 기초한 '투명인간병 발병 전 사진'과 도료나 화장품으로 재현한 '얼굴 사진' 이렇게 두 장을 의무적으로 등록하는 거지. 전자는 말할 것도 없지만, 후자 역시 일류 메이크업 아티스트가 작정하고 해 준다면 전혀 다른 얼굴로 만들 수 있을 거라고."

"화장 기술이 있다면 확실히 그렇겠지만…… 아내와는 대학교 졸업 후 금방 결혼한데다가, 그런 직업에 관계된 경력도 없어요."

"……호오, 그래요?" 자카제 탐정이 내 쪽으로 시선을 돌렸다. "하지만 한번 생각해 볼 여지가 있는 문제라는 생각 안 드나? 오랜 기간 한 지붕 아래서 함께 살아온 상대가, 진짜로 내가 알고 있는 대로의 사람인지……."

이 말을 들은 순간, 못생긴 얼굴 얘기를 할 때와는 달리 확실히 등골이 오싹해졌다.

'그래……. 아야코는 원래부터 투명인간이었어……. 약을 먹고, 화장을 하고, 도료를 칠했다고 해도, 그건 일시적인 모습에 지나지 않아……. 만약, 아야코의 겉모습이 완벽하게 위장된 것이었다면 나는 그걸 알아챌 수 있을까?'

아야코, 당신 도대체 정체가 뭐야?

소름 끼치는 기분을 느끼고 있을 때, 자카제 탐정의 차가 대학교 근처 코인 주차장에 도착했다.

"여기서 T대학까지 걸어가도록 합시다. 어쨌든 아내분의 최종 목적지도 그곳 연구소니까. 거기서 잠복하고 있다가, 부인의 목적이 진짜로 살인인지 우리 눈으로 직접 확인해 보자고요."

자카제에게 이끌려 연구소 출입구가 보이는 벤치에 자리를 잡앗다. 나무 그늘에 있어서 아내 눈에 띄기는 쉽지 않을 장소였다. 밝은 밤색 양복을 입은 혈색 나쁜 남자와 여름 양복 차림을 한, 아무리 봐도 풍채가 변변치 않은 회사원. 상당히 수상한 조합이긴 하지만 대학이라는 장소의 포용력인지, 경비원이 말을 거는 일도 없었다.

잠복도 슬슬 지루해지고, 목도 마르기 시작했다. 무더운 날이었다. 새우등을 한 남자가 프랜차이즈 커피점의 아이스커피를 들고 연구소에 들어가려 하고 있었다. 아무리 저렴한 커피라도, 이런 환경에서 보면 부럽기 짝이 없어진다.

"자카제 씨, 저 잠깐 가서 마실 것 좀……."

이렇게 내뱉는 순간, 연구소 앞에서 "으앗!" 하는 소리가 났다.

소리가 난 쪽을 보니 남자가 컵을 떨어뜨려 내용물이 흘러나오고 있었다. 바닥에 떨어져 튀어 오른 커피 방울이, 놀랍게도 공중에 뜬 채 그대로 있었다.

"야! 조심해야지!"

남자에게서 조금 거리를 두고 뒤쪽에 서 있던 여자가 화난 목소리로 외쳤다.

"자카제 씨!"

"나도 알아요. 커피 방울이 공중에 떠 있지? 저기에 틀림없이 아내분이 서 있을 거예요. 지금 가까이 가면 들킨다고. 마음은 알겠지만, 잠깐 참고 기다려."

"왜요?"

"이건 중대한 실수야. 나라면 반드시 되돌아갈 수준이라고. 지금 가까이 가면, 아내분이 도망쳐 오다가 우리가 미행하는 걸 눈치챌 가능성이 높아요."

"하지만⋯⋯."

연구소 입구를 지켜보고 있는데, 커피 문제로 옥신각신하던 남녀가 건물 안으로 들어갔다. 주변 잔디밭에 투명인간이 도망친 발자국이 없는지 살펴보면서 우리는 건물에 다가갔다.

"이것 봐."

자카제 탐정의 재촉하는 목소리에 현관을 보니, 유리문 너머 현관 매트에 커피 얼룩이 묻은 게 보였다.

"커피를 엎은 남자에게는 커피가 거의 묻지 않은 것 같았어. 뒤에 서 있던 여자도 마찬가지였지. 그런데도 유리문 너머로 커피 얼룩이 있다는 것은⋯⋯."

"아야코가 안으로 들어갔다!"

"유감스럽게도, 그렇게 되네. 아무래도 아내분은 작정한 것 같아."

유리문에서 조금 전 봤던 새우등 남자가 다시 나왔다.

"이야, 다시 커피 사러 가나 봐?"

"엇."

새우등은 수상한 사람이라도 본 듯한 눈으로 자카제 탐정을 쳐다봤다. 나는 당황해서 자초지종을 설명했다. 그렇게 하니 겨우 "아아, 아까 보셨군요."라고 말하며 남자는 경계를 풀었다.

그러나 자카제 탐정은 그런 곤혹스러운 상황도 아랑곳하지 않고, 또다시 문제성 발언을 내뱉었다.

"그건 그렇고, 나는 자카제 탐정 사무소의 자카제 요시테루라고 하는데, 이 연구소 안에 지금 막 살인 사건이 일어나려고 하고 있거든. 자네 카드 키로 우리 좀 들여보내 줄 수 있겠나?"

그 뒤로 한바탕 소동이 시작됐다.

하마터면 경비원까지 부를 뻔했으나, 내가 신분증을 꺼내 보여 주는 등 노력 끝에 조금씩 혼란은 수습됐다.

새우등 연구원과 그가 데려온 체격 좋은 연구원 두 사람이 현관에서 우리를 상대했다. 투명인간이 와 있다는 건 조금 전 커피 소동도 있었고 해서 설명을 거듭하니 받아들여졌지만, 건물 안을 조사하게 해 달라는 요구는 또 별개의 문제였다.

"……만약 진짜로 투명인간이 침입했다면 교수님의 목숨이 위험할 수도 있어요."라고 새우등 연구원이 신경질적으로 말했다.

"수상한 사람들이지만." 체격 좋은 연구원이 천천히 고개를 저었다. "이상하게…… 거짓말하는 것 같진 않단 말이야."

"부탁드립니다. 그 투명인간은……."

아내, 라고 말하려다 삼킨다. 아직은 의혹일 뿐인데, 그 말을 하는 건 아내를 배반하는 거라는 생각이 들어서였다.

"……제 친구거든요. 성급하게 일을 저지르기 전에, 막아야 합니다!"

두 연구원이 곤란한 표정으로 마주 보며, 잠시 동안 속닥속닥 얘기를 나눴다.

"……뭐, 만일을 위해서, 안을 조사해 봅시다."

"우리가 동행해도 괜찮은 거지?" 자카제가 넉살 좋게 물었다.

"아, 친구라면 당신들만 알아챌 수 있는 게 많겠지. 그런데……."

체격 좋은 연구원이 불끈 쥔 주먹을 내질렀다.

"이상한 행동이라도 했다가는, 즉시 목을 비틀어 주겠어."

"이 자식은 고등학교, 대학교 다 유도부였다고요."

새우등이 그렇게 말하자 "역시, 쓸만하겠구먼."이라고 자카제가 작은 소리로 중얼거리는 게 들렸다.

새우등은 야마다, 체격 좋은 쪽은 이토라고 자기 이름을 밝혔다.

야마다의 카드 키로 연구소 안으로 들어갔다. 현관 매트에 점점이 얼룩진 커피 방울은 그대로 1층 여자 화장실 방향으로 쭉 이어져 있었다.

"화장실 안에서 커피를 닦아 냈나 보네. 다시 완전히 투명해졌겠군."

"그런 다음 향한 곳은…… 역시, 가와지 교수의 연구실일까요?"

우리는 지하로 내려가, 그 안쪽에 위치한 가와지 교수의 연구실 앞에 섰다. 내가 연구실 문을 세차게 두드렸다.

"가와지 교수님, 가와지 교수님 계십니까. 무사하신가요? 무사하시면 대답해 주세요. 이 건물 안에 투명인간이 숨어들었습니다."

"소용없어요, 나이토 씨. 분명 벌써 살해당했을걸. 투명인간이 이 안에서 언제까지고 멍하니 있진 않을 거 아냐."

자카제의 말에 반박하려던 순간, 연구실 안에서 탁, 하는 소리가 들렸다.

"어, 안에서 무슨 소리 나지 않았어?"

"설마, 진짜로 이 안에……."

"자 그러면, 쳐들어가 볼까. 자네, 이 방 열쇠 좀 가져와."

"젠장, 외부인이 여기까지 들어오는 건 진짜 이례적인 건데……." 이토는 머리를 벅벅 긁고는, 문을 세게 두드리더니 큰소리로 외쳤다. "가와지 교수님, 죄송합니다! 대답을 안 하셔서 무사하신지 확인해야겠으니, 열쇠를 가져와서 문을 열겠습니다!"

말을 마치고는 이토가 연구소 계단을 다급하게 올라갔다.

"연구실 여분 열쇠를 찾는 데 시간이 조금 걸릴지도 모릅니다. 상황에 따라 사무실까지 가야 할 수도 있어서."

"태평한 소리 하고 있네. 뭐, 알았어요. 연구실 안으로 들어가는 입구는 이 문 말고 또 없나?"

"네. 이 문 하나예요."

"오케이. 그럼 나이토 씨, 우리는 문을 지켜보고 있을까요? 문고리가 돌아가면 그 순간에 붙잡아야지."

열쇠가 오길 기다리는 시간이 영원처럼 느껴졌다. 마침내 이토가 열쇠 꾸러미를 들고 돌아오자, 자카제는 곧바로 열쇠를 꽂아 돌린 뒤, 문고리를 붙든 채로 돌아보았다.

"잘 들어요. 우리가 안으로 들어갈 때에 맞춰서 탈출하려고 할지도 몰라. 문이 열리면, 내 뒤를 따라 연달아 들어와서 바로 문을 닫는 거야. 맨 뒤는 나이토 씨에게 부탁할게. 문이 닫히는 순간 문고리를 꽉 붙잡아 줘요."

알겠습니다, 하고 대답할 틈도 없이 자카제가 문을 열었다. 연구원 두 명이 몸을 꼭 붙인 채 안으로 밀려 들어가고, 나도 그 뒤를 이어 들어갔다. 문을 닫고, 지시받은 대로 문고리를 꽉 잡았다.

"뭐가 몸을 스치는 감촉은 없었지?"

"없었어요." 이토는 새우등 야마다를 가리키며 말했다. "이 녀석이랑 몸을 딱 붙이고 들어와서, 지나갈 틈도 없었을 거야."

"과연 투명인간 연구가들답네. 기지가 남달라."

그때, 야마다가 "어?" 하고 소리쳤다. 의아한 얼굴로 문 쪽의 장식 선반을 보고 있다.

"왜 그래요?"

"이 선반에 놓여 있던 방패가 없어져서, 어떻게 된 건가, 하고……."

"야, 야야야야, 그게 문제가 아니야, 저길 봐. 저기……."

이토가 방 안쪽을 가리켰다.

"어떻게 저런 끔찍한 짓을……."

연구실 안에는 숨이 막힐 듯한 악취가 가득했다. 냄새의 원인은 안쪽 바닥에 쓰러져 있는 가와지 교수의 시신이었다.

시신은 몹시 이상한 모습이었다.

첫째, 옷이 전부 벗겨져, 전라의 상태로 벌렁 누워 있었다. 속옷마저도 입지 않은 채, 태어났을 때의 모습 그대로다. 가와지 교수는 몸만들기에 열심이었다던데, 잘 단련한 몸이 다 드러나 있었다. 흰 실험복을 비롯한 그의 옷은 시신 옆에 어지럽게 내버려져 있었다.

두 번째 특징은 처참하다. 가와지 교수의 얼굴이 갈기갈기 베이고 찢겨, 차마 볼 수 없는 지경이 되어 있었던 것이다. 살펴보니, 가슴 부근에도 칼에 찔린 자국이 한 군데 뚫려 있고, 베인 상처도 여기저기 벌어져 있었다. 마지막으로 식칼이 심장 부분에 꽂혀 있었다.

너무나 처참한 현장이었다……. 누구도 시신 가까이 가지 않았다. 가와지 교수가 사망했다는 건 너무나 명백했기 때문이다.

그리고 무엇보다 무서운 것은.

이 방 안에, 눈에 보이지 않는 한 사람이 숨을 죽이고 있다는 사실이었다.

3

남자 네 명이 연구실로 쳐들어오는 것을 보고, 나는 무심코 혀를 찰 뻔했다. 하지만 참았다. 어쨌든 숨소리도 들키면 안 되었으니까…….

'한 명이었다면 불시에 공격할 수 있었을지도 모르지만…….'

두 명 이상이다 보니 갑자기 상황이 어려워졌다. 한 명을 공격하면 다른 사람에게 내 위치를 들켜 버릴 테니까. 이렇게 되면, 최선을 다해 내 쪽의 정보를 숨기고 있다가 몰래 빠져나갈 기회를 노리는 전략을 취할 수밖에 없다.

"투명인간이 다시 완전히 투명한 모습이 된 건 확실하네. 싱크대 쪽을 보면 돼요."

밤색 양복을 입은 마른 남자가 이렇게 말하며 침묵을 깼다.

"싱크대 앞 매트에 물이 튀어 있어. 거기다 수건걸이에 걸려 있는 수건엔 혈흔이 잔뜩 묻어 있고. 투명인간의 피는 투명하니, 저 혈흔은 가와지 교수의 것이라는 게 틀림없지. 즉, 범인은 자기 몸에 튄 피를 물로 씻어 내고, 닦아서 없앴어. 이 밀실 안에서 다시 투명해진 채로 숨죽이고 있는 거지."

"호, 과연 탐정이구먼."

체격이 좋은 연구원이 콧소리를 냈다. 나도 그러고 싶은 심정이었다. 진짜로 이 탐정인지 뭔지 하는 사람이 하는 말은 너무나 정답이라 분할 정도다.

"야마다, 우선 경찰에 연락을……."

"여기엔 전화를 놓지 않았거든요. 세계적으로 주목받는 투명인간 연구의 대가다 보니, 장난전화가 많이 와서 교수님이 없애버리셨어요. 휴대전화도 지하라서 안 터지고요."

"뭐라고?"

"지금 밖으로 나가서 연락을……."

"아니, 지금은 됐어. 문을 여는 건 안 돼." 탐정은 급하게 말하고는 숨을 푹 내쉬었다.

"자, 그럼 우선 문에 테이프라도 붙일까."

"자카제 씨." 남편이 물었다. "그건 대체 무슨 소리죠?"

"여기까지 왔으니 우리가 취할 수 있는 수단은 딱 하나예요. 현행범으로 체포하는 거지. 생각해 보라고. 이 방에서, 또는 이 건물에서 투명인간이 탈출해 버리면, 우린 이 여자를 찾아낼 방법이 없어요."

남편이 숨을 삼키는 기색이 느껴졌다.

문제는 '탐정'이라고 불리는 저 남자가 '이 여자'라는 말을 사용했다는 거다. 나에 대해 알고 있는 거다. 남편이 내 행동에서 뭔가가 이상하다고 생각하고, 탐정을 찾아가 얘기한 걸지도 모른다.

그런 거라면, 여기서 도망친다고 해도…… 아니지, 비관하기엔 이르다. 어차피 사건이 일어나기 전에 발견한 증거 같은 건,

재판에서 입증하기 어려운 것들이다. 가장 곤란한 건 이 방에서 붙잡히는 거다. 그것만 피한다면 나중에 발뺌하는 건 얼마든지 할 수 있다.

"그래. 여기서 절대로 놓치면 안 돼. 그래서 테이프를 붙인다는 거예요. 테이프를 벗겨 내거나 문을 부수고 도망칠 수밖에 없는 상황이 되어 버리면, 우리가 소리를 듣고 여자의 존재와 위치를 반드시 알아낼 수 있을 테니까."

탐정의 이론을 납득했는지, 두 연구원은 방 안에서 박스 테이프를 찾아내어 문틈을 막았다.

"자카제 씨, 다음 방책은요?"

"조금만 시간을 줘요. ……아아, 자네들도 벽에 등을 대고 머리를 보호하는 게 좋을 거야."

"네?"

자카제 탐정은 벽 가까이 서서 파이팅 포즈를 한 채 볼썽사나운 잽을 날리고 있었다.

"그러니까, 상대는 사람 하나를 죽인, 그것도 얼굴을 갈기갈기 난도질한 흉악범이잖아? 게다가 눈에 보이지 않는 모습으로 이 방 안에 있다고. 지금 내 바로 옆에 있다가, 잠시 후에 나를 두들겨 패도 방법이 없어요. 물론 나야 격투기를 배운 사람이고, 거기 체격 좋은 자네는 유도 경험자이긴 하지만 말이야."

두 연구원과 남편의 시선이 잠시 허공을 떠돌았다. 그곳에 있을지도 모르는 유령의 모습을 그려 보는 거겠지.

자카제의 자세로 미루어, 격투기를 할 줄 안다는 건 허풍임에 틀림없다. 하지만 허풍이 아니라면? 그의 교활한 눈매로 보아, 내가 우습게 보고 공격하면 공격당한 그 부위를 오히려 붙잡을 생각 정도는 하고 있을 것 같다. 내 머릿속 생각은 다람쥐 쳇바퀴 돌듯 진전이 없었다.

이 선택, 이 장소가 잘못된 건지도 모른다. 너무 만만하게 생각했다. 설마 탐정 같은 사람에게 가장 먼저 발견되리라고는 조금도 생각하지 않았다.

'그래도…… 끝까지 들키지만 않으면 되는 거야.'

천천히, 소리가 나지 않도록 조심하며 숨을 내쉬었다.

4

"자, 도주로도 봉쇄했으니, 잠시 잡담이나 할까."

나는 자카제 탐정의 말에 깜짝 놀랐다.

"아뇨아뇨, 그럴 때가 아니잖아요."

"하지만 당신들이야말로 아까부터 싫어도 자꾸 보게 되잖아……. 가와지 교수의 처참한 죽음에 대한 얘기예요. 몇 가지 신경 쓰이는 게 있어서 말이지."

똑바로 볼 수가 없어서, 곁눈질로 힐끗 시신을 보았다. 얼굴이 난자당하고, 식칼이 박혀 있는 전라의 시체. 생각하기도 싫지만, 확실히 신경 쓰이는 부분이 없진 않았다.

"저 식칼은⋯⋯."

"아, 저기서 꺼낸 거겠지."

자카제 탐정은 태연하게 대답하며 싱크대를 가리켰다. 하부 찬장이 열린 채, 칼집에 칼이 하나도 꽂혀 있지 않은 게 보였다. 가와지 교수의 시신에서 싱크대까지 핏자국이 두 줄로 점점이 이어져 있었다. 조금 전 자카제가 말한 대로 몸에 튄 피를 씻어 냈을 때 생긴 흔적일 것이다.

"자네들에게 묻고 싶은데." 자카제가 두 연구원에게 말했다. "저 싱크대 찬장에 칼이 들어 있었나?"

"아, 네네." 야마다가 대답했다. "두 개 꽂혀 있었을 텐데 요⋯⋯."

"호오. 연구실에 식칼이라니, 되게 특이한걸. 거기다 아주 제대로 된 좋은 칼이란 말이야. 30센티미터는 되는 데바*잖아. 간단한 요리에는 어울리지 않을 것 같은데⋯⋯."

"2년쯤 전에, 어느 연구원이 투명인간과 소화에 대해 연구한 적이 있는데요. 그때 이런저런 요리를 만들어서 소화 과정과 투명화 과정의 데이터를 취합했어요. 생선 요리를 할 때는 저렇게

● 날이 두껍고 폭이 넓으며 끝이 뾰족한 식칼. 생선 손질에 많이 쓰임.

넓고 뾰족한 식칼이 도움이 됐고요. 식칼은 그 당시부터 있던 건데, 지금도 그 연구원이 음식을 만들어 차려 주곤 합니다. 취미가 된 거죠."

소화라고. 최근에 나도 고민했던 문제다.

"과연 그렇군. 조리 도구나 조미료가 이것저것 실하게 갖춰져 있는 것도 같은 이유겠지. 아무튼 식칼을 조달할 수 있었던 건 범인 입장에선 행운이었네."

자카제는 시신을 찬찬히 들여다보면서 "30센티미터는 되는 칼인데, 찔러 넣은 건 10센티미터도 안 되는 것도 마음에 걸려."라고 덧붙였다.

"칼을 조달……."

나는 잠시 생각에 잠겼다가 말했다.

"저…… 그거 이상하지 않아요? 그러니까, 범인은 가와지 교수를 죽이려는 계획을 가지고 연구실에 침입했잖아요. 그렇다면 보통 흉기 정도는 준비해야……."

"이런, 나이토 씨는 '진짜로 투명해진 인간'에 대해 아직 잘 모르나 보네."

자카제는 연극적인 몸짓으로 양손을 벌리고는 나를 비웃는 듯한 표정을 지었다.

"흉기를 준비했다고 쳐요. 그걸 어떻게 운반해 와? 어떤 물건도 투명하게 만들 수는 없어요. 식칼만 공중에 둥둥 뜬 채로 '여기 투명인간이 있습니다'라고 광고할 셈이야?"

"아, 그렇네요." 열 받게 하는 말투지만 맞는 말이다. "그러니까, 흉기는 현장에서 조달할 수밖에 없다는 거네요."

"그렇지. 하지만 신경 쓰이는 게 아직 많이 남았어."

자카제는 시신에 다가갔다.

"앗, 위험해요. 그렇게 무방비 상태로!"

"투명인간이 공격해서 위치를 알게 되면 더 좋지 뭐. 그런데, 자네가 아까 식칼이 두 개 있었다고 했지. 둘 다 똑같은 칼인가?"

"아, 네. 둘 다 같은 공방에서 산 데바 칼이거든요."

"그렇다면, 나머지 하나는 어디 있는 거지."

자카제는 이렇게 말하며 시신 옆에 쭈그리고 앉더니 "하하, 역시."라고 말했다.

"한눈에 알아채지 못한 것도 무리는 아니군. 이것 보라고. 이게 두 번째 칼이에요."

자카제가 손수건에 말아 손에 쥐고 있는 것은 두 번째 칼, 보다 정확히 말하자면 그 손잡이 부분이었다. 칼날은 중간쯤에서 부러져 있었다.

"결국 부러진 식칼이네. 부러져 나간 칼 끝부분도 찾았어요⋯⋯. 오른쪽 가슴에서 조금 옆쪽에 파묻혀 있었어."

"파묻혀 있었다고⋯⋯?"

나와 두 연구원에게 전기 충격 같은 공포가 퍼져 갔다.

"좀 더 정확히 말하자면, 오른쪽 가슴에 칼을 찔러 넣은 상태로 옆에서 때려서 부러뜨리고, 결과적으로 칼 끝부분이 몸속에 남게 됐다는 거지. 완전히 몸속으로 들어간 게 아니고 칼의 단면이 보여서 알아채게 된 거야. 어이쿠, 안심하셔. 증거는 보존해야지. 사설탐정으로서의 본분은 나도 잘 알고 있다고. 시신에는 손대지 않았어. 그리고 칼을 쳐서 부러뜨리는 데는 아마도 이걸 사용한 것 같군."

자카제 탐정이 집어 든 것은 쇠망치였다. 시신이 누워 있는 곳에서 더 안쪽 바닥에 공구 상자가 열린 채로 방치되어 있는 게 보였다.

"그런데, 대체 왜 그런 짓을?"

탐정은 어깨를 으쓱해 보였다.

"그러게. 그러면, 일단 신경 쓰이던 건 해결됐고. 다음으로 해야 할 일은 두 가지야."

자카제는 손을 펼쳤다.

"이 방을 4분할해서 한 명씩 배치할 겁니다. 각자 담당할 구역을 정하자고요. 시신 가까운 쪽은 내가 맡을 테니, 나머지는 알아서들 정해 줘요."

자카제의 말대로 각각 분담할 곳을 정해서 사방 벽을 등지고 섰다.

"두 번째로 할 일은 뭐죠?"

"다들 신발 신고 있지?"

우리 세 사람은 서로 얼굴을 마주 보고는 자카제에게 고개를 끄덕였다. 그러자 자카제는 책상 위에 던져져 있던 실험용 고글과 목장갑을 끼고는 쇠망치를 집어 들었다. 뭘 하려는 거지, 하고 의아해하고 있는데 천천히 유리장의 문을 깨기 시작했다.

"어엇!"

그 뒤에도 자카제의 기이한 행동은 계속됐다. 유리장 문을 다 부수자 이번엔 장식 선반의 유리를 부수기 시작했다. 실내에 유리 파편이 무수히 흩어졌다. 자카제는 덜 부서진 커다란 유리 조각을 주워서는 파편이 별로 튀지 않은 곳으로 가져가 바닥에 내던졌다.

갑자기 머리가 어떻게 됐다고 생각할 수밖에 없는 행동이었다.

자카제는 만족스러운 듯 한숨을 돌리더니 고글을 벗어 책상 위에 놓았다.

"이야, 유리 깨는 거 보통 일이 아니네."

"자, 자카제 씨, 대체 뭐 하는……."

"투명인간은 지금 맨발이라고. 이렇게 하면 꼼짝도 못 하게 되지 않겠어? 게다가 유리를 밟으면 소리가 날 테고."

그 말을 들으니 겨우 이해할 수 있었지만, 머리가 아파 왔다. 미리 설명 좀 해 주면 안 되나. 내가 이상한 건가.

"자, 그러면 그물을 쳐 보자고."

자카제는 이렇게 말하며 가슴께 주머니에서 지시봉을 꺼냈다.

"이런 사태가 생길지도 몰라서 일단 챙겨 오길 정말 잘했지. 이제 지시봉을 이렇게……."

자카제는 지시봉을 최대 길이로 뽑아낸 뒤 눈앞에 있는 허공을 향해 내질렀다. 지시봉은 가로, 세로, 대각선 방향으로 불규칙하게 움직이며 눈앞의 빈 공간을 구석구석 뒤졌다.

"불규칙하게 움직여서 투명인간이 있지 않은지 찾아보는 거야. 지시봉이 하나뿐이라 부분적으로만 확인할 수 있지만, 투명인간이 지시봉을 피해 다른 구역으로 옮겨 갈 염려는 없지. 바닥에 유리가 깔려 있으니까 말이야. 책상 위로 걷는 것도 안 되겠지. 책상 위에 서류가 저렇게 높이 쌓여 있는데 전혀 무너뜨리지 않고 이동할 순 없을 거야."

자카제가 하는 행동은 정말 바보 같아 보였지만, 이유를 들어 보니 꽤 일리가 있었다.

자카제가 담당한 구역을 끝내고, 순서대로 지시봉을 던져 패스해 가면서 각 구역에서도 같은 작업을 반복했다.

그런데…….

"이상하네. 어째서 없는 거지?"

"이렇게 마구 휘두르는 지시봉을 매번 피할 순 없을 것 같은데요……. 유리가 부서지는 소리도 나지 않았고요."

"아직 뒤져 보지 않은 곳이 있나?"

"저." 야마다가 손을 들었다. "유리장 위에 올라가 있는 건……
아닐까요."

"그럴 가능성도 있겠네." 자카제가 고개를 끄덕였다. "좋아,
그럼, 내가 한 발짝만 옮겨서 유리장 위에도 찾아보지. 그러니
까, 지금부터 나는 소리는 내가 내는 소리야, 알겠지."

자카제는 한 걸음 내디뎌 발을 완전히 바닥에 내려놓기 직전,
손을 책상에 대고는 발을 멈췄다.

정적이 펼쳐진다.

"……이 정도 작전에는 걸려들지 않는 건가."

자카제가 발을 내려놓자 유리가 깨졌다. 자카제는 발을 내디
던 위치에서 지시봉을 뻗어 유리장 위를 샅샅이 확인했다. 손에
닿는 느낌이 아무것도 없었는지, 자카제는 실망한 표정으로 발
을 원래 위치로 가져왔다.

어디에 숨은 걸까……. 그 방법을 생각하다가, 번쩍하고 떠오
르는 게 있었다.

"범인은 어째서 시신을 다 벗겨 놓은 걸까요?"

"그러고 보니 그 문제에 대해선 아직 검토해 보질 않았네."

"한 가지 생각난 게 있는데요, 투명인간은 알몸이잖아요. 그렇
다는 건……."

"범인이 피해자의 옷을 훔쳐 입기 위해서였다. 그럴듯한 생각
이네. 하지만 옷을 입었다 해도 도망치는 건 불가능해요. 여기

있는 연구원 두 명은 입구에서부터 쭉 우리랑 같이 있었으니까 뒤바뀌었을 가능성은 없어."

"아뇨, 제 상상은 좀 달라요. 그러니까, 벌거벗은 투명인간이 그대로 자신의 몸에 피부색을 칠하면…… 우리 눈앞에 있는 전라의 인간 모습처럼 되지 않겠어요?"

"뭐라고!" 탐정이 눈을 동그랗게 떴다. "그러면, 이 시신이 범인이라는 얘기잖아!"

자카제의 생각을 뛰어넘었나 싶어 기뻤지만, 자카제의 표정은 금세 어두워졌다.

"하지만, 그건 있을 수 없는 일이야. 물론, 나이토 씨 생각은 이해돼요. 얼굴 상처도 특수 분장을 하면 만들 수 있을지도 모르지. 그래도 시신인 척하려면 피해자의 옷을 벗겨서 자기가 입고, 노출되는 부위에만 분장을 하는 편이 훨씬 편하지 않겠어요? 시간도 없는데 굳이 온몸에 화장을 하는 의미가 없다고. 그리고 무엇보다, 당신 부인, 아니지, 당신 친구는 체격이 작은 사람이고."

"이 시신의 신체 사이즈는 교수님과 일치하는데요."라고 이토가 콧소리로 말했다.

"하지만 나이토 씨의 발상도 꽤 괜찮아. 시신을 알몸으로 만든 것에도 뭔가 의미가 있을 거야. 다만 그게 대체 뭔지……."

자카제는 고개를 숙인 채 침묵에 잠겼다. 턱에 손을 대고, 양쪽 눈썹이 닿을 듯 미간에 주름을 잔뜩 잡고서.

그러다 시신이 있는 쪽으로 흘끗 눈길을 주는가 싶더니, 갑자기 눈을 크게 떴다.

"아앗······!"

자카제가 시신 쪽으로 뛰어갔다. 유리 깨지는 소리가 두 번, 세 번, 크게 울려 퍼졌다.

"저, 저기요! 움직일 땐 움직인다고 말을 해 줘야 구별이 되죠."

"나 왜 이리 멍청하지! 투명을 보려고 하다니! 눈에 보이는 것조차도 보지 못했으면서!"

"자카제 씨, 대체 뭐가 어쨌다는 거예요?"

"보라고! 이 피해자는, 두 번 살해당했어요!"

"두 번? 두 번이고 뭐고, 수도 없이 찔렸는데······."

"그게 아니야. 이 각도에서 보고 알았어. 피해자의 이마가 깨져 있어요. 베이고 찔린 상처가 잔뜩 있어서 그쪽으로만 눈이 가지만, 이건 틀림없이 둔기로 세게 내리친 흔적이야. 게다가."

자카제는 빠르게 말을 내뱉으면서, 금속제 방패를 집어 들었다. 방패 모서리에는 피가 잔뜩 묻어 있었다.

"잔뜩 쌓인 책 속에 숨어 있던 이 방패! 이게 범행에 쓰인 흉기였어! 범인은 이마를 내리치고, 시신에 칼을 꽂아 넣은 거야. 저렇게 처참한 모습으로 말이지."

"잠깐만요. 이마에 상처가 있는 것뿐이라면, 칼에 찔려 쓰러졌을 때 생긴 상처일 수도 있잖아요."

"그런데, 그게 말이 안 되거든. 투명인간 입장에서 생각해 보면 확실해요. 흉기는 이 방 안에서 조달해야 해. 이건 아까도 얘기했죠. 그리고 흉기를 마련할 때 주의해야 할 것은, 상대방의 주의를 끌지 않고 흉기를 손에 넣어야 한다는 거지. 예를 들어, 유리장 안에는 트로피가 진열되어 있고, 손에 잡기 편한 형태로 된 것도 있어. 그럼에도 범인은 트로피가 아니라 방패로 쳐서 살해하는 방법을 택했어요. 왜 그랬는지는 알겠어요?"

"혹시…… 유리장을 열 수 없어서, 인가요?"

"그렇지. 자기 혼자 있는 방에서 저절로 유리장 문이 열리면, 그 몸집이 대단한 가와지 교수라도 경계하지 않겠어요? 불시에 공격하려면 상대방이 경계를 하게 해선 안 돼. 하물며 공중에 둥둥 떠 있는 트로피 따위를 상대방이 보게 된다면, 그거야말로 큰일이지. 그래서 범인은 장식 선반 위에 놓인 방패를 사용할 수밖에 없었던 거예요."

"식칼도 트로피와 같은 이유겠군요. 찬장 안에 있었을 테니까."

"이제 이해가 가나 보군. 게다가 공구 상자도 똑같이 설명이 돼요. 찬장과 공구 상자는 가와지 교수가 죽은 뒤에 열린 거지. 그러니까 칼이랑 쇠망치는 교수가 사망한 뒤, 어떤 이유가 있어서 사용하게 되었다는 걸 알 수 있어요. 살해 시점과 칼로 난도질한 시점이 서로 다르다는 건, 시신에서 싱크대까지 가는 길에 떨어진 핏자국 두 줄기를 보면 알 수 있지. 범인은 시신에 잔학

한 짓을 저지르고 나서, 한 번 더 몸을 닦아 내고 투명한 상태로 돌아간 거야."

"칼과 망치를 사용한 어떤 이유라는 건 뭐죠?"

"범인이 계획한 것이 어떤 것이었는지는 상상하는 수밖에 없지만, 가와지 교수의 신약에 대한 데이터를 빼앗으려고 한 건지 없애려고 한 건지 둘 중 하나라고 추측할 수 있어. 우리가 연구소 밖에서 그렇게 난리를 피우는 동안에도 도망가지 않았다는 건, 꽤 시간이 걸리는 작업이었다는 거겠지. 그러다 갑작스러운 상황이 닥쳤고."

"우리가 방으로 쳐들어갈 거라고 말했잖아요. 방 안에서 다 들은 거겠죠."

"명답이야." 자카제는 손가락을 기세 좋게 튕기며 딱 소리를 냈다. "범인은 어딘가에 숨을 수밖에 없게 됐어. 그러한 급박한 상황에 칼과 망치를 결부시킨다고 해도 무리는 아니겠지."

"그러면, 왜 칼과 망치가 필요했던 거죠?"

"여기서 주목할 것은 쇠망치예요. 쇠망치는 흉기로 쓰이지 않았어. 흉부 옆쪽에 박힌 칼을 옆에서 때려 자르는 데 사용된 것으로 보이지. 즉, 가슴에 상처를 내기 위해 칼을 찔러넣은 뒤 칼이 깊이 박혀 버려 빠지지 않게 되자 부러뜨릴 필요가 생겼다고 추측할 수 있어요. 그러면 왜 부러뜨려야 했을까?

가장 간단한 답은, 시신에서 칼이 튀어나와 있으면 곤란하기 때문이야."

"네?"

확실히 간단한 답인 것 같긴 하지만, 내 머릿속은 점점 더 뒤죽박죽이 되었다.

"아, 이건 성희롱이 되려나. 흠, 하지만 그럴 염려가 없는 부위는 만져도 괜찮겠지."

자카제는 시신 옆에 쭈그리고 앉은 채, 시신의 손 주변을 더듬기 시작했다. 그러고는 안심한 듯 한숨을 내쉬더니, 자기 손을 천천히 들어 올렸다. 그의 손은 마치 공주님의 손이라도 잡고 있는 듯한 모양이었다. 그는 다른 쪽 손을 그 손 위에 천천히 포갰다.

두 손 사이에, 공간이 있었다. 딱 한 사람의 손이 들어갈 정도의 공간이었다.

"드디어 찾았네요, 부인."

5

내가 생각했던 방향이 틀린 건 아니다. 그건 확실했다.

그들이 연구실로 쳐들어온다면, 그들의 사고력에 따라 다르긴 하겠지만 우선 출입문부터 막을 거라고 봐야 한다. 그런 상황에서는 정면으로 문을 빠져나가는 방법을 택할 수 없다. 종이가 어지럽게 널려 있는 데 비해 숨을 만한 공간도 없다. 딱 한 군데, 유리장 위로 올라가는 방법이 있지만, 도망칠 때 소리를 전혀 내지 않고 내려올 수 있을 것 같지도 않았다.

그래서 연구실로 들어오려는 무리의 눈을 속일 방법을 생각해냈다. 그들이 조사하지 않을 장소, 즉 맹점이 되는 공간에 숨는 거다.

시체 위로 올라가자.

하지만 시체 위에 앉거나 서는 건 안 된다. 앉거나 서 있는 부분에 체중이 실려 움푹 들어갈 테니 말이다. 그러면 내가 있는 곳을 들켜 버리고 만다. 따라서 시신 위에 올라타되, 체중을 분산시킬 수 있어야 했다. 즉, 똑바로 누워 있는 시체 위에 길게 엎드리는 것이다. 가와지 교수는 키가 2미터에 가까운 장신인 반면, 나는 140센티미터대의 조그만 여자. 누워 있는 교수의 시체 위에 내 몸은 쏙 들어갔다.

시체의 얼굴에 내 얼굴을 포개면 코나 입술이 찌부러진다. 턱 아래 머리를 대는 게 안정적이었다. 그리고 옷을 입은 시신 위에 올라가 있으면 분명 부자연스러운 주름이 생길 터. 옷을 벗기고, 맨살 위에 직접 올라가자 몸이 닿는 부분이 움푹 들어가는 등의 부자연스러움을 최소화할 수 있었다. 살집이 많았다면 변형이 쉽게 되어 이 방법을 쓰기 어려웠겠지만, 가와지 교수가 학자치고 근육질 몸매를 갖고 있다는 것도 행운으로 작용했다.

그들이 시신을 조사하게 되면 나는 즉각 '아웃'이 될 테니, 시신 가까이 오지 못하게 할 방책이 필요했다. 그러려면 이미 사망했다는 게 명백히 보이면 된다. 찬장 안에서 찾은 칼로 얼굴을 갈기갈기 그어 놓고, 가슴도 칼로 베고 찔러서 상처를 냈다. 그러다 오른쪽 가슴을 찔렀을 때, 너무 깊이 찔렀는지 근육에 칼이 파고들었는지, 어떻게 해도 칼이 뽑히질 않았다. 급히 망치를 찾아내 칼끝을 부러뜨렸다. 칼이 몸에서 튀어나와 있으면 이따가 시신 위에 올라가 누울 수 없기 때문이다.

　그러고 나서, 시신 위에 엎드리고는 마무리 작업을 했다. 내 몸과 가와지 교수의 시신에 한꺼번에 칼을 꽂은 것이다. 투명인간의 몸속에 들어가도, 자기 몸과 이질적인 것은 투명해지지 않는다. 심장에 칼이 꽂혀 있는 사람을 보고 살아 있을 거라고는 생각할 수도 없거니와, 그 칼로 내 몸까지 찔렀으리라고는 상상조차 못 할 것이다.

　내 몸집은 가와지 교수의 절반 정도밖에 되지 않는다. 가와지 교수의 심장이 있는 위치가 내게는 어깻죽지 부근이 된다. 극심한 통증은 있었지만, 소리를 내서는 안 되었다. 반드시 그 밀실에서 빠져나와야만 했다.

　가와지 교수의 얼굴을 갈가리 찢고, 가슴에도 상처를 낸 데에는 이유가 하나 더 있었다. 내 몸에서 흘러나오는 피를 눈속임하기 위해서다. 물론 투명인간의 모든 노폐물은 투명하므로 혈액도 투명하지만, 시신에 가까이 다가온 사람이 아무것도 보이지 않는 바닥에서 피가 있는 듯한 감촉을 느낀다면…… 그 근처에 피 흘리고 있는 투명인간이 있다는 걸 알려 주는 게 되어 버린다. 투명한 피를 감추기 위해서는 다른 사람의 붉은 피를 뿌려 놓는 게 가장 효과적인 방법이었다.

'그 사람……. 자카제라고 했던가. 설마 그 정도로 예리할 줄이야.'

이 트릭은 첫 번째 발견자가 일반인이라는 가정하에 사용한 것이었다. 첫 발견자가 손으로 실내를 더듬어 조사하고 나서 투명인간이 없다고 결론을 내린 뒤에, 경찰을 부르기 위해 연구실을 비울 거라고 예상했다. 연구실 안에는 전화기가 놓여 있지 않고, 휴대전화도 잘 터지지 않을 것 같았기 때문이다. 그 타이밍에 도망칠 생각이었다.

그런데, 자카제 때문에 모든 계획이 틀어졌다. 탐정 같은 사람이 그곳에 나타날 거라고는 예상도 하지 못했다. 겁도 없이 시체에 다가서질 않나, 출입문에 테이프를 붙이고 바닥에 유리 조각을 뿌려 투명인간이 숨은 장소를 촘촘히 봉쇄해 버리질 않나.

생각해 보면, 주차장에서 그 아기를 봤을 때부터 모든 게 불운을 향해 기울어 갔던 것이다…….

유치장 독방에 앉아 벽을 바라보고 있는데, 내 이름이 불렸다.

면회하러 온 사람이 있다고 한다. 변호사 같은 사람이겠거니 했는데, 아크릴판 너머에 서 있는 사람은 그 밤색 양복을 입은 말라깽이 탐정이었다.

"안녕하십니까. 오늘은 가볍게 잡담이나 할까 하고요."

"……흠, 과연 그럴까요."

우리는 아크릴판을 사이에 두고 마주 앉았다. 탐정의 여유작작한 표정을 보고, 나도 말려들지 않도록 다리를 꼬고 팔짱을 낀 채 등받이에 기댔다. 사건 기록 보존을 위해 내 옆에는 경관 한 명이 동석했다.

"그래서, 어떤 얘기를 하고 싶으신 걸까."

"남편분은 면회하러 오셨나요?"

"네, 가장 먼저 왔죠. 필요한 물건은 없는지, 열심히 물어보고 준비해 줬어요. 투명인간이 수감된 사례 같은 것도 꼼꼼하게 알아보고, 특수한 것까지 챙겨 줬고요."

"오, 역시. 투명인간에 대한 이해가 깊은 남편이네."

정곡을 찌르는 지적이었다. 사건 현장에서는 이 사람이 하는 말을 들으며 정말 이 탐정이 뭔가 아는구나 싶은 생각이 들었지만, '진짜로 투명한 사람'의 사고를 그렇게까지 추적해 낼 수 있다니, 역시 이상하다.

"그런데 한 가지, 궁금한 게 있어서 말이죠."

"어머, 잡담은 끝난 거예요? 본론은 이제부터군요."

"동기 말이에요." 내 말에는 대꾸도 없이, 자카제는 잠시도 틈을 주지 않고 말했다. "당신은 왜, 가와지 교수를 살해한 건지."

"경찰에는 이미 대답했는데."

"과격파의 범행인 걸로 결론 낸 것 같더군요. 투명인간의 권리를 되찾으려는 모임. 투명인간은 본래부터 투명한 게 당연한 것인데, 나라에서 이를 막으려고 한다고 주장하는 혁명파죠. 실제로 당신이 집회에 참석했다는 증언도 나왔고…… 모임에서는 지금 당신을 지지하는 쪽과 부정하는 쪽으로 나뉘어서 논쟁이 크게 벌어지고 있다던데."

"네. 가와지 교수는 우리를 완전히 비투명화시키려고 했어요. 그래서 죽인 거예요."

"유감스럽지만, 과격파 사상에 따라 범행을 했다는 건 거짓말이야. 그건 너무나 명백하다고요. 만약 가와지 교수를 죽이고, 신약의 데이터를 훼손하는 게 목적이었다면, 그 자리에서 체포돼도 상관없잖아요. 범행 성명을 대신할 수도 있으니 일석이조 아닌가?

당신은 어떻게 해서든 그 방에서 도망쳐야만 하는 이유가 있었어. 정말이지, 당신 담력은 보통이 아니야. 감탄했다고. 하지만 반드시 지켜내고 싶은 게 있지 않고서야, 자기 몸을 상하게 하면서까지 그러진 않겠지."

붕대 안쪽 상처가 아파 왔다.

"흠, 그래서 내가 지켜내고 싶은 거라는 게 뭘까요."

"남편분과의 생활이죠. 당신이 가까스로 손에 넣은……. 맞죠?"

나는 슬며시 숨을 가다듬었다.

들켰을 리가 없는데. 남편더러 가장 먼저 가져오게 한 건 화장품 세트였다. 투명인간이라 반드시 필요하다는 이유로 특별히 들여오게 한 것이었다. 들켰을 리가 없다.

"나이토 씨 말이에요……. 몇 번이나 면회하러 왔잖아? 힘들었다니까요. 최근에는 회사도 쉬고 당신 일에 매달려 있으니까, 유치장에 면회 오는 시간에만 내가 당신네 집이랑 그 주변을 조사할 수 있거든."

"거짓말."

"그래. 당신네 아파트에 있는 또 다른 집도 조사해 봤지."

나도 모르게 벌떡 일어났다. 현기증이 일어나 기우뚱하고 눈앞이 흔들렸다.

"그만해. 제발. 더 이상 듣고 싶지 않아."

"나이토 겐스케와 당신이 사는 집은 901호. 그리고 그 맞은편 902호 말인데."

"안 돼……!"

귀를 막고 쭈그려 앉았다.

자카제는 개의치 않는 목소리로, 냉혹하게 사실만을 전했다.

"902호에서 시신 2구가 발견됐어요. 이불 압축백 안에서, 비투명인간 남성과 투명인간 여성 시신이 한 구씩. 남자는 902호의 주민인 와타베 지로와 DNA가 일치했어요. 그리고 여자 시신은."

자카제가 거기서 말을 끊고, 짧게 숨을 내뱉었다.

"901호 주민. 나이토 아야코였어."

"나이토 씨의 이야기나, 당신의 진술 조서에서 몇 가지 걸리는 부분이 있었거든."

평정을 잃었던 내가 경관에게 진압되어 조금씩 진정되었을 무렵, 자카제가 아무 일도 없었다는 듯이 설명을 하기 시작했다.

"첫 번째는, 당신이 약을 부숴서 버리러 갈 때, 오른손이 한 번 허공을 갈랐다는 부분이었어요. 901호는 화장실이 복도 왼쪽에 있는데, 굳이 약을 쥐고 있는 손으로 문을 열려고 했다는 게 의미심장했죠. 그 아파트는 맞은편 집과 내부 구조가 선대칭이니까, 902호 화장실은 복도에서 오른쪽에 있잖아요. 긴장한 상태에서 예전 버릇이 갑자기 튀어나온 건지도 모르죠."

"고작 그런 걸로……."

"하나 더 있어요. 더 사소한 거지만. 당신은 진술 중에 여담으로, 투명해진 손가락을 통해서 보름달에 대 보는 놀이에 대해 얘기했더군. 그 장면을 묘사하면서, 아파트 베란다에서 '날짜가 바뀌는 시점'에 이 놀이를 했다고 한 것 같은데, 그렇다면 보름달이 중천을 기준으로 서쪽에 떠 있었을 거라고요. 그런데, 901호는 동향 집이라는 거지. 창문으로 들이비치는 '상쾌한 아침 햇살' 덕에 인기가 있는 집이니까 말이야. 결국 아까 한 화장실 얘기와 같은 결론이 나와요. 당신은 예전에 맞은편 집에서 살았던 게 아닐까…… 하는."

들고 보니 하나하나 납득할 만한 것이긴 하지만, 이렇게 세세한 점까지 들추어내다니 놀라웠다.

"화장실 얘기를 들었을 때부터, 그런 상상을 해 버렸거든요. 아무런 근거도 없는 단계였지만, '만약 범인이 메이크업 아티스트라면, 화장으로 전혀 다른 얼굴을 만들어 내는 것도 간단한 일이지 않을까' 하고 생각해 본 거지. 그래서 남편분에게 물어본 거고."

"아내는 메이크업 아티스트 일을 한 적이 없습니다, 라고 대답했겠죠."

"맞아요. 졸업 후 바로 결혼했거든요, 라면서."

"하지만, 당신이 상상한 대로 나는, 그러니까 와타베 요시코는 메이크업 아티스트가 맞아요."

"네, 그 밀실에서의 사건 이후, 샅샅이 조사해 봤죠. ……자, 그래서 알게 된 겁니다. 당신이 어째서 가와지 교수를 죽이고, 신약을 없애 버려야만 했는지……."

끝까지 숨겨야만 했다. 나와 나이토 아야코가 뒤바뀌었다는 것, 내가 나이토 아야코의 행복을 빼앗았다는 것. '남편' 나이토 겐스케에게 어떻게 해서든 끝까지 숨겨야만 했다.

"생각해 보니, 남편, 아니, 나이토 씨에게 불쾌한 일일지도 모르겠네요. 함께 살고 있던 여자가, 어느새 다른 사람으로, 그것도 전혀 알지도 못하는 이웃 사람으로 바뀌었다니……."

"아무래도, 섬뜩한 얘기겠죠."

"부러웠어요. 나이토 아야코가."

정신을 차려 보니, 나는 말할 생각도 없었던 일까지 털어놓고 있었다.

"같은 아파트에 살고, 수입도 비슷한데, 결혼 생활에서 얻을 수 있는 행복이 그렇게 다르다니……. 당신도 아까 말했지만, 나이토 씨는 정말로 투명인간에 대한 이해심이 많은 사람이었어요. 상냥하고, 배려심도 깊어서……. 조금은 미덥지 못한 면도 있지만, 투명인간의 남편으로서 하는 행동을 보면, 확실히 의지가 되는 구석이 있었어요. 하지만 내 진짜 남편은…… 그와 반대로 내가 투명인간이라는 사실을 악용했어요."

자카제는 계속 얘기하라고 슬며시 재촉했다. 나를 걱정하는 듯한 눈빛을 보내면서.

"……와타베 지로는 내게 폭력을 휘둘렀어요."

"……마침 얼마 전에도 신문 기사가 났었죠, 투명인간이 피해자가 되는 가정 폭력 건수가 늘어나고 있다고……."

"나도 그중 한 명이었어요. 지금의 약으로는 정해진 피부색을 재현하는 것밖에 안 되지만, 가와지 교수의 약을 먹으면 원래의 색과 형태로 몸이 완전히 되돌아간다는 걸 듣고, 안절부절못하게 되었어요⋯⋯. 물론, 얼굴 생김새를 보고 다른 사람이라는 걸 들키는 것이야말로 가장 피해야 하는 사태였죠. 하지만 팔이나 다리만 재현할 수 있는 시제품을 낼지도 모른다는 얘기도 있었잖아요? 그 시제품조차도 나오면 안 되는 거라고요⋯⋯. 내 팔에 남겨진⋯⋯ 수많은 증거를, 나이토 씨에게 들키고 말 테니까."

'증거'라는 말 이상으로 표현할 말을 입 밖에 낼 수는 없었다. 그 이상 말했다가는, 내 얼굴에 남아 있는 남편의 폭행 흔적이 뚜렷이 기억나 버릴 것만 같았다. 본래 모습의 얼굴을 되찾는다면, 내가 딴 사람이라는 걸 단번에 알게 해 줄 만큼 일목요연한 흔적을.

"실제로 가정 폭력이 동기가 아닐까 하는 생각도 했어요. 하지만, 만약 나이토 씨가 폭력을 휘두르는 거였다면, 약을 빼앗고 사실을 숨기려는 생각을 하는 쪽은 오히려 나이토 씨겠죠. 그런데 그게 아니었던 거고, 나이토 씨와의 관계에서 폭력이 없었기 때문에, 당신은 폭력의 흔적을 숨겨야 했던 거죠."

"왠지 이상한 표현이지만, 맞아요."

자카제가 일리 있게 정리하는 걸 듣고 있자니, 서슴지 않고 말을 뱉어 내는 무신경함에 어처구니가 없으면서도 신기하게 마음이 편안해지는 느낌도 들었다.

"……나이토 아야코가 부러웠어요. 그 삶을 내 것으로 만들고 싶다. 그 사람, 나이토 겐스케를 내 것으로 만들고 싶다. 그렇게 생각했을 때 깨달은 거예요. 나는 투명인간이니까, 그게 가능하다는 걸……. 목소리는 어느 정도 비슷하고, 키도 몸집도 거의 같았어요. 다른 점은 얼굴 생김새뿐. 그렇지만 나는 투명인간이니까, 어떤 색이든 칠할 수 있다고……."

'저, 메이크업 아티스트 일을 하고 있어요.'

'아야코 씨, 얼굴이 정말 예쁜데, 나한테 메이크업 한번 받아 볼래요? 연습 상대라고 하기는 좀 그렇지만…….'

그렇게 말을 거니, 아야코는 싫지 않은 듯 나를 집으로 들였다. 집 내부는 그때 머리에 새겨 두고, 어디에 뭐가 있는지 등을 알 수 있는 범위 내에서 확인했다.

그 이상으로 중요한 건 아야코의 얼굴을 만지는 것이었다.

'근데, 정말 괜찮을까요? 진짜 메이크업 아티스트에게 공짜로 화장을 받다니, 뭔가 이득 보는 기분인데.'

투명해진 뒤부터 손가락 감각이 예민해졌다. 당연한 일이다. 손톱을 깎을 때마저 눈에 의지할 수 없었으니까. 그 예민한 감각에 모든 신경을 집중해서, 나는 아야코의 얼굴을 기억했다. 입술의 모양, 코의 생김새, 속눈썹의 길이, 눈의 크기, 쌍꺼풀인지 외꺼풀인지. 그럭저럭 십수 년 일해 온 직업이다. 여러 번 아야코에게 화장을 해 준 뒤에는 내 집 거울 앞에서 아야코의 얼굴을 완벽하게 재현할 수 있게 되었다.

　그렇게 해서 나는 아야코와 내 남편을 죽였다. 902호는 임대료를 계속 내면서, 와타베 부부가 살고 있는 흔적을 때때로 연출하고, 기묘한 이중생활을 계속해 나갔다. 그 집에 시신이 있는 걸 들킬 리는 없었다. 누구에게도 말할 수 없는 비밀이었기에, 시신을 유기하려고 밖으로 내보내는 것도 어려운 일이었다.

　"투명하니까 어떤 색이든지……라고요."

　"그래요. 하지만, 그게 행복했는지는 모르겠어요." 나는 자카제의 얼굴을 볼 수 없어, 내 깍지 낀 두 손으로 시선을 떨구었다. "만약 내가 비투명인간이었다면, 이렇게 무서운 일은 생각도 하지 않았을 거예요. 아무리 이웃집 잔디가 파릇파릇하다 해도, 그건 어차피 이웃집……. 내 것이 되지는 않아요. 하지만 내게는 그것을 손에 넣을 수단이 갖춰져 버렸고, 그래서……."

　"투명인간이라서 사람을 죽였다는 말이라도 하려고?"

　나도 모르게 고개를 들었다. 자카제는 처음 보는 험악한 표정으로 나를 바라보고 있었다.

　"이봐요, 부인. 이건 얘기하지 않으려고 했는데, 지금 하는 말을 들으니 얘기해야겠네."

　"네?" 자카제가 뿜는 고요한 노기는 무서웠다. 나도 모르게 목소리가 높아졌다. "더, 더 이상 숨기는 건 없는데요."

　"그래. 당신은 더 이상 없겠지."

"……무슨 말이에요?"

"그날, 우리가 왜 연구소에 찾아가게 되었는지 알아? 남편……
아, 아니지, 당신 남편이 아니었지……. 나이토 씨한테 뭐 들은
얘기 없어요?"

내가 잠자코 있으니 자카제는 몸을 앞으로 쑥 내밀며 이야기
를 계속했다.

"나이토 씨는 음식 때문에 당신을 의심하기 시작했어. 그리고
나에게 당신을 미행해 달라고 의뢰한 거지. 처음엔 불륜을 의심
한 거라. 살인이라니 예상 밖이었어. 그리고 지금부터가 중요한
얘기야. 잘 들어요. 나는 말이야, 그날부터 사건이 일어난 날까
지 일주일간, 당신 뒤를 밟았다고. 대학교까지 걸어가는 경로를
탐색하는 당신을."

"말도 안 돼."

나는 고개를 저었다. 있는 힘껏 기억을 더듬어 보았다.

"나는 그때 길을 지나는 모든 사람들을 의식하고 있었다고요.
당신 얼굴은 본 기억이 없어."

"메이크업 아티스트니까, 사람 얼굴에는 남들보다 훨씬 민감
하겠지. 하지만, 당신은 전혀 깨닫지 못한 채 일주일이나 나에게
미행당했어요. 왜인지 알겠습니까?"

자카제는 왼쪽 손목에 찬 시계 버클에 손을 가져가 시계를 풀
었다.

나는 내 눈을 의심했다.

　손목시계에 가려져 있던 부분, 왼쪽 팔목이 완전히 투명하게 비치고 있었던 것이다.

　"이게 바로 '미행을 절대 들키지 않는 사설탐정'이라고 호평을 받는 비법이거든. ……이건 경찰도 알고 있어요. 가끔 수사 협조를 부탁받을 때도 있어서 말이지. 억제제를 먹지 않아도 되는 투명인간으로 특별 인가도 받았고 말이야. 만약의 경우에는 당신에게 내막을 밝히려고 파운데이션을 미리 지워 놨지. 슬쩍 보여 줄 만한 데가 여기뿐이더라고."

　"설마, 당신도 투명인간일 줄이야……."

　한편으로는 납득이 되었다. 완전히 투명해진 사람의 사고를 완벽하게 추적해 낼 수 있는 건, 투명인간뿐이다.

　"당신도 알다시피, 투명인간은 지금 이 나라에서, 또 세계에서, 이제야 겨우 평온한 생활을 할 수 있게 되었어요. 투명함이 받아들여지고, 병을 극복하면서, 이제야 비로소 말이에요. 물론 당신의 처지에 대해서는 딱하게 생각합니다. 당신의 진짜 남편이 저지른 짓은 용서받을 수 없는 것이죠. 하지만, 투명인간이기 때문에 살인을 했다는, 그런 말을 하는 건 절대 용서가 되지 않아요."

　그는 투명한 왼쪽 손목을 눈앞에 들이밀었다.

　"내가 변변찮게 살아가고 있긴 하지만, 이렇게 살아가는 방법도 있는 거예요. ……어떤 사람들은 말이지, 끊임없이 자신이 처한 상황을 '탓하면서' 살아. 그래서 그 상황에 모든 책임을 지우고 위안을 삼지."

나는 의자에 깊숙이 기대었다. 몸에 힘이 하나도 들어가지 않았다.

"당신은 자신의 욕심을 채우기 위해 세 명의 목숨을 빼앗았어. 그리고 과학의 진보마저도 막음으로써 모든 투명인간에게 피해를 줬다고. '투명인간이라서'가 아니야. '당신'이 선택한 것뿐이지."

면회 시간이 끝나고, 투명인간 탐정은 조용히 사라졌다.

세 명의 목숨을 빼앗았고, 이제는 비밀마저 드러났다. 그 비밀을 들으면 나이토 겐스케도 결국 나를 버리겠지. 나는 완전히 혼자가 되었다. 다시 한번 완전히 투명해질 수 있다면, 어디론가 사라져 아무도 모르게 죽어 버리고 싶은 기분이었다.

그러나 내 몸을 칠한 색이 그걸 허락하지 않는다. 화장이, 약이, 탐정의 고발이 나에게 색과 이름을 되찾아 주고 말았다. 이 색과 이름이 나의 죄였다.

언젠가 유치장 창문으로 보름달을 발견한 적이 있다.

집게손가락을 들어 올려 보았지만, 달빛은 손가락에 가려 더는 내게 꿈을 보여 주지 않았다.

【참고 문헌】

· H. G. 웰스, 《투명인간》

· H. F. 세인트, 《투명인간의 고백》

· G. K. 체스터턴, 〈보이지 않는 남자〉

· 아라키 히로히코, 《죠죠의 기묘한 모험 - 다이아몬드는 부서지지 않는다》에서 〈위험한 물건을 주웠다!〉

6명의
열광하는
일본인들

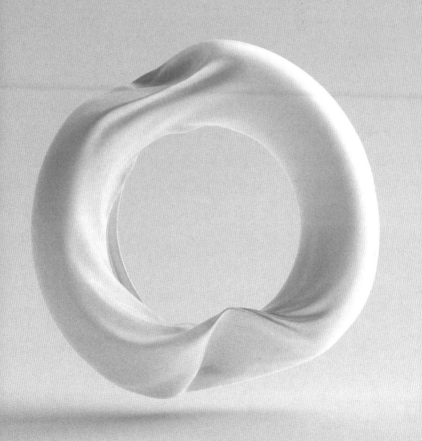

재판이 진행되는 동안 나는 깨달았다.

배심원실 안에서 무슨 일이 일어나는지 아는 건 배심원들뿐이라는 것을.

레지널드 로즈, 《12명의 성난 사람들12 Angry men》 중

'작가의 말'에서

"아주 간단한 사건이었어."

탁, 소리가 나게 수첩을 덮으며 재판장이 말했다.

우배석 판사인 내가 고개를 끄덕였다.

"범인이 자백을 했으니까요. 증거도 충분했고요."

재판장이 콧수염을 잡아당기며 엄숙하게 고개를 끄덕였다.

나머지 한 사람, 좌배석에 자리한 젊은 판사보도 말했다.

"재판원*들도 좋은 사람들이 모여서 다행이었죠. 증언도 잘 듣고 명확히 정리한데다가 토론도 활발했고요."

"그렇죠. 재판원 제도가 도입된 지 9년, 우리 쪽에서 시민들을 대하는 데 익숙해진 것도 있겠습니다만, 특히 이번 여섯 명과는 심의가 알차게 이루어질 수 있었던 것 같네요."

"맞습니다." 재판장의 말에 내가 동의했다.

"그런데, 손에 들고 있는 그 상자는 뭔가요?"

재판장이 좌배석 판사에게 물었다.

"아, 와이프가 만든 케이크입니다. 평의 때 다 같이 드시라면서 들려 보냈거든요."

"자네도 좋은 아내를 두었구먼."

가늘게 뜬 재판장의 눈이 쓸쓸했다.

재판장이 부인과 몇 년 전 사별했다는 사실이 떠올랐다. 재판장 부부에게는 자녀도 없고, 홀로 된 이후 재판장은 워커홀릭 경향이 생겼다.

"그런데, 케이크 같은 거 내놨다고 문제가 되진 않겠지?"

"와이프가 만든 거라 금전적 가치는 없습니다. 가게에서 사 온 거라면 뇌물이 되겠지만요."

"그렇겠군. 하긴 자네가 법을 어기는 어리석은 짓을 할 리도

● 2009년부터 실시된 일본의 배심원 제도 '재판원 재판'은 재판관(판사) 3명과 일반 시민 가운데 무작위로 선발된 재판원 6명이 평의를 거쳐 판결을 내리는 제도이다.

없고 말이야." 내가 쓴웃음을 지었다. "그래도 말이야, 아내가 만든 케이크를 그런 식으로 말하면 실례 아냐?"

"앗, 와이프한테는 비밀로 해 주세요."

난처해하는 듯한 좌배석 판사의 표정을 보고, 재판장과 나는 얼굴을 마주 보며 웃음을 터뜨렸다. 좌배석 판사는 밝은 성격의 분위기 메이커이기도 하지만, 동시에 정의감이 남다르게 투철한 면이 우리 연배의 판사들이 볼 때 특히 마음에 들었다.

평의실에 들어서니, 가운데에 놓인 원형 테이블에 다섯 명의 남녀가 이미 자리를 잡고 앉아 있었다.

"아, 재판장님."

재판원 1번, 피부가 거무스름하고 체격이 좋은 남자가 일어났다. 찻집을 경영 중이라고 한다. 온화한 태도로 보아 그의 찻집도 분명 편안한 분위기일 것이다.

"지금 6번 님이 화장실에 있으니, 잠시 기다려 주십시오."

재판장이 고개를 끄덕였다.

우리는 재판원들을 번호로 불렀다. 물론, 재판원이 원할 경우 이름으로 부르는 것도 가능하지만, 이번에는 은행원인 6번이 '번호로 부르는 편이 객관적으로 의견을 들을 수 있지 않겠는가'라는 의견을 주어, 만장일치로 받아들여졌다.

"이거, 다 같이 드시죠. 제 아내가 만든 케이크입니다."

"오, 케이크라니 좋은데요."

2번이 기쁜 듯 말했다. 중학교 교사로, 몸집이 작은 남자다. 남자답고 늠름해 보이는 얼굴에 몸도 다부지다. 수학을 가르치지만 특별 활동으로 발레부 고문을 맡고 있어서 자연스럽게 몸도 단련됐다고 한다. 아무래도 직업 때문인지 목소리도 잘 들리고 어조도 분명하다.

"전 단것만 보면 사족을 못 쓰거든요."

"탕비실에 홍차가 있을 텐데."

재판장이 말했다.

"어머나 세상에, 아내분 멋지시네요. 그럼 제가 홍차를 타 오겠습니다."

3번이 허겁지겁 일어났다. 살집이 적당히 있고 활기찬 여자로, 평의 분위기를 늘 부드럽게 해 준다. 주부이다 보니 이런 곳에서도 몸을 움직여야만 마음이 편한 건지도 모른다.

"저도 같이 할게요." 1번도 자리에서 일어나 밖으로 나갔다.

"으음, 케이크라."

4번은 고개를 갸웃했다. 눈꼬리가 위로 치켜 올라간 얼굴에 진한 화장을 한 여자로, 무직이다. 재판원은 공평하게 추첨하여, 선출된 사람에게 '호출장'이 발송된다. '호출'이라는 단어에 의무감을 느끼는 사람들이 많기도 하고, 실제로도 특별한 이유 없이 거부할 경우 처벌을 받게 되다 보니 이런 젊은 사람도 성실하게 출석한다.

"저는 다이어트 중이라서요. 패스할까 봐요. 근데 무슨 케이크예요?"

"파운드케이크입니다. 실은 제 와이프 특기예요."

"저기 4번 님." 5번이 말했다. "재판원도 해 보고, 케이크도 얻어먹고, 이런 기회는 웬만해선 잘 없다고요. 이번 한 번만 좀 먹어 보는 게 어때요?"

"아, 설득되네. 그럼 나도 먹어 볼까."

"헤헷, 그럼요, 그래야죠."

5번이 생글생글 웃었다. 눈꼬리가 처져 순해 보이는 인상에, 성격 또한 느긋한 남학생으로, 출석 중이던 세미나의 교수에게 양해를 구하고 재판에 참가하고 있다. 법학 관련 세미나이다 보니, 의미 있는 체험을 하고 오라며 출석으로 인정해 주기로 했단다. 4번과는 나이도 비슷하고 해서 평의를 하지 않을 땐 스스럼없는 말투로 대화를 주고받곤 했다.

1번과 3번이 사람 수만큼 홍차를 준비해 와서 케이크를 종이접시에 나눠 담자, 그제서야 다들 조용해져서 의자에 앉았다. 화장실에 있는 6번만 빼고.

우리는 나흘에 걸친 공판 중에 이미 여러 차례 이야기를 나누는 자리를 가졌다. 그날 들은 증언이나 정보를 정리해서 논점을 찾고, 의논한다. 오늘 평의에서는 마침내 유죄인가 무죄인가를 결정하게 된다.

"죄송합니다. 늦었네요."

"아, 6번 님. 자 이제……."

재판장은 그 순간 말문이 막혔다. 그 자리에 있던 모두의 기분도 똑같았을 것이다.

네모나게 각진 뿔테 안경을 쓰고, 키가 작고 비쩍 마른 6번. 은행원인 그는 머리 회전도 빨라서 우리가 제시하는 논의에 명확하게 잘 따라오고, 재판원들끼리의 대화를 이끌어 가 주는 존재였다. 물론 우리 법관들에게도 가장 두터운 신뢰를 받는 재판원이었다.

그 6번이 지금 화려한 핑크색 티셔츠로 갈아입고 나타났다. 가슴 부분에 박혀 있는 건, 아이돌 그룹 '큐티 걸스'의 로고였다.

"에……." 재판장은 곤혹스러움을 감추지 못하면서도, 엄숙하게 말했다.

"그러면, 지금부터 평의를 시작하겠습니다. 피고인에 대하여, 유죄인가 무죄인가를 논의하고, 유죄인 경우, 양형 판단으로 넘어가게 됩니다.

결론은 다수결로 결정합니다. 다만, 다수 의견이어도 그중에 법관이 한 명도 포함되어 있지 않으면 무효입니다. 예를 들어, 재판원 여섯 분 모두가 유죄라고 주장해도, 저희 재판관 세 명이 모두 무죄라는 의견이면 유죄가 성립되지 않습니다. 유죄가 되지 않는 다수결은 무죄인 것으로 결정이 납니다. 이 점, 유의해 주시길…….."

재판장은 짐짓 점잔을 빼며 얘기하면서도, 6번 쪽으로 힐끔힐끔 눈길을 주었다.

"또한, 이 자리에서 이루어지는 논의 내용은 비공개입니다. 외부에는 유죄 혹은 무죄 여부와 양형, 즉 결론만 공개됩니다. 누가 유죄와 무죄 어느 쪽에 투표했는지, 투표의 자세한 내역은 어땠는지 등과 같이 논의 과정에 관한 것은 외부에 유출해선 안 됩니다. 이 점, 주의하여 주시고, 동시에 여러분 모두 안심하고 논의에 참여해 주셨으면 합니다."

재판장이 눈짓을 하자, 서기를 맡은 좌배석 판사가 화이트보드 옆에 섰다.

그쯤 되어 내가 입을 열었다.

"자, 그러면 우선 한 분씩 의견을 들어 보는 게 어떻겠습니까?"

그렇게 말을 꺼낸 건, 6번이라는 노골적으로 눈에 띄는 성가신 존재의 순서를 뒤로 미룰 작정이었기 때문이다. 또한 아직까지 6번의 복장에 대해 집요하게 캐묻는 사람도 없었다.

"아, 좋은 생각이네요." 1번이 과하게 고개를 끄덕이더니 자리에서 일어나 말했다. "저, 그러면 외람되지만 1번인 저부터 해도 되겠지요? 재판에 대해 잘은 모릅니다만, 이번 사건처럼 명백한 사건도 없을 것 같습니다. 피고인과 피해자는 둘 다 아이돌 그룹

'큐티 걸스'의 콘서트를 보기 위해 야마나시에서 도쿄로 여행 와 있었습니다. 봄에 개최되는 '스프링 페스티벌'이라는 제목의 공연이었죠. 요즘 엄청나게 잘나가는 아이돌이다 보니 공연은 이틀에 걸쳐 진행됐고, 첫째 날 공연이 끝난 뒤 두 사람은 호텔 방에서 말다툼을 벌였어요. 그러다 발끈하면서 피고인이 피해자를 이렇게, 픽, 후려갈겨 버린 거죠.

자백도 제대로 했고, 피고인도 살해 사실에 딱히 반박할 생각도 없는 것 같으니, 이건 뭐, 유죄 아닐까요. 그리고 욱해서 때린 것이니 계획성은 거의 없었다는 점. 저는 이 부분을 주목하여 형량을 조금 가볍게 해 주면 좋지 않을까 생각합니다."

"아니요, 이렇게 보면 어떨까요."

1번의 주장을 듣고 중학교 교사인 2번이 말했다. 1번은 "아, 그럼 이제 2번 님 말씀하십시오."라며 순서를 넘겼다.

"감사합니다. 확실히, 1번 님 말씀대로 계획적이진 않았던 것 같습니다. 흉기로 쓰인, 호텔에 비치된 전기 포트에도 지문이 잔뜩 남아 있는 걸 보면, 범행을 숨기려는 의도도 없었던 것 같고요.

하지만, 피고인은 피해자의 머리를 2회 가격했습니다. 한 번이었다면 충동적이었다는 스토리도 성립되겠지만, 두 번이 되면 달라지죠.

게다가 피고인은 피해자를 때린 뒤, 피해자를 살리기 위한 어떤 행동도 취하지 않은 것으로 보입니다. 순간적으로 욱해서 폭력을 휘둘렀다면, 때리고 난 뒤 제정신으로 돌아와서 인명 구조를 위한 노력을 하기도 합니다. 그런데 피고인은, 때린 뒤 한동안 멍하니 있었다고 진술했고, 범행 1시간 뒤에야 신고를 했습니다. 그런데 여기서 끝이 아닙니다. 피고인은 현장에서 피해자와 함께 아이돌 공연 DVD를 보다가 말다툼을 하게 되어 폭행했다고 진술했는데, 때리고 나서 신고하는 것보다도 먼저 DVD 재생을 멈췄다고 말했습니다. 지나치게 냉정합니다. 이런 일들이 피고인의 잔인한 일면을 뒷받침하는 증거라고 할 수 있겠습니다."

길고 유창하게 말을 늘어놓은 끝에 2번은 "이래 봬도 저, 대학 시절에는 법학을 조금 공부한 적이 있거든요."라고 덧붙였다.

"아, 저기요, 그런 건 좀 치사한 거 아니에요?" 4번이 입을 삐죽대며 말했다. "재판원은 모두 비전문가로서 대등한 입장이라고요."

"맞아요." 5번도 동조했다. "그렇게 말씀하시면 저도 뭐, 이래 봬도 법대생이란 말입니다."

"아이고, 미안하게 됐네요."

4번의 발언은 무례했지만, 2번은 관대하게 받아들였다. 중학교 교사이다 보니, 자기보다 어린 사람이 건방지게 구는 것에 익숙해져 있는 것인지도 모른다.

"어머나, 제 차례인가요? 케이크 맛있었습니다. 아내분께 인사 전해 주세요."

"네." 좌배석 판사가 웃는 얼굴로 대답했다. "그럼 3번 님, 의견 말씀해 주십시오."

"네, 참으로 끔찍한 사건입니다. 저는 재판에 이렇게 증거물이 많을 줄은 생각도 못 했어요. 흉기로 쓰인 전기 포트도 그렇지만, 아이돌 팬들이 사용하는, 응원봉이라고 하나요? 그 케이스에까지 피가 끈적하게 묻어 있어서, 그걸 보고 기절하는 줄 알았다니까요."

"3번 님, 3번 님? 감상이 아닌 의견 부탁드리겠습니다."

"어머나! 말이 딴 데로 흘렀네요. 저도 유죄라고 생각합니다. 양형은 조금 가볍게 해도 되지 않을까 싶고요. 재판 이틀째 오셨던, 정상 증인●이라고 하던가요? 그 피고인 친구분도 평소에는 착한 사람이라고 증언했고요. 게다가 어딘가 안절부절못하는 게 우리 아들이랑 똑같아서……. 저희 아들도 가끔 욱할 때가 있거든요. 이번 사건이 일어난 날과 같은 날, 올해 4월에 있었던 일인데요, 아키하바라에서 아들을 봤어요. 나중에 집에 왔을 때, 거기서 뭐 했냐고 물어봤다가 버럭 화를 내 가지고. 평소에는 착한 애거든요. 피고인도 그런 식으로 좀 발끈한 것뿐인 것 같습니다."

"그렇군요. 잘 알겠습니다." 영원히 끝날 것 같지가 않아, 나는 적당한 지점에서 말을 끊었다.

● 양형 판단에 참작해야 할 사정을 말하기 위해 출두하는 증인으로, 변호인의 경우 피고인의 가족과 지인 등이 관대한 처분을 요구하며 피고인에게 유리한 사정을 하고, 검찰의 경우 피해자나 유족이 양형에 반영될 수 있도록 피해감정을 강하게 호소하는 경우가 많다.

"이번엔 4번 님, 시작하시죠."

"도대체, 아이돌 때문에 싸움이 나서 사람을 죽이다니 어이가 없네. 그 그룹 노래 저도 꽤 좋아하는데, 이젠 들을 때마다 이 사건이 생각날 것 같네요. 그 그룹에게도 폐를 끼친 셈이잖아요. 유죄."

4번이 그렇게만 말하고는, 입을 다문 채 고개를 돌려 버리는 바람에 나는 당황했다.

"아, 아아. 그러면 5번 님."

"아, 제 차롄가요. 음, 계속 궁금했던 게 있어서요. 현장에 있던 쓰레기통 말인데, 아이돌 그룹 DVD의 비닐 포장이 쓰레기통에 버려져 있었다고 형사님이 얘기했잖아요. 피고인도 이제 막 발매된 DVD를 보다가 싸움이 났다고 진술했으니, 이를 뒷받침하는 증거물이었죠. 그리고 '실황 조사서'라고 하던가요? 현장에 보이는 것들이 아주 자세하게 기록되어 있는데, 쓰레기통 안에 비닐 말고도 습포제 포장이 버려져 있었다고 했어요. 하지만 피해자도 피고인도 몸에 파스를 붙이고 있진 않았거든요. 그러면 쓰레기통에 버려진 그건 대체 뭐였을까 해서……."

그러고 보니 5번은 재판장에게 신청하여 증인에게 직접 질문을 했던 때에도 이런 걸 물었던 게 기억났다.

"5번 학생, 그런 사소한 것에선 아무것도……." 하고 2번이 씁쓸하게 말했다.

"하지만 제가 여름 방학 때 그 호텔에서 아르바이트한 적이 있는데, 거기 청소 엄청 철저하게 하거든요. 그 형사님도 사건 전날 방을 청소했다는 걸 종업원에게 확인했다고 말했잖아요.

그리고 재떨이에도 쓰레기가 있었어요. 무슨 종이를 태우고 남은 듯한 찌꺼기. 복원에는 실패했다고 하지만, 그것도 청소할 때 있었다면 제대로 치웠을 테니, 사건 당일에 생긴 게 틀림없어요. 그런데 피고인이 말한 대로 '호텔 성냥 한 개 정도는 써 보고 싶어지지 않나요'라는 설명으로는 어딘가 개운치 않달까……."

"그래서, 유죄라는 거야, 무죄라는 거야?"

2번이 말귀를 못 알아듣는 학생을 타이르듯 살짝 넌더리가 난 듯한 말투로 물었다.

5번이 기가 죽어 대답했다.

"뭐, 파스 쓰레기나 재떨이에 남은 걸로 피고인의 불리한 입장이 달라지는 건 없습니다. 유죄예요. 양형은 욱해서 저질렀다, 두 번이나 후려쳤다, 이렇게 가벼워질 이유도 있고 무거워질 이유도 있으니 그 중간 정도면 되지 않을까요."

"네. 다음은……."

다음으로 넘어가려니 마음이 무거웠다.

6번은 네모난 안경 너머 눈을 감고, 침착하게 팔짱을 끼고 있었다. 태연자약한 모습이었다. 그렇다고 위엄 있어 보이는 자세는 아니다. 핑크색 오타쿠 티셔츠를 입고 있으니.

"사형."

"네?"

6번이 불쑥 입을 여는 바람에 나는 화들짝 놀랐다. 게다가 지금 뭐라고 한 거지?

"그 사람, 사형이야."

좌배석 판사도 턱이 빠질 만큼 입이 벌어졌지만, 재판장은 역시나 냉정을 잃지 않았다.

"6번 님, 전해 드린 양형 자료를 읽으셔서 잘 아시겠지만, 계획성이 없는 살인이고, 피해자도 한 명이기 때문에 갑자기 사형이라고 하는 건 과한 게 아닌지요."

"네, 네. 양형 자료는 다 읽었고말고요. 하지만 이 사건은 전례가 없는 케이스예요. 전례가 없는 케이스일수록 단호한 결단이 필요하지 않겠습니까, 재판장님?"

"전례가 없다니요." 1번이 끼어들었다. "그건 아니지 않나요? 말싸움 끝에 상대를 때린 사건은 수두룩하잖아요."

"하지만, 그 사람은 이런 사건을 일으킨 일로 '큐티 걸스', 나아가 그룹의 리더인 미코시바 사키짱에게 악영향을 끼쳤단 말입니다!" 6번은 주먹을 부르르 떨었다. "이런 사건이 일어난 걸 보고 세간에서 또 '역시 오타쿠들이란……!' 하고 비난을 쏟아붓겠죠. 그러면 화제에 오르는 자체로 그룹 멤버들의 정신적 악영향을 초래하는 등의 일이 당연히 생길 수 있습니다. 아이돌 오타쿠는 자신이 신봉하는 콘텐츠를 위해서야말로 청렴결백해야 합니다.

저는 오늘, 피고인의 최종 진술을 듣기 전까지는 공정한 판단을 위해 노력해 왔습니다! 하지만, 오늘 확신을 갖게 되었습니다! 그놈은 마지막 순간까지 '큐티 걸스'를 향한 사죄의 말은 한 마디도 하지 않았어요! 그놈은 아이돌 오타쿠 자격도 없어! 사형에 처해 마땅하다!"

나는 머리가 하얘져 멍하니 있었다.

그렇다면, 6번은 단정한 은행원 복장 속에 저 핑크색 오타쿠 티셔츠를 입은 채 피고인을 용서할 순간만을 애타게 기다렸다는 것이다. 아마도 매일……. 그것이 오늘에 이르러 더 이상 참을 수 없게 되었다. 우리 재판관 세 사람이 신뢰하던 6번은 환영이었단 말인가…….

좌배석 판사는 화이트보드에 펜을 갖다 댄 채로 굳어 있었다. 재판장도 눈을 둥그렇게 뜬 채 입을 열 엄두도 못 내고 있었다.

어쨌든 이런 흐름은 곤란하다. 내가 뭐라도 말을 하려는데, 2번이 소리쳤다.

"그러면, 그러는 당신은 뭔데!"

2번의 얼굴을 쳐다봤다. 더는 못 들어 주겠다는 듯한 표정으로, 쓴소리를 날려 주려는지 말을 꺼냈다.

"당신은 어차피 공연장에서 집으로 가는 길에도 콘서트 굿즈 티셔츠를 입은 채로 가잖아?"

"네, 물론이죠." 6번이 눈살을 찌푸렸다. "그게 어쨌다고요?"

"나는 공연장에서 새 티셔츠로 갈아입고, 땀에 젖은 굿즈 티셔츠는 그 상태 그대로 폴리백에 담아서 집에 간다고요. 민망함이란 게 있어서 말이죠. 게다가 땀에 절어 있는 티셔츠를 입고 지하철을 타면, 주변 사람들에게 나쁜 인상을 줘서 '이 사람들 ○○라는 그룹 팬이야. ○○의 오타쿠는 이런 사람들이구나.' 하고 생각하게 될 수도 있으니까. '청렴결백'이라면서, 당신이야말로 그걸 실천하지 못하고 있는 것 아닙니까?"

6번은 "민망함이라고 하시는데, 교사라서 체면을 차리는 것뿐이잖아요."라고 발끈하며 받아쳤다.

2번은 6번을 노려보며 가슴 쪽 주머니에서 휴대전화를 꺼냈다.

"이것 봐! 이 휴대전화 케이스, '큐티 걸스' 디자인이라고……. 그것도 미코시바 사키, '삿짱'이 직접 그린 그림으로 디자인한, 3년 전에 나온 한정 생산 제품. 부러울 거다!"

6번의 반응이 썰렁하자, 2번의 얼굴이 빨갛게 달아올랐다.

"뭐 그건 일단 놔두고요. 중요한 건, 이게 쓱 봤을 때는 오타쿠 굿즈인지 잘 모른다는 거예요. 평소에 사용하기에도 훌륭한 세련된 디자인. 이것이야말로 지나치게 주장하지 않는 사랑이지. 그런데 당신은 어때?"

2번은 고압적인 태도로 6번에게 손가락을 들이댔다.

"재판원 재판이라는 진지한 자리에서, '저는 '큐티 걸스'의 오타쿠입니다!'라고 마구 주장하는 복장이라니! 이 재판을 끝낸 뒤, 이곳에 모였던 사람들은 '아, 역시 오타쿠란 다들 저런 놈들뿐이구나.' 하고 생각하겠죠. 즉, 꼴불견이라고 말입니다!"

나는 두 사람이 뭘 논의하고 있는지 모를 뿐더러, 문득 이게 재판원 재판이 진행 중인 장소라는 것마저 헷갈리기 시작했다. 확실히 알겠는 건, 6번의 얼굴이 빨개지다 못해 보라색으로 변했다는 것이다.

"뭐라고!"

"자, 자, 6번 님."

"하지만."

갑자기 벌떡 일어난 6번을 2번이 재빠르게 손으로 제지했다.

"피고인이 아이돌 오타쿠 자격이 없다는 의견에는 찬성이야."

"2번 님……."

두 사람이 굳게 악수를 나눴다.

"와, 와아, 놀랐네요." 좌배석 판사가 말했다. "설마 같은 아이돌 팬이 여섯 분 중에 두 분이나 계실 줄이야. 이런 우연도 있군요. 자, 의견도 한 바퀴 돌았으니, 논점을 하나하나 짚으면서……."

나는 좌배석 판사를 향해 무언의 화성을 보냈다. 그는 익살을 떨어 가면서 2번과 6번의 페이스에 말리지 않도록 이야기의 주제를 되돌리려 했다. 그때였다.

"아니요."

1번이 자리에서 일어났다.

설마.

내가 이렇게 생각하고 있을 때 좌배석 판사의 표정도 동시에 얼어붙었다.

"이 자리에 있는 오타쿠는 세 명입니다."

"어머나, 세상에."

"제발 작작들 좀 해." 내가 조그맣게 중얼거렸다.

"1번 님도……." 좌배석 판사는 눈을 크게 떴다. "저, 아이돌 오타쿠는 좀 더 젊은 사람들일 거라고 생각했어요. 실례지만, 세 분 다……."

"사십 대, 오십 대겠죠. 맞습니까?"

1번의 말에 2번과 6번이 고개를 끄덕였다. 프로필에 의하면 1번은 유부남일 텐데, 오타쿠의 세계는 정말 알 수가 없었다.

"우리 세대는 젊은 시절 마쓰다 세이코 아니면 나카모리 아키나, 오냥코 클럽……. 쇼와 시대® 아이돌의 황금기를 지나왔어요. 그 당시 아이돌에게 빠졌던 남자라면 아이돌을 좋아하는 피가 흐르고 있다고까지 말해도 좋을 정도죠."

"설명하시는 게 교사 티가 나네요." 1번이 코를 비비며 말했다. "사실, 아이돌 현장에 가면 '로맨스 그레이'라고, 딱 봐도 저

● 1926년 12월 25일∼1989년 1월 7일까지의 기간을 말한다.

보다 나이 많은 할배들도 있거든요."

"……아니 뭐, 그렇게 듣고 보니." 좌배석 판사가 머리를 긁적이며 말했다. "제가 어렸을 땐 모닝구무스메가 전성기였고, 고등학교 땐 AKB가 인기였고……."

"무언가에 빠져 본 적이 있다면, 판사님에게도 그 피가 요동치는 때가 올지도 모르고요."

6번이 이렇게 말하며 씩 웃었다. 좌배석 판사의 표정이 복잡해졌다.

"그래서 2번 님과 6번 님 말인데요……." 1번은 크게 고개를 끄덕여 가며 말했다. "어쩐지, 어디선가 본 기억이 있다고 생각했어요. '현장'에서 자주 뵙는 얼굴이었거든요."

"저, '현장'이란 건 어디를?" 하고 좌배석 판사가 곤혹스러운 표정으로 물었다.

"아이돌 이벤트나 라이브 공연 같은 걸 뜻합니다. 확실히, 독특한 표현일 수도 있겠네요."라고 2번이 교사답게 설명했다.

"흠, 듣고 보니, 저도 1번 님을 본 기억이 있는 것 같네요……." 6번이 고개를 끄덕였다.

"뭐, 그건 아무래도 좋지 않습니까. 저는 두 분이 말한, '피고인은 아이돌 오타쿠 자격이 없다'는 표현에 대해 아무래두 수긍이 가지 않아서요."

"호오, 그렇게 말씀하시는 이유는?"

6번이 도전적으로 물었다.

"두 분은." 1번은 턱을 쓰다듬었다. "온몸으로 아이돌에 대한 사랑을 표현한다고 하는 분들이잖아요. 지금 이야기를 들으면서도 그렇게 생각했고, 6번 님은 1열에서 콜을 넣는 걸 여러 번 봤거든요."

"저기, 1열은 뭐고, 콜은 또 뭘까요." 좌배석 판사가 물었다.

2번이 대답했다.

"1열은 공연장 맨 앞줄. 콜은 아이돌이 노래를 할 때 오타쿠 쪽에서 하는 구호 같은 거예요. 저기, 얘기가 진행되지 않으니 궁금한 건 조금만 참아 주시겠습니까?"

"죄, 죄송합니다." 좌배석 판사는 사과하면서, 나를 향해 '지금 내가 잘못한 건가요!'라고 호소하는 듯한 시선을 보냈다.

"음." 1번이 이야기를 계속했다. "어디까지 했더라. 아, 그렇지. 제가 얘기하려는 것은, 저나 피고인 같은 오타쿠는 두 분과 근본적으로 다른 타입이라는 거예요."

"그렇긴 하네요." 2번이 아주 흥미롭다는 듯 말했다. "아이돌을 좋아하는 방법은 다양하니까요. 우리처럼 공연을 함께 만들어 가려고 하는 사람도 있고, 조용히 공연을 감상하고 집에 돌아가는 사람도 있고, 악수회나 사인회에서 나누는 대화에 더 특별한 가치를 두는 사람도 있죠. 악수회에서 안무가 틀렸다느니 잔소리를 해서, 누구보다도 내가 너를 지켜보고 있다고 어필해야만 직성이 풀리는 사람도 있을 정도니까요."

"어머, 그렇게까지."

"아, 저는 아닙니다."

3번이 질색하는 듯한 목소리로 말하자, 2번이 당황하며 덧붙였다.

"……어쨌든." 1번이 씁쓸한 듯 말했다. "저는 콜은 하지 않는 쪽이거든요. 응원봉도 높이 흔들지 않고, 아이돌 공연은 음미하듯 감상하죠……. 노래랑 경쟁할 정도로 소리를 높여 응원하면 어쩌겠다는 겁니까?"

"흥." 6번이 콧방귀를 뀌었다. "'지장(智將)'이시군요. 저도 무척 감동했을 땐 그렇게 돼요."

문맥상 '지장'이라는 건 콜 같은 걸 하지 않고 공연을 감상하는 것을 가리키는 말이겠지.

"하지만, 기본 노선은 다릅니다. 아이돌이 온 힘을 다해 부르는 노래에, 온 힘을 다해 응원하는 것이야말로 예의 아니겠습니까. 라이브 공연장이라는 건, 아이돌과 오타쿠가 함께 만들어 가는 것 아닐까요?"

"공연의 주인공은 아이돌이잖아요." 1번이 목소리를 높여 주장했다. "어쨌든, 저나 피고인처럼 조용히 아이돌을 즐기는 타입의 사람은 이런 사건을 일으킨 것만으로도 죄스러워 어쩔 줄 모를 거라고 생각합니다. 말로 하지는 않았지만, 충분히 반성하고 있지 않을까요."

"듣기엔 좋은 의견입니다만." 2번이 타이르는 듯한 어조로 말했다. "말로 표현하지 않으면 전해지지 않기도 해요."

"맞아." 6번은 감정이 격해졌는지 자리에서 일어났다. "그건 '현장'에서도 마찬가지. 그렇기 때문에라도 우리는, 목소리를 높이고, 응원봉을 힘차게 흔들어서, 아이돌을 향한 마음을 전하는 거라고."

6번은 아이돌 이야기로 바뀐 뒤부터 점점 말이 많아지고, 완전히 스스럼없는 말투로 변했다.

"'큐티 걸스'에게는 아이돌과 오타쿠 사이의 아름다운 에피소드가 몇 가지 있는데 그중 미코시바 사키의 명곡 〈over the rainbow〉와 관련된 이야기가 있지. 콘서트 전날 라디오에 출연한 미코시바 사키가, '저 무지개를 넘어서 너를 만나러 갈게'라는 가사가 나오는 부분에서 응원봉 불빛이 팟 하고 빛나면 좋겠다고 말했어. 자기 이미지 컬러인 빨간색뿐 아니라 모든 색깔이 켜져서, 공연장에 무지개다리를 놓아 주면 좋겠어요, 라고 한 거지. 그라디오 방송을 못 들은 팬들도, SNS에서 정보 공유를 통해 미코시바 사키의 바람을 알게 됐고, 공연 당일에는 가지고 있는 응원봉을 모두 가져와 응원봉을 높이 흔들었어. 실제로 보라고. '스프링 페스티벌' 도쿄 공연 둘째 날 현장에서 배포된 응원 가이드에는……."

6번은 휴대전화에서 사진을 찾아 보여 줬다.

"이렇게, 해당 가사 부분에 '모든 색 일제히 점등'이라고 손글씨로 일일이 덧붙여 놨잖아. 라디오 방송이 나갔을 땐 이미 인쇄가 끝났을 테니까, 응원 가이드를 제작한 주최 측에서 한 장 한 장 공들여 써넣었을 거란 말이야.

이걸 받고, 빨강에서 보라까지. 일곱 가지 색을 예쁘게 갖추어 정렬한 꼼꼼한 팬도 있었고, 가지고 있던 응원봉을 전부 꺼내 머리 위에 치켜든 전략가도 있었어. 공연 중간에 멤버들이 토크를 하는 시간에, 미코시바 사키가 이를 보고 감동했다는 말도 했지. 이런 마음의 교류는, 온 힘을 다해 노래를 부르는 아이돌과, 온 힘을 다해 응원을 외치는 팬 사이에서만 생기는 거라고 생각하지 않나?"

"그건……."

1번이 말을 끊었다.

"어머머." 3번이 당황스러워하며 말했다. "어쩐지 얘기가 재미있어지네요."

머리 아파지는 얘기가 끊기자 겨우 정신이 번쩍 났다. 지금 끼어들어 이야기의 방향을 틀지 않으면, 평의는 도무지 진행되지 않겠지.

"어, 그러면……."

그렇게 말문을 열자, 2번이 의외의 사실을 말했다.

"응원봉 얘기를 하다 보니, 현장에 남아 있던 응원봉 홀더에 조금 수상한 점이 있었어요."

수상한 점? 오타쿠들의 의논이 증거물에 대한 얘기로 옮겨 가자 마음이 확 끌려갔다.

"아, 2번 님도 눈치챘군."

2번의 말에 6번이 즉각 반응했다.

"관계없는 응원봉이 섞여 있었다는 얘기겠지?"

"맞아요, 맞아."

"잠시만요." 내가 외쳤다. "응원봉이 수상하다니, 무슨 말씀인가요?"

"네?"

6번이 눈을 끔벅였다. 마치 어째서 그런 것도 모르냐고 묻는 듯한 눈빛이었다. 어처구니가 없다.

"그게 말이죠······. 아, 실물이 있어야 설명이 빠르겠어요. 재판장님, 이럴 때 증거물을 보여 달라고 신청할 수 있었죠?"

"아, 네. 그렇습니다. 조금 기다려 주십시오."

재판장은 밖에 있는 직원에게 말을 걸었다. 이런 때에도 침착하다니 과연 재판장이다. 잠시 후, 직원이 응원봉 홀더를 들고 왔다.

홀더는 6번 자리로 옮겨졌다.

"도대체 이 홀더는 어떻게 사용하는 겁니까?"

"기본적으로는."

6번은 재판장의 허가를 받은 뒤 하얀 장갑을 끼고 홀더에 손을 댔다. 혈흔이 묻어 있어서 내키지 않는 듯했으나, 자기 몸 앞으로 홀더를 비스듬히 가져갔다.

"증거물이라 앞에 갖다 대기만 합니다만, 이렇게 크로스백처럼 어깨에 사선으로 멘 형태로 사용하는 겁니다. 그러면 자기 몸 앞쪽에 주머니 열다섯 개가 늘어서게 되죠. 이 주머니 하나하나마다 응원봉을 끼우는 거예요."

지금 열다섯 개의 주머니에는 사건 당시 상황 그대로, 열다섯 개의 응원봉이 꽂혀 있다.

응원봉은 길이가 20센티미터 정도로, 손으로 잡는 부분과 빛이 나는 부분으로 크게 나눌 수 있다. 각각 10센티미터 정도다. 주머니에 넣으면, 빛이 나는 쪽 대부분이 가려진다. 주머니에 실제로 꽂아 보면, 빛이 나는 쪽 끝부분 3센티미터 정도와 손잡이 부분이 겉으로 드러나는 형태가 된다.

응원봉 홀더는 피해자가 가격당할 당시 가까이에 있어서, 머리에서 튄 피가 묻어 있었다. 주머니에 응원봉이 꽂혀 있는 상태로 피가 튀어서, 주머니 바깥쪽과 손잡이 부분까지 혈흔이 흠뻑 남아 있었다.

"이렇게나 색깔이 여러 가지로군요." 3번이 말했다. "빨강, 주황, 노랑, 핑크, 파랑, 베이지……. 색색별로 쭉 있어요.”

“뭐, '큐티 걸스'는 멤버 수가 많으니까요. 아마 각 멤버의 이미지 컬러겠죠.”

4번이 메마른 목소리로 말했다.

“그렇구나, 이미지 컬러.” 5번이 고개를 크게 끄덕였다. “아, 아까부터 자주 언급하시는, 미코시바 사키라는 친구는 빨간색이라 했던가요?”

“네, 이거예요.”

6번이 빨간색 응원봉을 주머니에서 뽑아냈다.

“호오, 재미있네요.” 3번이 살짝살짝 고개를 끄덕였다. “이걸로, TV에서 하는 것처럼, 그 뭐더라, '오타게●'라는 걸 하는 건가요? 제가 아이돌 '현장'? 그런 걸 잘 몰라서요.”

6번이 “무슨, 말도 안 되지!”라고 거친 기세로 입을 여는 걸 달래고는 2번이 조용히 대답했다.

“아니요, 이른바 '오타게'는 요즘 많은 아이돌 현장에서 금지되고 있습니다. 격렬한 동작이 동반되고, 응원봉을 손에서 놓쳐 날아가면 사고로 이어질 수 있고요. 일부 지하 아이돌 현장 등에는 남아 있는 곳도 있습니다만. 대표적인 예로 AKB48 극장의 경우, 자리에서 일어나는 것, 응원봉을 포함한 응원 굿즈를 어깨 위로 들어 올리는 것도 금지되어 있습니다.”

● 좋아하는 아이돌에게 바치는 퍼포먼스. 보통 응원봉을 휘두르는 안무 동작과 구호로 이루어진다.

"허……." 나는 숨을 푹 내쉬었다. 실제 아이돌 현장이란 곳은 내가 생각한 것보다도 훨씬 통제가 잘 이루어지는 곳인 듯하다.

"이러한 것들을 근거로 삼아 '큐티 걸스'의 현장에 대해 설명하자면, 구호와 응원봉 불빛에 의한 콜이 주를 이루고 있습니다."

"응원봉이란 건 말이죠." 1번이 설명을 이어받았다. "원래는 이렇게 많이 있는 게 아니었어요. 피고인도 그랬듯이 색을 바꿀 수 있는 펜라이트 한 개 아니면 두 개 정도 드는 게 일반적입니다. 아니면 막대를 꺾으면 빛이 나는 화학적인 방식의 라이트 스틱을 대량으로 준비하기도 하고요. 1분에서 3분 정도만 발광하기 때문에, 여러 개가 필요한 거죠. '큐티 걸스'는 멤버 수가 스물일곱 명으로 많고, 각 멤버에게 이미지 컬러가 있어서, 멤버별 전용 응원봉이 있다 보니, 이렇게 응원봉을 한꺼번에 여러 개를 담을 수 있는 아이템이 있는 겁니다. 실제로 이런 홀더를 사용하는 오타쿠는 전체의 10~20퍼센트로, 대부분의 사람들은 색깔이 변경되는 펜라이트 한 개만 갖고 있죠. 분명 이번 사건에서도 피해자는 이 홀더와 컬러 조정 펜라이트를, 피고인은 컬러 조정 펜라이트만 갖고 있었을 겁니다."

"그러고 보니 사건 현장에도 라이트 스틱이 많이 있었네요. 주황색이었죠." 5번이 고개를 끄덕이며 말했다.

"흠." 6번이 설명을 이어 갔다. "공연 둘째 날 세트 리스트, 즉 곡의 순서를 예상한 목록에서도 격한 노래가 많이 들어 있었어.

UO, 즉 '울트라 오렌지' 라이트 스틱에 불을 지필 기회가 많을 거라고 예상한 거겠지."

나는 라이트 스틱에 '불을 지핀다'고 표현하는구나, 하며 충격을 받았다.

"그래서 수상한 점이 뭡니까?" 좌배석 판사가 기다리다 지쳐 재촉했다.

"지금 여기 응원봉 열다섯 개가 꽂혀 있지 않습니까. 그리고 공연은 이틀로 나뉘어 있었고요. 이 두 번의 공연은 사실 출연자가 각각 다릅니다.

스물일곱 명 가운데 첫째 날은 열네 명, 둘째 날은 열세 명이 출연했죠. 둘째 날 참가자 열세 명의 응원봉은 전부 갖춰져 있는데, 첫째 날 출연한 멤버의 응원봉이 두 개 섞여 있네요."

"그래서 문제의 두 개가 뭔데요?"

더 이상 못 참겠다는 듯 4번이 물었다.

"이거랑, 이겁니다."

6번이 두 개를 뽑아 보였다. 그의 설명에 의하면 각각 아마미 호타루, 모모세 린이라는 멤버의 응원봉이었다. 남색과 노란색.

6번이 재판장 쪽을 보며 말했다. "저기, 상관없는 응원봉이 두 개. 수상하지 않나요?"

"그건······." 재판장은 딱 보기에도 곤혹스러워하고 있었다. "두 칸이 비어 있으면 기분이 나빠서가 아니겠습니까?"

"아니요." 2번이 즉시 부인했다. "그런 거였다면 컬러를 조정할 수 있는 응원봉을 넣어 두겠죠. 피해자의 백팩 안에는 그런 응원봉이 실제로 들어 있었고요."

"아, 그러면." 1번이 살짝 손을 들었다. "이런 건 어떨까요? 그 두 개는 둘째 날 깜짝 출연이 있을지도 모르는 멤버용이었던 거예요. 그래서 혹시 모르는 상황에 대비해 넣어 둔 거죠."

"아니, 그건 아니지."

6번이 간단히 말을 자르자, 1번은 당황한 듯했다.

"그런 것도 내가 가설을 세워서 조사해 봤거든." 6번은 휴대전화를 꺼냈다. "여기 좀 봐요. 이건 피해자가 쓰던 SNS 계정인데……."

나를 비롯한 재판관 세 명은 벼락을 맞은 듯 깜짝 놀랐다.

"저, 저기요, 안 됩니다! 그런 건." 나는 책상을 내리치며 벌떡 일어났다. "재판원 여러분은 재판에서 제출된 증거만 정확하게 살펴봐야 합니다."

"그렇습니다만, 실제로는 신문 보도나 뉴스까지 완전히 차단할 수는 없잖아요. 그러면 피해자의 본명이나 프로필을 단서로 그럴듯한 계정을 찾아내서 무심코 보게 되어 버리는 경우도 있다는 겁니다. 후후후."

6번은 조금도 기죽지 않고 말했다.

"그래서 이 계정은 사건 전날 '큐티 걸스' 멤버의 공연 당일 스케줄을 다룬 기사를 공유했어요. 그 위에는 이런 코멘트가 달려 있고요. '역시나 사키호타 깜짝 듀엣은 안 나오는 건가. CD 발매 직후라 기대했는데.'라고요."

"'사키호타'는 뭐죠?"

"미코시바 사키와 아마미 호타루 콤비를 가리킵니다." 1번이 거칠게 콧김을 내뿜으며 말했다. "그룹 안에서 동기이고, 사이가 좋아서 듀엣곡도 만들었어요. 살인 사건 다음 날, 즉 도쿄 공연 둘째 날에 그 곡을 부르게 되지 않을까, 하는 추측이 있었거든요. 미코시바 사키는 둘째 날 출연이기도 했고요. 그런데 아마미 호타루는 그날 TV 생방송에 출연할 예정이었습니다. 맞아요, 맞아. 6번 님이 얘기하기 전까지 완전히 잊고 있었네요."

"콧김이 세진 걸 보니, '사키호타' 오타쿠시구먼." 6번에게 지적당하자 1번은 얼굴을 붉혔다. "아무튼, 어떻게 해도 아마미 호타루는 공연에 깜짝 출연할 가망이 없었어요. 그걸 피해자도 인식하고 있었죠. 따라서 깜짝 공연을 위해 응원봉 두 개를 준비해 두었다는 가설은 말이 안 됩니다."

"흐음." 재판장은 미간을 찌푸리며 머리를 긁적였다. "확실히 이렇게 이야기를 들으니, 어떻게 해도 설명이 되지 않고, 위화감이 있군요. 하지만 꼬투리를 잡을 만한 일도 아니라서."

"네에." 6번도 머리를 긁적였다. "하지만 뭔가 있다는 생각이 들거든요."

"아, 이거 좀 이상하지 않나요?"

5번이 홀더에 얼굴을 바싹 가까이 대고 머리를 갸웃하며 말했다.

"문제의 응원봉 두 개랑은 다른 얘기지만, 이거, 미코시바 사키의 빨간 응원봉 말이에요. 이것만 손잡이에 피가 튀지 않았어요."

그러고 보니 정말로 다른 응원봉에는 손잡이까지 끈적한 피가 튀어 있는데, 미코시바 사키의 응원봉 손잡이는 깨끗했다. 파스라든가 재떨이에 남은 부스러기도 그렇고, 정말 세세한 것에 신경을 쓰는 사람인 것 같다.

"아, 진짜네!" 4번이 고개를 끄덕였다. "그런데 왜 이것만 깨끗하지?"

6번은 미코시바 사키의 빨간색 응원봉이 들어 있던 주머니 안쪽을 들여다보고는 앗, 소리를 냈다.

"여, 여기 좀 봐."

"왜 그러는데요?" 2번이 물었다.

"여기 주머니 안쪽에 피가 묻어 있어."

"어머, 어머!"

3번의 내지르는 소리를 시작으로 우리는 홀더를 돌려 보았다. 주머니 안쪽에 쓸린 듯한 핏자국이 남아 있었다.

"이게 대체……?"

"어, 이거 좀, 진짜 위험한 거 아니에요?" 4번이 불안한 듯 말했다. "그나저나 경찰에서도 알고 있는 거예요? 재판에서도 이런 얘기 나오지 않았었나요?"

"그러고 보니, 어디선가 혈흔에 대한 기록이 있었던 것 같은데……. 잠시만 기다려 주십시오."

재판장은 실황 조사서를 끌어당긴 뒤, 돋보기를 꺼내 쓰고 서류 위에 손가락을 미끄러뜨려 가며 들여다보았다.

"여기 있네요. 감식반이 혈흔을 발견하고 수사본부에 보고했다고 적혀 있습니다. 다만, 응원봉을 흉기로 생각한다거나 하는 등 사건과 연관성이 있다면 수사본부도 제대로 받아들였을 텐데, 뭔가에 우연히 스쳐서 묻었다고 생각하고 간과한 게 아닐지."

"근무 태만이네요!" 6번이 콧김을 내뿜었다. "공교롭게도 톱 아이돌인 사키짱의 응원봉에 이런 흔적이 남아 있다고요. 의미심장하지 않습니까?"

거기서 특별한 의미를 찾아낼 수 있는 건 당신 같은 오타쿠뿐이겠지, 하고 나는 마음속으로 반론했다.

"으음." 1번이 신음했다. "확실히 피해자 가까이에 있던 물건이니까요. 어느 순간에 이렇게, 잔뜩 묻었다……고 생각해도 이상하지는 않습니다. 하지만, 실제로 가격당한 머리에서 피가 튀어서 주머니 안쪽에까지 피가 묻을 수 있나요?"

1번이 의문을 제기하자, "어렵지 않을까요."라고 5번이 답했다.

"이 안쪽에 피가 묻은 상황……. 여기서 생각해 낼 수 있는 것으로 어떤 게 있을까?"

2번의 말은, 학생들에게 생각을 촉구하는 교사 그 자체였다.

"불빛이 비치는 부분에 피가 튀었고, 그다음에 응원봉을 주머니에 집어넣었다, 이런 것 아닐까요." 1번이 답했다.

"하지만, 응원봉에서 주머니로 가려지는 부분에 피가 묻었다는 건 즉, 살해 당시 누군가가 응원봉을 홀더에서 꺼냈다?" 5번이 말했다.

"손잡이 부분에 피가 묻어 있지 않은 것도 그걸 뒷받침해 주고 있어요." 2번이 흥분해서 말했다. "누군가 쥐고 있었으니까, 손잡이에 피가 튀지 않은 거예요. 손으로 딱 가려지니까."

"어머, 어머. 아아."

"응원봉을 들고 있었다?" 재판장은 눈썹을 찡그렸다. "잠시만요. 응원봉을 손에 쥐고 있을 필요가 왜 있는 겁니까?"

"그 '누군가'라는 건, 결국 피해자를 말하는 거겠죠?" 4번이 말했다.

"그래, 그거야! 피해자는 머리를 두 번 가격당했지!" 6번이 손뼉을 짝 쳤다. "처음 맞은 다음, 홀더를 자기 쪽으로 가까이 당기고, 미코시바 사키의 응원봉을 꺼냈어. 그 직후에 두 번째 가격을 당한 거야. 거기서 응원봉의 발광 부분에 피가 튄 거고."

"어째서 공격당하는 와중에 응원봉 같은 걸?"

2번이 의문을 제기하자, 먼저 좌배석 판사가 "반격하려고 한 게 아닐까요?" 하고 답했다.

"아니요, 그건 아니겠죠." 2번이 고개를 저었다. "손에 들어 보면 아시겠지만, 응원봉이 의외로 가벼운 소재로 만들어져 있어요."

나와 좌배석 판사가 신기한 듯 응원봉을 만져 보고, 2번의 말이 맞는다는 걸 확인했다.

"저, 제 생각인데, 환한 불빛이 필요했던 게 아닐까요?" 3번이 상식적인 의견을 내놓았다.

"음." 5번이 납득하지 못하는 얼굴로 입을 열었다. "그 말은 현장이 완전히 캄캄했다는 말인가요?"

"사건 당일, 현장 주변에서 정전이 있었다는 얘기는 없었습니다." 재판장이 보충 설명을 했다.

"그렇다면 피해자나 범인이 의도적으로 전깃불을 꺼야만 하는데, 대체 그럴 이유가 있나? 게다가 완전히 캄캄했다면 범인이 어떻게 피해자를 때릴 수 있었는지 알 수가 없게 돼." 6번이 내뱉었다.

6번의 지적은 타당했다.

"아앗!"

5번이 크게 소리치는 바람에 모두가 일제히 5번을 향해 고개를 돌렸다. 그러자 5번은 어색한 표정으로 입을 꽉 다문 채 고개를 세차게 흔들었다.

"뭐 생각난 게 있어?" 6번이 고압적으로 물었다. "말해 봐. 뭔데? 어떤 의견이든 부끄러워할 필요는 없어."

"아니, 그게, 제가 그렇게 머리가 좋은 것도 아니고, 게다가,

뭐랄까, 그다지 확 와닿는 상상도 아니라……."

"뭐든 괜찮아. 말해 봐."

"……진짜요? 진짜 말해도 되나요?"

"답답하네, 거 참." 4번이 5번의 등을 찰싹 때렸다. "시원하게 말해 버리란 말이야!"

"아니, 그게, 그냥 헛소리라고 생각하고 들어 주세요. 다들 그 응원봉을 무기나 조명으로 생각하셨지만, 애초에 그 응원봉은 '미코시바 사키'를 상징하는 거잖아요. 그런 특징을 주목해서 보면 어떨까 하고 생각하려던 참이었어요. 피해자가 사망하는 순간에 응원봉을 손에 들었다는 건 미코시바 사키가 범인이다, 이런 메시지가 되는 건 아닐까요?"

"어? 어어, 이봐. 진심으로 하는 소리야?" 1번이 기가 막히다는 듯 말했다. "농담에도 정도라는 게 있어요. 자네 말대로라면, 그건 다잉 메시지라는 건데."

"하지만 그렇게 생각하면 여러 가지로 앞뒤가 맞잖아요. 첫 번째 가격을 당했을 때, 피해자는 미코시바 사키에게 맞은 것을 깨달았고, 그래서 홀더에서 응원봉을 꺼내서 다잉 메시지를 대신했다는 거죠.

두 번째 가격 후에, 미코시바 사키는 피해자가 응원봉을 들고 있는 것을 알게 되죠. 그 상태로 두면 곤란하잖아요. 그래서 응원봉을 홀더에 다시 꽂은 거예요. 이미 피가 튀었으니, 닦아 내도 루미놀 반응인가, 그런 걸로 검사하면 끝장인 거죠. 자기 응원봉만 깨끗이 닦여서 부자연스러워 보이는 것보다는, 피가 잔뜩 묻은 홀더 안에 섞여서 위장 효과를 내는 편이 낫다. 그런 거죠. 이렇게 하면 손잡이에 피가 튀지 않은 이유도, 나중에 홀더에 다시 넣어서 주머니 안쪽에 피가 묻어 있는 이유도, 깔끔하게 설명이 되지 않나요?"

우리는 설명을 듣고 잠시 멍해졌다.

"아니, 하지만, 그러면……."

이런 전개가 되자, 조금 전까지 유창하게 말을 늘어놓던 6번도 역시나 기세에 눌린 듯했다. 목소리도 자연스레 떨렸다.

"그러면…… 미코시바 사키가 피해자를 죽였다는 말이 되는 거 아냐?"

6번이 이렇게 말하자 그제야 그 사실이 머릿속에 들어왔다.

아니, 문제는 그것만이 아니다. 만약 다잉 메시지가 사실이라면, 진범은 미코시바 사키이므로 피고인은 누명을 쓴 것이 된다.

"맞아요!"

항의의 목소리를 높인 건 의외로 3번이었다.

"당신 말이야! 나로서는 당신 같은 젊은 사람을 이런 식으로 혼내고 싶진 않지만 말이야, 아무리 그래도 그건 아니지 않아요? 사키짱이 살인이라니, 입 밖에 낸 것만으로도 끔찍해!"

"사, 사키짱?"

재판장의 눈이 커지며 되물었다.

"그렇다면, 3번 님도……."

좌배석 판사가 머뭇머뭇하며 묻자, 3번은 얼버무리듯 허둥대며 덧붙였다.

"아아, 아니요. 저는 그 뭐지? 현장? 그런 곳은 잘 몰라요. 응원봉이라는 것도 지금 처음 보는 거고. 하지만, TV나 라디오 같은 걸 열심히 챙겨 본다고 할까요……. 뭐랄까, 귀여워요. 미코시바 사키짱. 천진난만하고, 해맑고, 늘 통통 튀는 듯한 웃음을 보여 주고. 춤도 노래도 실력이 좋고요."

여성의 관점에서 본 미코시바 사키에 대한 솔직한 평에, 1, 2, 6번은 크게 고개를 끄덕였다.

"저한테는 아들이 있는데요, 딸도 있었으면 할 때가 가끔씩 있거든요. 이런 말 하는 게 좀 우습긴 하지만, 뭔가 내 딸을 바라보는 기분으로 가만히 응원하고 있습니다."

"팬들의 귀감이 될 만한 분이시군요!"

1번이 소리 높여 말했다. 입을 꾹 다물고 조용히 노래를 감상하는 걸 선호하는 팬으로서 공감이 되었는지 모른다.

"아, 그 정도로도 된다면 저 역시 '큐티 걸스' 활동은 잘 챙기는 편이에요. TV나 잡지를 보는 정도지만요." 5번은 머리를 박박 긁었다. "다른 아이돌 현장에는 가 본 적 있지만, '큐티 걸스'

는 티켓 예매 경쟁이 심해서요. 이야, 왠지 1번 님이나 6번 님 서슬이 퍼래서, 콘서트 같은 델 열심히 찾아다니는 게 아니면 명함도 못 내밀 것 같더라고요."

"그렇지도 않아." 6번이 5번의 어깨에 손을 얹었다. "아이돌에 빠져드는 방법은 사람마다 달라. 현장에 다니지 않고 TV로 보거나 CD, DVD를 사는 걸 즐거워하는 '재택 오타쿠'도 어엿한 오타쿠라고. 오타쿠도 정도의 차이가 있지. 그래도 콘서트는 재밌다고. 어때, 나한테 다음 달 센다이 공연 티켓 한 장 여유분이 있거든. 재판원 같이한 것도 인연인데 함께 가는 건……."

"센다이! 저 우설 먹으러 가고 싶어요!"

5번은 군침을 줄줄 흘렸다.

"그래, 지역 명물을 맛보는 것도 원정의 즐거움 중 하나지. 일찌감치 현지에 도착하면 관광도 할 수 있다고. 술 좀 마시는 편이면 뒤풀이에도 데려가 주지."

얘기가 또 이상한 방향으로 고조되고 있다. 나는 무심코 재판장에게 눈짓을 했다. 재판장은 알았다는 듯 고개를 끄덕이고는, "저, 미코시바 사키에게 혐의가 있다는 것에 대해서 말입니다만." 하고 말을 꺼냈다.

"아, 짜증 나!"

그러나 4번이 갑자기 책상을 내리치는 바람에 모두 조용해졌다.

"상관도 없는 얘기를 끝도 없이 하면서 신나서들. 아, 진짜, 이

래서 오타쿠가 싫어. 걔가 범인이면 어때. 그러면 속이 시원하겠
구먼…….”

“저기요, 지금 그 말은 그냥 듣고 넘길 수가 없잖아.”

6번이 말을 막았다.

“맞아요.” 3번이 화난 듯 말했다. “사키짱이 범인이라니, 그럴
리가 없어.”

“아니, 3번 님 그게 아니고요, 방금 미코시바 사키를 ‘걔’라고
불렀잖아요.”

4번이 입을 다물고 눈을 깜박거렸다. ‘망했다’라고 얼굴에 커
다랗게 쓰여 있는 표정이었다.

“어딘가 꽤 친한 듯한 말투였잖아. 오타쿠 중에도 허물없는 호
칭으로 부르는 사람들이 있긴 하지만…….”

“아니에요!” 4번이 강력하게 부인했다. “나는 뭐랄까……
그…… 어느 쪽이냐면요, 오타쿠가 아닌 쪽, 이라고 할까…….”

“응?” 6번이 고개를 갸웃했다. “대체 무슨 말이야?”

“아, 아아!”

그러자 다시 목소리를 높인 건 5번이었다. 이 세상 물건이 아
닌 걸 본 듯한 표정으로 4번을 가리키며 입을 뻥긋거렸다.

“아아!”

“왜 그러십니까, 5번 님?” 재판장이 물었다. “또 뭔가 알아차
리신 거라도 있나요?”

5번은 재판장에겐 신경 쓰지도 않고, 4번에게 달려들었다. "저, 갑자기 딴소리해서 죄송한데, 그, 혹시, 예전에, '분홍 소녀' 라는 아이돌의 리더였던……."

"아! 아! 아!" 4번은 당황하며 5번의 입을 틀어막았다. "더 이상 말하지 않아도 돼!"

"웅얼웅얼."

"간지러우니까 그만 말해!"

"어, 어어, 무슨 일인가요?" 좌배석 판사는 눈을 크게 뜨고 깜박거렸다. "그러니까, 4번 님, 예전에 아이돌이었다는 얘긴가요?"

"네? 아니……. 아하하……."

4번은 뺨을 긁적긁적하고는 5번을 풀어 준 뒤, 어색하게 의자에 걸터앉았다.

"뭐, 아이돌이라고 해도, '큐티 걸스'처럼 어마어마한 것도 아니라서. '지하 아이돌'이라는 거 있잖아요. 조그만 라이브 하우스 같은 데서 공연하고 그러는. 뭐, 재작년에 해체했지만."

"나……." 5번이 불쑥 다가왔다. "엄청 팬이었어요. 그러니까, 해체하고 나서 나도 왠지 혼이 나간 사람처럼 돼 갖고……. 그래서 '큐티 걸스'는 재택 오타쿠밖에 못했다고요."

"그 얘기 들으니 왠지……." 4번의 표정이 어두워졌다. "미안해지네."

"그런 거 아니에요. '분홍 소녀'를 따라다니던 날들, 굿즈,

DVD, 전부 다 지금까지도 저한텐 보물이에요. 그때 같이 찍은 투샷까지 있다고요."

5번이 교통카드 지갑에서 뭔가를 꺼내려고 하자, "으아, 됐어, 그건 됐어!" 하며 4번이 온 힘을 다해 막았다.

"음, 근데 잠깐. 재판원이 될 수 있는 건 20세 이상이잖아. 재작년 해체할 때 프로필에는 분명 열일곱……."

"이. 제. 그. 만. 여자 나이를 추측하려고 하다니, 촌스럽게."

"오오, 현역 때도 보여 주지 않았던 아이돌 미소!"

4번과 5번의 콩트를 한바탕 구경하고 있던 무리에서 쭈뼛쭈뼛 좌배석 판사의 손이 올라가더니, "저기, 투샷이라니……?"라고 말하자, 재빨리 눈치챈 2번이 "즉석 카메라 이야기예요. 그걸로 아이돌과 팬이 함께 찍는 사진을 말한 건데, 아이돌 현장에서 자주 하는 이벤트입니다."라고 설명을 덧붙였다.

재판장이 내 쪽을 보며 말했다. "우리가 젊은 시절 쓰던, 찍고 나면 필름이 인쇄되어 나오는 카메라랑 비슷한 건가 보군요."

"그러네요." 내가 고개를 끄덕였다.

"그 자리에서 현상할 수 있으니까." 2번이 말했다. "사인을 받을 수도 있고, 무엇보다 추억이 되죠. 마음에 드는 투샷이나 브로마이드는 이런 식으로……."

2번은 아까 보여 줬던 휴대전화 커버를 열어 커버에 부착된 포켓에서 사진 한 장을 꺼냈다.

"늘 몸에 지니고 다니는 거예요."

"호오, 어디 봐 봐요." 6번이 얼굴을 불쑥 내밀어 2번의 손 쪽을 보았다. "오, 모모세 린이네. 린이 최애였구먼. 음, 그렇구나."

"누, 누구면 어때요. 린탄절 날 찍은 사진이에요. 잘 나왔죠?"

"린탄절⋯⋯. 무슨 크리스마스라도 되는 것 같네요. 생일 파티 말씀하시는 거겠죠?"

내 말에 2번이 차근차근 설명했다.

"그만큼 아이돌 기념일이라는 게 중요한 날인 겁니다. 어쩌면 가족이랑 동급이라고나 할까요."

그런 건가. 유부남인 1번이 벌레를 씹은 듯한 표정을 짓는 걸 보면, 조정하는 게 상당히 힘든 것 같다.

"그러고 보니 1번도 '분홍 소녀' 현장에서 자주 본 얼굴이네." 4번이 말했다. "아저씨, 그 잔소리 오타쿠지?"

1번이 쩔쩔맸다. "무, 무슨."이라고 말하는 표정도 굳어졌다.

"기억나요. 악수회 때마다 와서 안무가 틀렸다느니, 동작이 착착 안 맞는다느니⋯⋯."

"저, 저기, 지금 여기서 그런 얘기까지 할 건 없잖아."

"사실인걸, 뭐."

"어쩐지, 어디서 본 것 같다 했거든요." 2번이 고개를 끄덕였다. "1번 님, '큐티 걸스' 악수회에서도 똑같이 했죠? 사건 일어났던 도쿄 공연 둘째 날에 봤어요."

2번의 지적에 1번은 신음 소리를 내며 고개를 푹 숙였다.

"……아아, 맞아요. 맞습니다. 도쿄 공연 둘째 날에도 말해 줬죠. 미코시바 사키한테, 오늘은 왼쪽으로 딛는 스텝이 영 시원찮았다고!

나는 콜을 하지 않네 어쩌네 말하긴 했지만, 솔직히 말하면 아이돌과 함께 공연을 만들어 가는 당신들이, 신나게 흥을 발산하는 당신들이 부러워……! 훈계를 늘어놓는 식으로밖에는 아이돌이랑 대화할 줄 모르는 내 자신이 한심하다고요. 나는, 나는 말이죠, 한 번이라도 좋으니까 앞장서서 목청껏 콜을 외쳐 보고 싶다고요……!"

1번은 이렇게 말하고는, 책상 위에 철퍼덕 엎드려 꺼이꺼이 울기 시작했다.

2번은 1번의 등에 손을 올리고, 한동안 토닥토닥 부드럽게 어루만져 주었다.

"처음부터 솔직했으면 좋았을 것을."

6번의 말에 1번이 고개를 번쩍 들었다.

"이거 끝나면 같이 노래방 가서, 콜 하는 연습 같이하자고."

"6번 님……!"

1번은 감격한 표정으로 말했다. "야, 오늘은 정말로 좋은 날이네요. 이렇게 다 같이 아이돌 얘기를 할 수 있다니, 정말로 좋은 날이에요."

"그, 그런데 이런 일이 있을 수도 있나요?" 좌배석 판사가 혼란스러운 듯 말했다. "일반 국민 중에서 무작위로 선출한 여섯 명이 모두 같은 아이돌을 좋아하는 오타쿠 아니면 관계가 있는 사람이라는 우연이……."

"재판원 후보자 명단을 만들고, 그 가운데에서 다시 한번 100명을 가려내 법원으로 부릅니다. 그리고 법원에서 최종적으로 재판장과, 즉 이번에는 제가 되겠죠, 저와 면담을 거쳐 결격 사유가 없는 사람들 중에서 추첨으로 선정합니다. 이렇게 볼 때, 어떤 국민이 재판원 후보자로 뽑힐 확률은 0.3퍼센트 정도라고 할 수 있습니다. 여기서 아까 얘기한 100명을 가려내는 과정을 더하면 확률은 더욱 낮아지겠지요."

"반대로 생각해야 해요." 5번이 고개를 마구 끄덕이며 말했다. "첫날 법원으로 호출된 100명, 그중에 우리 말고도 '큐티 걸스'의 팬이 더 있었다고 말이에요. 아니지, 전국에 흩어진 후보들 중에는 더 많았을 거예요. '큐티 걸스'는 그만큼 인기를 얻은 그룹이니까요."

"게다가, 여기 모인 사람들 중에서도 중증의 심각한 오타쿠는 1번, 6번 님과 저 정도고, 3번 님과 5번 님은 경증의 재택 오타쿠, 4번 님은 애초부터 오타쿠가 아니고요. 이렇게 정도의 차이는 있습니다." 2번이 말했다.

"딱히 면담에서 '큐티 걸스'의 오타쿠입니다, 라고 밝힐 필요가 있는 것도 아니죠?"

1번이 물었다.

"그야 뭐, 그렇습니다만……."

엄밀히 말하자면 아이돌 오타쿠 간의 살인 사건이므로, 같은 종류의 오타쿠가 재판에 참여하면 의견이 한쪽으로 몰릴 가능성도 있어, 재판원으로서 결격 사유가 된다고 말할 수도 있다. 그런데 반대로, 오타쿠에게 과도한 편견을 갖고 있는 사람이 재판원이 되는 경우도 있다. 그러나 면담에서 '당신은 오타쿠에게 편견이 있는가?' 하는 질문을 할 수도 없다. 그런 질문 자체가 편견이 되어 버릴 테니까.

한바탕 확인이 끝나자 4번이 한숨을 내뱉으며 말했다. "뭐, 그건 아무래도 좋아요. 내가 말하고 싶은 건요, 나랑 미코시바 사키는 초등학생 때부터 아이돌 오타쿠 친구 사이였다는 거예요."

"엇!" 5번이 펄쩍 뛰었다. "그런 얘기는 한 번도 못 들었는데."

"얘기 안 했지. 얘기해 봤자 먹히지도 않을 거고. 게다가 내가 낑낑대며 노력하는 동안 걔는 계단을 뛰어 올라가고 있었으니까, 함부로 말해서 비교당하는 것도 싫고. 초등학교 때 AKB를 보기 시작하면서부터, 우리도 순수하게 아이돌을 동경하는 소녀들이었다고요."

5번이 눈물을 글썽이기 시작하자 마음이 심란한 듯 4번이 일부러 헛기침을 했다.

"아무튼 내가 하려던 말은 이거야. 나랑 사키는 이런 이유로 아이돌이 된 뒤에도 친분이 있었는데, 사키가 신인 시절에 스토커에게 시달리고 있었어요. 저한테도 의논해 와서 한번 쫓아 준 적도 있는데, 지금 생각해 보니 이번 사건의 피해자랑 그 스토커랑 닮았네요."

"앗?"

재판장의 눈이 커졌다.

"그, 그게 사실이라면, 큰 문제 아닌가요?"

"그렇게 중요한 얘기를 왜 이제야 꺼내시는 겁니까?"

"이것저것 쓸데없는 방해가 끼어드니까 그랬죠!" 내 물음에 4번이 책상을 내리쳤다. "……게다가, 다잉 메시지가 확실해지기 전까지는 사키가 사건에 관계가 있을 거라고는 생각도 못 했고요. 나중에 깨달은 건데 어쩔 수 없잖아요?"

"네, 뭐……. 그건 그렇죠……."

재판원들의 의논이 거듭되면서 사건 관련자와의 관계가 밝혀지는 등의 경우는 흔치 않다. 재판장도 이를 어떻게 다루는 게 좋을지 결정하지 못하고 있는 듯했다.

"사키 말로는, 그 스토커가 뭔가 자기 약점을 잡고 있다는 듯이 말했다고 했거든요. 협박할 만한 거리를 갖고 있었는지도 몰라요. 뭐, 가십거리라든가, 주간지에 실릴 법한 사적인 과거 사진이라든가. 그런 협박거리를 이용해서 그날 사키를 불러낸 걸지도. 만약 그랬다면 살해 동기 역시……."

"아무리 그래도 그건 너무 비약이 심한 것 아닌지."

"그래도 관계는 있어요." 4번이 딱 잘라 말했다. "게다가 이 추리가 맞는다면, 걜 증언대에 세울 수도 있고 말이에요……. 틀림없이 떠들썩하고 재밌는 광경이 되겠는데."

그 말이 평의실에 번지자, 재판원들은 마치 열병과도 같은 분위기에 휩싸였다.

"그렇지. 만약 미코시바 사키가 범인이라면!" 1번이 외쳤다.

"미코시바 사키는 법정에 올 수밖에 없다!" 2번이 손가락을 튕겼다.

"어머, 어머, 세상에. 사키짱이 법정에 오는 거야?" 3번이 벌떡 일어섰다.

"그래요, 걜를……." 4번은 사악한 얼굴을 하고 있다.

"악수회나 즉석 사진 이벤트처럼 잠깐 보는 게 아니라……. 콘서트처럼 멀찌감치 보는 것도 아니라……. 요 정도 거리를 두고, 미코시바 사키가 계속 있는 거네요." 5번이 중얼거렸다.

"이제까지 있었던 심리를 생각해 봐도, 거의 하루 종일이야. 몇 시간짜리 공연 따위는 댈 것도 아니라고." 6번이 눈을 번뜩이며 말했다.

우리 재판관들은 끼어들 타이밍을 완전히 놓치고 말았다.

"재판이다!"

"미코시바 사키가!"

"재판에 나온다!"

"우랴오이!"

"우랴오이!"

이 기묘한 구호는 이들이 현장에서 외친다던 '콜'인 것 같았다.

"자, 잠시……."

잠시만요, 라고 외칠 틈도 없이, 평의실은 열광의 도가니에 휩싸였다.

"5번!" 6번이 손가락으로 딱 소리를 냈다. "그게 다잉 메시지였다고 추리한 걸 토대로 생각해 보자고! 미코시바 사키가 범인이라고 가정하는 거지. 그렇다면, 지금 피고인은 대체 무슨 역할이야?"

"네, 6번 님. 그건 틀림없이 미코시바 사키를 보호하는 겁니다!"

"그야말로 오타쿠의 본보기가 아닌가!" 2번이 연극적인 톤으로 말했다.

"아아, 진짜 그렇네! 나 아까 했던 말 취소하겠어!" 6번이 감개무량하게 말했다.

"으음, 저기!" 1번이 미간을 꾹 누르며 말했다. "하지만 그렇다면, 피고인은 언제 사건을 알게 돼서 미코시바 사키를 감싸 주기로 결심하게 된 걸까요?"

"눈앞에서 사건이 일어난 게 아닐까요?" 3번이 고개를 갸우뚱

했다.

"그렇다면 피고인은 왜 미코시바 사키를 말리지 않은 거지? 피고인은 애초부터 미코시바 사키와 피해자의 관계를 알고 있었다는 건가? 으음, 모르겠다." 6번이 대답했다.

"아!" 5번이 손뼉을 짝 쳤다. "피고인은 범행 당시 현장에 없었던 게 아닐까요?"

"그거야!" 4번이 고개를 끄덕였다. "5번, 아이돌 현장에선 별로 눈에 띄지 않는 오타쿠였지만 오늘은 아주 빠릿빠릿한데!"

"칭찬해 주시다니 영광입니다!"

1번이 5번의 추측을 이어 갔다.

"피고인은 범행 당시 외출 중이었어. 그리고 돌아와 보니, 피해자의 시신과 미코시바 사키가 있었다. 그래, 여기까진 괜찮네요. 그러면 살해 현장에 없었다는 피고인은 어디에 가 있었던 걸까요?"

4번이 꽉 깨물고 있던 손톱에서 입을 떼며 말했다.

"피해자는 걔랑 단둘이 만나려고 피고인을 어딘가에 가게 한 거예요. 어떤 구실이 있었을까…… 젠장, 전혀 모르겠네. 여기 오타쿠들, 공연 첫째 날이랑 둘째 날 사이에 외출한다면 보통 무슨 볼일일까?"

"뒤풀이 같은 거?" 2번이 말했다.

"여행은 둘이 같이 와 놓고, 뒤풀이는 혼자서 간다고?" 4번이 바로 잘랐다.

"그건 모르는 거지." 6번이 물고 늘어졌다. "특정 멤버를 지지하는 회식이라든지 이렇게 한정적으로 열리는 경우도 있거든. ……아니다, 이건 아니겠네. 피해자는 '사키호타'의 팬이고, 피고인도 미코시바 사키가 최애지. 따로따로 다닐 의미는 없겠어."

"그리고 같이 간 사람이랑 이것저것 얘기를 나눠야 회식이 재밌거든요." 1번이 조곤조곤 말했다. "그럼 남은 건 그거겠네요. 야광봉 건전지가 다 닳아서 사러 간 게 아닌지……."

"뭔가 사러 나갔다……."

4번이 중얼거리자 2번이 말했다.

"사건 현장에 UO, 그러니까 울트라 오렌지 라이트 스틱이 잔뜩 있었잖아!"

2번이 이렇게 외치자, 모두가 "그거야!" 하며 2번을 가리켰다.

2번이 계속해서 얘기했다.

"둘째 날 예상됐던 세트 리스트에는 UO 라이트 스틱을 사용할 것 같은 곡이 많았어요. 피해자 입장에서도 피고인을 내보내기 좋은 구실이 되죠. 라이트 스틱 좀 사 오라는 말에 피고인은 호텔을 떠난 거야. 그리고 돌아와 보니, 호텔 방에 피해자의 시신과 미코시바 사키가 있는 거지. 피고인이 얼마나 놀랐을지 상상하기 어려운 일도 아니죠. 무대 위의 존재, 천상의 존재가 눈앞에 나타나 있는데다가, 손에 피를 묻힌 채였으니까요."

2번의 말에 5번은 몇 번이나 크게 고개를 끄덕였다.

"피고인은 사키짱에게 사정 얘기를 들은 뒤, 죄를 뒤집어쓰기로 결심한 거네요. 그래서 사키짱은 그곳을 떠났고."

"그리고 하나 더 알아낸 게 있지." 6번이 히죽히죽 웃으며 말했다. "재떨이에 있던 타다 남은 종잇조각 말이야. 지금의 추리에 따른다면 피고인에게는 어떻게 해서든 태워 버려야 하는 종이가 하나 있었던 거지."

"영수증!" 4번이 손가락을 딱 튕겼다.

"영수증에는 피고인이 울트라 오렌지 라이트 스틱을 산 시간이 찍혀 있으니까요!" 2번이 외쳤다.

"진짜 그렇네." 1번이 멍하니 중얼거렸다. "그게 피고인의 알리바이를 증명하면 범인이 따로 있다고 의심받게 될 테니……."

"어머머, 그런데 태워 버렸으니 피고인의 알리바이는 증명할 수 없겠네요……."

"……아니요, 방법이 하나 있어요."

5번이 엄숙하게 입을 열었다.

"3번 님, 피고인이 아드님과 닮았다고 말씀하셨죠."

"네? 아 네네, 맞아요. 아들 사진도 있는데, 보실래요?"

3번이 수첩을 펼쳐 가족사진을 보여 줬다. 재판원 다섯 명이 사진을 보러 일제히 몰려가고, 나와 좌배석 판사는 뒤늦게 일어났다. 재판장은 태연자약하게 자리에 앉아 있었다.

"하, 하나도 안 닮았잖아요!"

나도 모르게 이런 말이 튀어나왔다. 키가 껑충하고 마른 체형은 비슷하지만, 얼굴은 비슷하지도 않았다.

"잠시만요." 5번이 내 말을 막았다. "3번 님, 사건 당일에 아키하바라에서 아드님을 보셨다고 하셨죠. 그 당시 상황을 설명해 주시겠어요?"

"아……. 그게, 음, 그러니까, 뒷모습을 보고 이름을 불렀는데 인파 속으로 사라져 버려서……."

"뒷모습이었다고요." 5번이 고개를 끄덕였다. "오늘 피고인이 법정을 나갈 때 광경을 떠올려 봐 주세요. 그때, 피고인 뒷모습을 보셨잖아요. 아키하바라에서 아들이라고 생각했던 뒷모습이랑, 피고인의 뒷모습이랑 닮지 않았던가요?"

나는 나도 모르게 입이 떡 벌어졌다. 유도 신문이라고 해도 너무 심했다.

3번은 잠시 멍하니 있더니, 5번의 말을 곱씹어 보다가 확신이 생겼는지 몇 번이고 고개를 세차게 끄덕이기 시작했다. "네, 네, 네! 맞아요!"

"그렇다면, 사건 당일 아키하바라에서 보셨다는 사람은?"

"틀림없어요. 저, 똑똑히 기억났어요. 그날 저는 틀림없이 아키하바라에서 피고인을 봤어요! 사건이 일어난 날 저녁, 정확히 피해자의 사망 추정 시각이에요!"

"알리바이 성립이다!" 6번이 외쳤다.

"우랴오이!"

"우랴오이!"

평의실 안이 들썩였다. 마치 떠들썩한 축제 분위기와도 같았다.

"이런 말도 안 되는 게 인정되겠어?" 좌배석 판사가 화이트보드를 쾅 치며 말했다. "뭐가 알리바이 성립이야! 사법부는 인정 못 해!"

"마, 맞습니다." 내가 허둥지둥 가세했다. "5번 님의 질문은 명백한 유도 신문이었어요. 3번 님이 지금 증언하신 내용은 도저히 증거로 채택할 수 없습니다."

"완고하시네요."

2번이 기가 막히다는 듯이 말했다. 어이가 없었다. 우리가 잘못한 것도 아닌데.

"좋아요. 그러면 좀 더 보여 드리죠. 이렇게 피고인을 현장에서 떼어 났으니, 우리가 미코시바 사키짱을 현장으로 끌어들여 보자고요."

"그런데, 대체 무슨 수로?" 1번이 의문을 제기했다.

"……파스."

5번이 퍼뜩 생각난 듯 중얼거렸다.

"파스 말이에요. 피고인, 피해자 둘 다 몸에 붙이고 있지 않았으니까, 현장에 있던 제삼자가 붙였을 거라고 생각할 수밖에 없겠죠. 만약 미코시바 사키가 파스를 붙였던 거라면……."

"그야 그렇긴 한데, 그런 걸 어떻게 증명하냐고……." 4번이 어이없다는 듯 말했다.

"아아아!"

2번이 소리쳤다.

"왜, 왜 그래요. 뭔데, 뭔데?"

"파스를 붙였다는 건……." 2번이 떨리는 목소리로 말했다. "근육통이 있다든지, 다쳤다든지, 그런 거잖아요?"

"살해 현장에서 근육통이라는 건 좀 생뚱맞으니까, 다친 거 아닐까요. 아마도 어딜 삐었거나……. 아아!"

2번에 이어 5번까지 소리를 질러 대자 나는 드디어 둘 다 미쳤구나, 생각했다. 4번도 나와 같은 생각인 것 같았다.

"뭐, 뭐야? 둘 다 왜 그래?"

"1번 님, 도쿄 공연 둘째 날 미코시바 사키에게 잔소리했다고 하셨죠."

"아, 그건 이미 반성했으니까, 자꾸 들추지는 말아 줬으면 하는데……."

"그게 아니라요." 5번이 말했다. "그때 왼쪽으로 딛는 스텝이 영 시원찮았다고 하셨다면서요."

"네에, 분명 그렇게 말하긴 했는데……."

1번의 움직임이 경직되더니 "설마!" 하며 비명에 가깝게 소리를 높였다.

"그렇구나!" 6번이 말했다. "미코시바 사키는 사건 현장에서 뭔가 발에 걸렸든지 해서, 왼쪽 다리를 다친 거야. 아마도 접질리거나 했겠지. 보다 못한 피고인은 가지고 있던 파스를 붙여 주고, 그때는 파스 쓰레기가 대단한 증거가 될 거라는 생각은 못 하고, 쓰레기통에 그대로 던져 버린 거지."

"영수증은 태워 버렸으면서." 4번이 말했다.

"그야 증거로 봤을 때, 외관상으로도 영수증은 무게감이 다르지. 미처 생각지 못한 게 무리는 아니야. 어쨌든 피고인과 피해자 모두 파스를 붙이지 않았다면, 파스를 붙인 제삼자가 있다고 생각할 수밖에 없어."

"살해 현장에 미코시바 사키가 있었다!"

"우랴오이!"

"우랴오이!"

"무죄다!"

"피고인은 무죄야!"

평의실에는 어느새 착착 들어맞는 '콜 폭풍'이 불어닥쳤다.

배심원이나 재판원을 소재로 한 소설에는 무명의 시민들이 모여 각자의 지성을 발휘해 정의를 쟁취한다……는 이상이 표현되곤 한다. 그러나, 이렇게까지 편향된 지식을 가진 시민이 결집해 버린 이런 현실, 과연 괜찮은 걸까?

우리 재판관 세 사람 가운데 가장 먼저 이성을 잃은 건 좌배석 판사였다.

"말도 안 돼! 말도 안 돼! 이게 말이 되냐고!" 좌배석 판사는 미친 사람처럼 소리를 지르며 항의했다. "인정해 줄 것 같아? 이런 코미디를! 재판장님! 그렇죠? 안 그렇습니까!"

타고난 밝은 성격 한구석에 정의에 대한 강한 신념이 자리한 사람이다. 이런 개판을 눈앞에 두고 멀쩡한 정신을 유지할 리가 없다.

"아, 네." 역시 좌배석 판사의 모습에 당황했는지, 재판장이 떨떠름하게 말했다. "그야 그렇습니다만……."

"그렇죠! 제 말이 맞죠! 먼저, 살해 현장인 호텔 방은 트윈 베드룸이라 넓었어요! 피고인과 피해자 모두 깔끔한 편인지 침대 외에는 짐도 제대로 펼쳐 놓지 않았다고요! 다리가 걸려서 삐었다고요? 대체 어디서 걸려 넘어졌다는 겁니까? 그런 상황이 이루어지려면……."

"아주 캄캄했던 게 아닐까요?"

3번이 의기양양하게 말한 순간, "맞아, 맞아." 하며 동의하는 목소리가 재판원들 가운데 오고 갔다. 그 순간, 좌배석 판사가 어깨를 들썩이며 웃기 시작했다.

"그럼 그랬다고 칩시다. 현장은 캄캄했다! 따라서 미코시바 사키가 다쳤다! 됐죠! 그럼, 이 질문엔 뭐라고 답하실 건가요?

그렇다면 어떻게 그 캄캄한 데서, 피해자는 머리를 맞은 뒤에 범인의 얼굴을 알아봤으며, 게다가 미코시바 사키의 응원봉을 정확히 찾아서 꺼낼 수 있었던 거죠?"

"앗!" 나는 무릎을 탁 쳤다.

"그건……." 2번이 머뭇거렸다.

"그래요. 지금 이 순간, 여러분이 말한 다잉 메시지설은 무효가 되는 겁니다. 어때요. 칠흑 같은 어둠 속에서도 한눈에 미코시바 사키의 응원봉을 알아볼 수 있는 상황, 있을 수가 없겠죠? 사건 당시에 정전은 아니었으니까, 범인이나 피해자가 굳이 불을 끌 이유가 있었어야 하고요. 또 범인이 어둠 속에서 피해자의 머리를 정확히 노릴 수 있었던 이유도 있어야죠. 어떻습니까, 여러분의 추리가 얼마나 허술한 것인지 알겠죠!"

좌배석 판사의 질문에 재판원들은 결국 입을 꾹 다물었다. 나는 휴, 가슴을 쓸어내리며, 폭풍이 휩쓸고 지나간 평의를 원래의 노선으로 돌려놓을 방안을 생각하기 시작했다.

"아……, 여기까지 왔는데 단념하는 건가."

"1번 님, 말씀 잘하셨습니다." 2번이 1번의 어깨를 두드리며 말했다. "분명 돌파구가 있을 거예요."

"당신들 계속할 셈이야?"

"그러면, 딱 하나만 물어봅시다." 6번이 대담하게 웃는 얼굴로 말했다. "재판장님, 당초에 피고인은 피해자와 함께 '큐티 걸스'

의 콘서트 DVD를 보던 중에 말다툼이 나면서 범행을 저질렀다고 했습니다. 그러면, 그때 DVD가 재생되고 있던 부분은 어디인가요?"

"네?"

재판장이 눈을 크게 떴다. 좌배석 판사도 예상치 못한 질문에 뻣뻣하게 경직되어 버렸다.

나는 다급하게 조금 전 재판장이 읽고 있던 실황 조사서를 내 앞으로 끌어 당겨 와서는 해당 부분에 대한 기술을 찾았다.

"어, 그러니까 여기엔, 발견 당시 호텔 방에 있던 플레이어로 재생하자, 2번 디스크의 1시간 33분 부분부터 재생이 시작되었다, 라고 되어 있습니다."

이런 것까지 잘도 적어 놨구나, 하고 생각했지만, 피고인도 살해 직후 DVD를 정지시켰다고 증언했다. 현장을 담당한 경관도 그게 신경 쓰여서 알아본 거겠지.

"역시. 두 번째 디스크의 1시간 33분. 아마 미코시바 사키의 명곡 〈over the rainbow〉가 나오는 부분일 겁니다."

6번이 미소 띤 얼굴로 말했다.

"역시 그랬군요. 그러면, 이걸로 아까 저희에게 던지신 의문은 모두 풀렸습니다."

"……네?" 좌배석 판사가 무시하는 듯한 투로 말했다. "장난도 정도껏 하세요. 사건 현장에서 나오고 있던 노래가 뭐였냐는 거잖아요. 그런 걸로 제가 제기한 의문이 모두 풀릴 리가⋯⋯.”

“만약!” 6번이 집게손가락을 세웠다. “어둠 속에서, 피해자가 홀더 안에 있는 응원봉을 모두 켜 둔 상태였다면, 한눈에 미코시바 사키의 색깔, 빨강을 바로 뽑을 수 있었겠죠. 이건 인정이 되십니까?”

“⋯⋯확실히, 그건 말이 되네요.”

“콘서트 DVD를 시청할 때, 피해자는 어떤 것을 연습하기 위해 스스로 실내등을 껐다. 그리고 홀더에 꽂혀 있는 응원봉의 전원을 모두 켰다. 그러고는 이를 통째로 머리 위로 들고 있었다. 그랬기 때문에 범인도 피해자의 머리를 정확히 때릴 수 있었다.”

“그러니까, 그게 무슨 얘기냐고 묻는 거예요!”

“도쿄 공연 첫째 날! 저녁 라디오 방송에서 다음 날 출연을 앞둔 미코시바 사키가 이렇게 말했습니다. 〈over the rainbow〉에는 ‘저 무지개를 넘어서 너를 만나러 갈게’라는 가사가 있어요. 그 부분에서 팬 여러분이⋯⋯.”

1번과 2번이 한목소리로 외쳤다.

“모든 색 일제히 점등!”

나는 머리를 감싸 쥐고 싶어졌다. 그래, 아까 저들은 분명 그런 얘기를 했었지. 들고 온 응원봉을 일제히 점등해서 무지개 색처럼 보이게 하면, 틀림없이 예쁜 광경이 되겠지. 그걸 보고 싶다는 아이돌의 소원에 즉각 응답한 오타쿠들의 이야기.

"바로 그거예요! 피해자는 그날, 예전 공연 DVD를 보면서, 모든 색을 일제히 점등하는 타이밍을 연습하고 있었던 겁니다! 스토커라고 했지만 피해자도 오타쿠였어요. 콘서트의 특별 이벤트에 동참하는 건 일종의 축제 같은 거라, 연습하고 싶어지는 것도 오타쿠의 심정이죠.

물론, 예전 공연의 〈over the rainbow〉 영상에는 모든 색을 일제히 켜는 장면이 있지는 않지만, 노래는 똑같으니까, 타이밍 연습은 할 수 있어요. 그 가사가 나오는 순간에, 홀더에 들어 있는 응원봉들의 스위치를 전부 켜서 들어 올리는 거. 실전에서 갑자기 해 보려면 우왕좌왕할 수 있는 일이겠죠. 그래서 피해자는 연습을 하고 있었고, 따라서 사건이 일어났을 땐 응원봉의 불빛이 모두 켜져 있었다는 겁니다."

6번의 말에 1번이 감탄하며 말했다.

"다른 응원봉 두 개가 섞여 있던 것도 그것 때문인가요. 남색과 노란색을 추가하여 무지개 색을 만들려고……. 여기에 둘째 날 출연 멤버 네 명과 미코시바 사키의 빨간색으로 무지개 색 일곱 개를 완성하고요. 남은 여덟 개도 함께 켜면 훨씬 화려해질 거고."

"그렇다면!" 2번이 이어 말했다. "응원봉 불빛과 TV 화면에서 나오는 빛으로 범인의 얼굴도 보였겠군요. 그리고 미코시바 사키의 응원봉을 골라내는 것도 가능하고……."

"발견 당시 응원봉의 전원이 꺼져 있었다는 건, 분명 피고인이 끈 거네요. 사망 당시의 상황을 숨기려고……." 3번이 말했다.

"그리고."

4번이 슬픈 목소리로 말했다.

"이제 알겠어요. DVD가 그 시점에 딱 멈춰 있던 이유. 살해한 뒤, 냉정하게 DVD 재생을 멈췄다고 피고인이 말한 게 아무래도 너무 부자연스러웠기도 하고.

……사키는 자기가 사람을 죽인 현장에, 본인이 만든 노래가 흘러나오고 있으니 견딜 수 없었던 거예요. 그래서 그 자리에서 바로 꺼 버린 거지.

설마 이런 식으로 단서를 남겨 버리게 될 줄은, 생각도 못 하고 말이야."

좌배석 판사는 몸에서 힘이 쭉 빠진 듯, 의자에 털썩 주저앉았다.

"저……."

재판장은 쭈뼛쭈뼛 몸을 앞으로 내밀었다.

"그러면…… 평결에 대해 말씀드릴 사항이 있습니다. 이건 미리 얘기하지 않으면 공정하지 않을 것 같아서요. 찬물을 끼얹는 것 같아 송구스럽습니다만……."

"어!" 1번이 물었다. "뭡니까, 대체."

"여기서 무죄라는 평결이 나왔을 때 말입니다만, 이런 경우에는 지방 법원의 결정으로 피고인은 무죄 판결이 나면서, 여러분의 직무는 여기서 종료된다는 겁니다."

재판원은 모두 "헛." 하며 동시에 입을 모았다.

나는 퍼뜩 놀랐다. 확실히 재판장이 말한 대로다. 정도를 한참 벗어난 전개가 계속되다 보니, 이런 기본적인 것도 깨닫지 못하고 있었던 것이다.

"이럴 수가……." 1번이 말했다.

"그러면, 미코시바 사키가 서는 법정은 우리와는 전혀 상관없이 열린다는, 말씀인가요?" 2번이 항의하듯 말했다.

"그렇게 됩니다."

"어머, 어머. 하지만 피고인도 무죄가 되면, 사키짱을 지키기 위해서 가만히 있진 않을 텐데요? 게다가, 사키짱이 피고인이 되는 심리도 열릴 거잖아요? 우리는 재판원이니까, 그런 관련 심리에는 우선적으로 방청에 불러 주시겠죠?"

"그건 그래." 4번이 말을 이었다. "자기가 관련된 재판이잖아요, 궁금하죠."

"아니요. 관련 심리에 대해 저희 쪽에서 연락을 드리는 제도는 마련되어 있지 않습니다."

"그게 뭐야!" 5번이 말했다.

"이것 봐, 공무원들이 이렇게 사람을 바보 취급한다니까!" 6번이 격분하며 외쳤다.

"만약 미코시바 사키 씨가 범죄를 저질렀다고 해도, 그 죄에 대한 심리는 별도로 진행됩니다. 또 다른 재판원 여섯 명을 선출하게 되는 거죠."

재판장은 틀린 말을 하나도 하지 않았다. 지금 말하지 않았다면, 착각하고 있던 이 사람들이 나중에 법원으로 항의하러 올 게 뻔하다. 여기서 알려 주는 편이 낫다. 기회가 왔을 때 이들의 얼토당토않은 망상을 버리게 해 주는 게 낫다.

열에 들뜬 듯하던 평의실도 간신히 열기가 사그라들고 재판원 모두 냉정을 찾은 듯했다. 우리 세 사람도 얼굴을 마주 보며, 겨우 한숨을 돌렸다.

"……저어, 여러분."

1번이 가만히 몸을 앞으로 내밀었다.

"우리는 어쩌다 우연히, 이렇게 동일한 아이돌에 대한 사랑으로 맺어진 여섯 명이었습니다. 하지만 다음 재판원이 될 여섯 명은 어떨까요? 미코시바 사키를 잘 알고, 진심을 다해 임해 줄 사람들이 뽑힐 수 있을까요?"

"아니요, 원래 재판원은 재판에 올라오는 정보만 살펴봐야……."

내 반론은 2번의 목소리에 묻혀 버렸다.

"꼭 그렇게 된다고 장담할 수는 없죠!"

"그래요, 우리 손을 떠나서야 되겠어요?" 3번이 기운차게 말했다.

5번이 머뭇거리며 말했다.

"그럼, 유죄로 하는 게 어떨까요?"

"엥?" 4번이 되물었다.

"아니, 재판에 올라와 있는 증거는 피고인한테 엄청 불리하잖아요. 자백도 했고. 이 평의도, 처음부터 유죄라는 전제하에 양형을 어떻게 할지 방향성을 논의하려던 거였다고요."

"맞아……."

"게다가 유죄가 될 경우 한 가지 의미가 더 있어요. 만약, 지금까지 우리가 쌓아 올린 응원봉, 다잉 메시지, 타다 남은 영수증, 알리바이, 파스, 〈over the rainbow〉……. 이런 추리가 죄다 사실이라면, 피고인은 자신이 죄인이 되어 미코시바 사키가 죄를 면하게 하는 걸 원했다는 게 되잖아요."

"그 말은, 피고인이 바라던 결과가 된다는 건가!"

6번이 손가락을 튕겼다.

"피해자는 스토커 자식이었어. 하필이면 미코시바 사키짱의 스토커. 게다가 협박까지 했지. 그렇다면 피해자는 죽어 마땅한 놈이었다는 거다."

6번의 말은 다소 과격했지만, 재판원들은 딱히 이의를 제기하진 않았다.

4번이 확인하듯 고개를 깊이 끄덕이며 말했다.

"평의 과정은 비공개니까, 우리가 진상을 알아낸 것도 알려지지 않아요……."

"그래요. 우리는 추리를 한 뒤, 추리해 낸 것을 전부 포기하는 겁니다."

"자, 잠시만요." 내가 황급히 입을 열었다. "재판이라는 건, 당사자가 원하는 판결을 내리는 제도가 아닙니다. 어디까지나 진실에 합치되는……."

"유죄다!"

"맞아, 유죄로 인정해야 한다!"

"우랴오이!"

"우랴오이!"

재판원 여섯 명이 다시 끓어오르기 시작했다.

"어머, 근데 괜찮을까요?" 그러다 정신이 든 3번이 곤혹스러운 표정으로 물었다. "이렇게 다들 열심히 추리했는데……."

"3번 님이야말로, 미코시바 사키를 딸처럼 생각했다고 하셨잖아요." 2번이 미소를 지었다. "우리도 사실 비슷한 점이 있어요. 언젠가 공연 중 이런 멘트를 해 준 적이 있거든요. 그룹이 데뷔하고 2, 3년간 지켜봐 준 우리를 향해 '벌써 이렇게 긴 시간을 지내 왔으니 이제는 가족이죠.'라고. 고작 2, 3년 구호 외치고, 간식 보내고, 생일 파티 때 선물해 주는 것 말고는 보답할 것도 없는 우리를, 가족이라고 불러 주다니."

차근차근 얘기하는 2번의 말에, 1번과 6번이 고개를 주억거리고, 5번도 "저, 그런 것 좋다고 생각해요. 우리들의 '현장'도 그랬잖아요." 하며 4번에게 말을 건넸다.

"……그랬지." 4번은 아련한 눈빛으로 말했다.

"4번 님은, 유죄로 하는 것 괜찮으세요? 미코시바 사키에겐 더 이상 추궁할 수 없게 되겠지만. 사키짱이 무슨 일로 협박을 당했는지도 영원히 알 수 없게 될 테고……."

"……괜찮아. 그렇게 돼도." 4번이 웃었다. "내가 좀 지조가 없는 편이라, 벌써 식어 버렸거든. 그러고 보니, 나도 기억났어. 나는 걔의 웃는 얼굴이랑 노래랑 댄스를 좋아한다는 걸. 나, 어쩔 수 없는 사키의 팬이라는 거."

4번의 말에 재판원들은 각자의 감정을 이입한 듯했다. 그들도 미코시바 사키를 응원하는 나름의 이유가 있겠지.

4번은 재판원 한 사람 한 사람을 보며 얼버무리듯 웃고는 이렇게 말했다. "나, 미코시바 사키의 무대를 계속 보고 싶어요. 유죄여야만 해. 우리가 유죄 판결을 내려서, 피고인의 신념을 지켜주자고요."

그 열정에 좌배석 판사가 다시 한번 움직였다.

"그래, 그거야."

좌배석 판사가 또 뭔가에 홀린 듯한 표정으로 말했다.

"후, 후후후. 그래. 아무것도 모르는 당신들이 아무리 잘난 체해 봤자 소용없다고. 마지막 순간에 제대로 제동 장치가 작동할 테니까."

좌배석 판사는 마치 영화 속 악역처럼 두 팔을 벌리고는 소리 높여 웃어 대기 시작했다.

　"후, 후후후, 알겠어? 처음에 설명한 대로, 평결은 다수결이야. 그리고 다수 의견 안에 최소한 한 명의 재판관이 포함되어 있어야 하고……."

　이런 광란 속에 부대끼다 보니 내 머리도 둔해져 버렸나 보다. 좌배석 판사가 저 말을 하기 전까진, 그런 규칙이 있었다는 것조차 완전히 잊고 있었다. 재판장이 처음에 얘기해 줬는데도.

　"……그러면, 평결에 들어가 볼까요."

　재판장이 엄숙하게 말했다.

　"유죄입니다.", "유죄네요.", "네네, 유죄이고말고요.", "유죄인 걸로.", "유죄로 합시다.", "유죄야. 재고의 여지도 없어." 재판원 여섯 명이 저마다 말했다.

　"하, 하하. 그럴 줄 알았지. 나는 무죄. 무죄다! 당신들이 추리한 내용을 채택하는 게 맘에 안 들긴 하지만, 이런 부정이 일어나는 걸 보고도 그대로 지나칠 순 없다고!"

　"……무죄입니다." 나도 말했다.

　그리고 마지막으로, 재판장이 위엄이 서린 태도로 말했다.

　"유죄다."

"지금 뭐라고······?"

좌배석 판사의 몸이 딱딱하게 굳었다. 나는 목이 급속하게 타는 걸 느끼며 의자에서 벌떡 일어났다. "재판장님!"

재판장은 길게 숨을 내쉬고는, 의자에 깊숙이 기댔다. 하늘을 우러러보며, 무언가를 단념했다는 듯이 눈을 감은 채, "유죄."라고 다시 한번 말했다.

재판원 여섯 명은 승리의 환성을 질렀다.

1번에게 지금 바로 노래방에 가서 콜 연습을 하자고 제안하는 2번과 6번의 목소리. 대학생 텐션을 뽐내며 자기도 끼워 달라고 참가를 신청하는 5번, 꼭 노래를 듣고 싶다며 같이 가자는 통에 귀찮아하는 4번. 그런 그들 사이를 다니며 행복이 가득한 표정으로 그릇을 정리하는 3번. 아직 양형 판단이 남았다고 말해도, 이미 축제 분위기다.

뭔가 심하게 비현실적인 광경이라도 보고 있는 듯, 내 머리에선 열이 났다.

"어떻게 이럴 수가······. 재판장님, 대체 왜······."

"미안하네." 재판장은 눈을 가리며 말했다. "참으로 미안하네."

나는 지금까지 일어난 일들을 떠올렸다. 아이돌 현장에 1번이나 2번보다 나이가 많은 '로맨스 그레이' 신사도 있다고 한 것. 그들이 몇 번이나, 아이돌을 가족처럼 소중하게 여긴다고, 딸 같다고 말했던 것. 재판장이 아내를 잃은 뒤 자식도 없이 혼자 살고 있다는 것.

힘없이 의자에 주저앉아 있는 재판장의 주머니에서 수첩이 미끄러져 떨어지며 마지막 페이지가 펼쳐졌다. 거기에 끼워진 한 장의 즉석 사진. 환하게 웃고 있는 미코시바 사키와 재판장의 얼굴이 담긴 투샷이었다.

【참고 문헌】

- 〈12명의 성난 사람들〉(미국 영화, 시드니 루멧 감독)

- 레지널드 로즈, 《12명의 성난 사람들》

- 쓰쓰이 야스타카, 〈12명의 신난 사람들12人の浮かれる男〉(《쓰쓰이 야스타카 전집 19》 수록 소설)

- 쓰쓰이 야스타카, 〈12명의 신난 사람들12人の浮かれる男〉(《쓰쓰이 야스타카 극장 12명의 신난 사람들》 수록 희곡)

- 〈12명의 마음 약한 일본인〉(일본 영화, 나카하라 슌 감독)

- 〈키사라기 미키짱〉(일본 영화, 사토 유이치 감독)

- 재판원 제도 연구회, 《쉽게 이해하는 재판원 Q&A よくわかる裁判員 Q&A》

- 미시마 사토시, 《재판원 재판의 평의 디자인−시민의 지성이 살아 움직이는 재판을 향하여裁判員裁判の評議デザイン−市民の知が活きる裁判をめざして》

- 하마다 구니오 · 고이케 신이치로 · 마키노 시게루, 《재판원 제도의 현재−시민 참여 재판원 제도 7년을 검증하다裁判員裁判のいま—市民参加の裁判員制度7年経過の検証 》

- 고지마 가즈히로, 《중년이 아이돌 오타쿠인 게 뭐가 나빠!中年がアイドルオタクでなぜ悪い！》

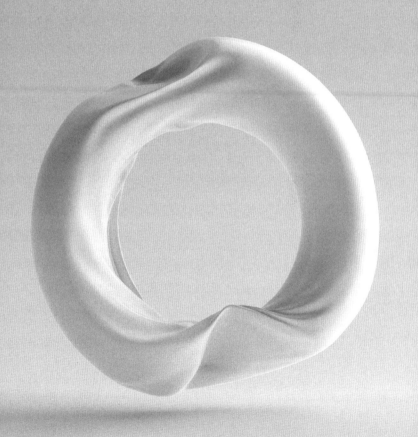

도청당한
살인

"왓슨, 앞으로 내가 내 능력을 과신하거나, 사건 수사에 최선을 다하지 않는 게 느껴지면, '노베리'라고 귓속말을 해 주겠나."

코난 도일, 〈노란 얼굴〉 중에서

6
현재

"범인은 당신이에요."

나, 야마구치 미미카는 아주 의기양양해져 있었다.

어쨌든, 오늘은 내가 '해결편'을 맡았기 때문이다.

범인의 호흡이 거칠어졌다. 내뱉는 숨이 떨리고 있었다.

"내가 범인이라고? 흥, 말도 안 되는 트집이야……."

말로는 동요하는 기색을 감추려 하고 있다.

"미미카, 얘기해 줘."

오노 소장이 내 등을 떠밀며 말했다. 나는 기분이 점점 좋아져서, 이야기를 시작했다.

나와 탐정 사무소 소장, 오노 다다스 두 사람은 불륜 뒷조사를 위해 산속 여관을 방문하던 중, 살인 사건에 휘말렸다.

그리고 지금, 범인을 궁지에 몰아넣는 중이다.

나는 담담히 설명을 계속했다.

범인이 어디를 통해 여관에 침입하여, 어떤 경로로 피해자의 방에 이르렀으며, 어느 부분에서 실수를 하였고, 그 실수를 숨기기 위해 어떤 행동을 하고, 그때 어떤 생각을 했는지를…….

처음엔 나를 깔보는 듯한 태도를 보이던 범인은 설명이 계속되자 낯빛이 파랗게 질렸고, 식식대며 호흡이 가빠지더니, 결국에는 도깨비라도 본 듯한 눈빛으로 나를 보았다.

"그래, 나다!" 범인이 절규했다. "내가 죽였어!"

범인은 털썩 주저앉고는, 부정하듯 고개를 좌우로 흔들었다.

"저기…… 딱 하나만 물어볼게. 내가 어디서 실수한 거지? 야마구치 미미카라고 했던가, 당신 말이야, 내가 저지른 일을 어떻게 거기까지 알고 있는 거야?"

범인은 애원하는 듯한 눈으로 나를 바라봤다.

"음, 간단합니다."

나는 옆머리 언저리를 집게손가락으로 두 번 두드렸다.

"저는, 여기가 좀 다르거든요……."

"이봐, 미미카."

범인을 경찰에 인도한 뒤, 여관방에 돌아온 오노가 말했다.

"왜요, 소장님? 저의 이번 대활약을 칭찬하시려고요?"

"그래, 사건 해결 자체는 잘했지."

'자체는'이라는 부분은 무시하고, "그렇죠, 그렇죠? 더 칭찬하셔도 됩니다." 하고 익살을 떨어 보였다.

"그런데, 너 맨날 하는 그 대사 말이야. 슬슬 바꿀 때가 됐어."

"왜요?"

"오해를 사기 쉬우니까 그렇지!"

오노가 꽥 소리를 지르는 바람에, 나도 모르게 귀를 막았다.

"그런 제스처로 '여기가 다르거든요'라고 말하면, 대부분 '머리가 다르다'는 뜻으로 생각한다고. 그래서 범인은 네 말을 '저는 머리가 좋고, 당신은 멍청이니까요.'라고 알아듣는단 말이야."

"……아, 그런가요."

"혹시, 눈치 못 챘어? 오늘 범인이 발끈해서 너한테 덤벼들 뻔했을 때도, 몰랐던 거야?"

오노가 따지고 들었다.

나는 그를 달래 가며 말했다.

"이번엔 제가 여쭤볼게요. 그럼 어떡하면 좋을까요?"

"똑똑히 알아듣게 얘기하면 되잖아. 예를 들면 제스처를 이런 식으로 한다든지."

이렇게 말하며, 오노는 귓불을 쭉 잡아당겼다.

"이렇게 하면, 청력이 좋다는 뜻으로 전달될 거라고. 오해도 안 생기고."

"……왠지 그 포즈는 귀엽지 않은데요."

"너 진짜…….."

오노가 한숨을 푹 쉬었다.

그렇다. 범인이 무서워할 정도로 범행 경위를 딱딱 알아맞힐 수 있었던 건, 나의 귀 덕분이었다.

여관에서 밤을 보내다 보니 잠을 이루지 못하고 몽롱한 상태로 있던 나는 누군가 실내를 걸어 다니는 발소리를 들었다. 총성이나 비명 등, 두드러지는 소리는 나지 않아서 범죄가 일어나고 있다는 생각은 못 했지만, 시신이 발견된 뒤 오노에게 발소리에 대해 얘기하면서 그게 살인범이었을 가능성에 생각이 이르렀다.

그 소리를 기억해 내어 사건의 경과를 되짚어 본 것뿐이다.

물론, 범인은 그날 밤 자신이 내 소리가 누군가에게 들렸으리라고는 생각하지 않았을 거다. 미세한 소리였으니 말이다. 내가 묵는 방은 2층, 오노와 피해자의 방은 1층이었다. 그런데도 오노는 소리를 듣지 못했다.

1층에서 내는 아주 미세한 소리를 2층에서 들을 수 있을 정도로, 내 귀는 잘 듣는다. 여고생, 여대생 시절, '지옥의 귀 미미카'라는 별명으로 쭉 불려 온 이유다.

"……뭐, 이번이 너와 내가 팀을 이루고 나서 다섯 번째 사건이잖아. 아직 시행착오는 있을 수 있지. 네가 들은 소리를 분석한 덕분에, 범인의 행적을 상당히 뚜렷하게 알 수 있었지."

"네. 그날 밤 들었던 발소리를, 용의자들의 발소리와 하나씩 비교함으로써 범인을 알아냈죠."

"발소리 하나에도 특징이 있더군. 체중을 싣는 방법, 걷는 리듬……."

"그날 밤 발소리를 낸 사람은 오른발을 절고 있어서, 특히 더 알기 쉬웠어요. 아마도 삐었던 것 같네요."

"늘 그렇지만, 어이가 없을 정도의 청력이라니까."

"……하지만, 그 행동의 의미는 오노 소장님의 추리가 아니었다면 알 수 없었을 거예요. 피해자의 방에서 범인이 책상을 한 번 뒤엎은 이유 말이에요."

"책상을 뒤엎었다는 걸 알아낸 건, 소리의 미세한 특징까지 집어낼 수 있는 그 청력 덕분이지. 피해자의 방에 가서 손에 잡히는 대로 물건을 움직여서 소리를 내 봤으니까."

"그리고 소장님은 책상 뒤쪽에 단서가 붙어 있는 걸 알아내셨죠. 그건 좀 아까웠어요. 제가 알아내고 싶었는데⋯⋯."

"귀가 좋은 미미카가 단서를 모아서, 내가 추리하는, 이런 분담이 제대로 이루어지고 있다는 증거 아니겠어?"

"뭐, 그건 그렇지만⋯⋯."

선천적으로 귀가 밝았다. 이걸 처음으로 남에게 얘기한 게 대학교 2학년 때였다. 당시 가입했던 연극 동아리의 선배 오노에게 말이다.

그때의 인연을 계기로, 나는 대학 졸업 후 탐정 사무소에 취직했다. 나와 소장을 포함해 세 명으로 이루어진 아담한 회사지만, 지금의 환경이 마음에 든다(나머지 한 사람은 사무실을 지키는 중이다).

"나로선 지금의 방식이 마음에 든다고."

오노는 히죽 웃으며 말했다.

"하지만, 저도 추리하는 것 정도는⋯⋯."

"곰 인형."

나는 말을 멈췄다.

"⋯⋯그 얘길 하다니, 치사해요."

오노가 어깨를 으쓱했다.

"아, 그래도, 방금 그건 셜록 홈스 같았어요."

"무슨 소리야?"

"셜록 홈스 단편에 나오거든요. 실패담인데, 결말 부분 대사에서 홈스가 왓슨에게 말해요. 자기가 능력을 과신하는 기미가 보이면, 그 실패담에 관계된 지역 이름을 귓속말로 속삭여 달라고……. 이를테면, 훈계의 말인 거죠."

"그렇게 되면, 네가 홈스가 되는 거 아니야?" 오노가 머리를 갸웃했다. "어느 쪽인지 굳이 따지자면, 추리력이 있는 쪽은 나인 것 같은데."

"하지만 소장님이야말로, 제 귀가 없으면 수수께끼를 풀지 못할 텐데요."

우리는 으르렁대며 서로 쏘아봤다.

우리 두 사람이 지금과 같은 협력 관계를 이룬 데는, 1년 전 겨울에 일어난 어느 사건이 계기가 되었다. 나와 오노가 콤비가 되어 해결해 낸 첫 번째 사건.

곰 인형이 관련된, 그 사건.

지금도 그 곰 인형은 나를 훈계하기 위해 사무실 책상에 놓여있다.

1
1년 전

"도청기?"

탐정 사무소에서 오노와 나는 책상을 사이에 두고 마주 보고 있었다. 오노 옆에는 젊은 조사원 후카자와가 서 있었다. 우리 사무소 전 직원이 모여 있어 조금은 삼엄한 분위기였다.

말끔하게 닦은 마호가니 책상 위에, 구니사키 치하루의 불륜 조사 자료가 가지런히 놓여 있었다. 오노의 사무실은 늘 이렇게 정돈되어 있다.

"맞다, 미미카에겐 아직 보여 준 적 없지."

오노는 서랍을 열어 조그만 검은색 기계를 꺼냈다. 집게손가락 끝부분 정도 되는 크기였다.

"뭔데요, 이게?"

"고성능 도청기야. 건전지로 구동되고 열흘은 가."

"소리도 꽤 선명하게 녹음돼요." 후카자와가 이어서 설명했다. "이번 조사 대상인 구니사키 치하루 씨는 자잘한 소품을 좋아하거든요. 그래서 곰 인형에 도청기를 심고, 장난감 회사의 샘플이라고 속여서 슬쩍 집 안에 들였어요. 실제로 구니사키 씨 집에 들어갔던 아이는 이젠 여기 없지만, 이것과 똑같은 제품이에요."

후카자와는 10센티미터 정도 크기의 작은 곰 인형을 책상 위에 놓았다. 만져 보니 폭신폭신한 감촉이 기분 좋다. 동글동글한 눈도 귀엽다. 곰 인형을 일부러 '아이'라고 부르며 귀엽게 행동하는 후카자와가 좀 얄밉긴 하지만.

"도청기를 심고 감쪽같이 다시 봉합하는 게 쉽지 않아서, 똑같은 곰 인형을 몇 개나 사서 작업하고는 봉합이 잘된 걸 골라 현장에 사용했죠. 으아, 진짜 고생했다고요."

"머리 부분에 심어져 있어. 그쪽은 재질이 조금 딱딱하게 돼 있어서 눈치채기 어렵잖아?"

나는 곰 인형 머리 부근을 꾹 눌러 봤다. 확실히, 안에 뭐가 들어 있는지 알아채기 어려웠다.

"하지만, 아무리 조사를 위한 것이라고 해도, 사생활 침해는 좀⋯⋯."

"탐정 활동이라는 건 어느 정도 사생활을 침해하게 돼 있어."

뻔뻔하게 내뱉는 오노의 말에 나는 한숨을 푹 쉬었다.

"이번 조사⋯⋯, 불륜 조사였던가요?"

"맞습니다. 3주 전, 남편인 구니사키 아키히코 씨가 의뢰한 거예요. 출장에서 돌아왔더니, 아내가 평소에 마시지 않는 사케 종이팩이 열려 있었다던가 하면서요. 그럼 뭐, 뻔하죠."

"그렇게 말하지 마, 후카자와. 부부간의 갈등 덕분에 우리가 벌어먹고 사는 거니까."

오노의 천박한 말에 후카자와는 쓴웃음을 지었다.

"그래서? 결과부터 말하면, 어떻게 됐는데요?"

"명백한 외도. 구니사키 치하루에게는 불륜 상대가 있었어."

오노는 책상 위에 여러 장의 사진을 놓았다. 몰래 찍은 듯한 사진 속에, 마치 여배우 같은 미모의 여성과 피부가 가무잡잡하게 그을린 근육질 남성이 열렬한 포옹을 나누고 있었다. 키스하는 순간을 포착한 사진도 한 장 있었다.

"이 남자야. 이름은 구로다 유지. 여자가 다니는 피트니스 센터의 트레이너. 구니사키 치하루는 매주 화요일과 목요일에 구로다에게 PT를 받고 있었어. 남편이 회의로 귀가가 늦어지는 목요일이면 집에 데리고 온 것 같아."

"도청기로 알아낸 거지만요."

"아, 그리고 도청기로 알아낸 사실이 하나 더 있어."

오노는 다짜고짜 연극 대사 톤으로 말하기 시작했다.

"웬걸, 남편 구니사키 아키히코도, 사내에서 젊은 여성과 불륜을 저지르고 있었던 거야. 그녀의 이름은 마미야 아키. 집에서 구니사키 아키히코가 마미야 아키에게 온 전화를 받는 부분이 도청기에 녹음돼 있었지."

"도청기에 녹음된 대화를 들어 보면, 부부 사이에 벌어진 틈이 어느 정도인지 생생하게 알 수 있어서 무서울 정도였어요. 두 사람 다 가면을 쓴 것처럼, 목소리에 억양이 없더라고요. 그런데 그 남편, 자기 애인한테 말할 땐 간드러진 목소리로 확 바뀌어 버려요. 아내를 대할 때랑 온도 차가 너무 심해서 기분 나쁠 정도였다니까요."

"듣자 하니, 아키히코와 마미야 아키는 '결혼을 전제로' 만나는 것 같았어. 아키히코는 치하루와 이혼하기 위해, 아내가 부정을 저지르고 있다는 증거를 확보하려던 거겠지. 이혼 조정에서 유리한 위치를 차지하려고 말이야."

"뭐랄까." 나는 가슴속에 고인 떨떠름한 기분을 말로 표현했다. "우리를 저 좋을 대로 이용한 것 같네요. 물론 우리도 서비스업이다 보니 의뢰인에게는 아내분의 일을 전할 수밖에 없지만."

"그건 당연하지. 우리는 딱히 정의를 위해 일하는 게 아니야. 어디까지나 비즈니스니까."

오노가 건조하게 말했다.

"그렇다면, 의뢰인에게 조사 결과를 전하고 보수를 받으면 끝나는 거잖아요. 소장님은 왜 굳이 저를 부르신 거죠?"

내 말투에 오노의 눈썹이 꿈틀했으나, 딱히 별말 없이 본론으로 들어갔다.

"이번 의뢰가 그걸로 끝나지 않게 되었기 때문이지. 일주일 전, 구니사키 치하루가 자택 거실에서 살해당했어."

나는 숨을 멈췄다.

"그리고 이 도청기에는 살해 당시 상황이 녹음되어 있었어."

후카자와는 다른 사건의 조사가 있어 사무실을 떠났다.

"……소장님이 저를 왜 불렀는지 이제야 알겠네요."

"그게 뭘까?"

"시치미 떼지 말아요. 저한테 도청기에 담긴 소리를 들려주려는 거잖아요. 그 살인 사건 당시의 내용 말이에요."

오노가 히죽 웃었다. "정답!"

내 청력에 대해 아는 사람은 오노뿐이다. 다른 누구에게도 털어놓은 적이 없다. 후카자와가 자리를 비우고서야 나도 그 얘기를 꺼낸 것이다.

"사건의 줄거리부터 얘기해 보자."

오노는 헛기침을 한 번 했다. 나는 자세를 고쳐 앉았다.

"구니사키 치하루는 일주일 전 목요일 오후 8시, 귀가한 남편 아키히코에게 발견됐어. 거실에 엎드린 자세로 쓰러져 있었고, 후두부에는 둔기에 맞은 듯한 상처가, 이마에는 찢어진 상처가 한 군데씩. 바닥에는 핏자국이 튀어 있었고, 주위에 몸싸움을 벌인 흔적이 있었어. 시신 옆에 떨어져 있던 골프채가 흉기로 사용된 듯해. 치하루의 방에서 보석, 액세서리 종류가 도난된 것으로 보아, 강도 살인으로 보고 수사 중이지."

"문제의 도청기는 어디……?"

"살해 현장인 거실에서 곰 인형째로 짓밟혔어. 몸싸움 도중에 범인이나 치하루가 밟았겠지. 경찰은 당연히 곰 인형 잔해에서 도청기를 회수했고. 아키히코가 탐정에게 조사 의뢰를 했다고 진술해서, 경찰은 우리와 도청기를 결부시켰지."

"혹시 소장님, 어제 그것 때문에 사무실에 안 나오신 거예요?"

"못 나왔다고 하는 게 맞지. 중요 참고인으로 불려 가서 아주 탈탈 털리고 왔거든."

취조실에서 얌전히 몸을 웅크리고 있는 오노의 모습을 상상하며 나도 모르게 웃음이 날 뻔했다. 오노는 그런 나를 못마땅한 듯 노려봤다.

"어쨌든, 도청기는 증거물로 압수당했어. 경찰이 모든 데이터를 검증해서 살해 당시의 기록을 발견했지. 그걸 네게도 들려줄 생각이야. 살인범과 관련된 유일한 단서니까."

"궁금한 게 두 가지 있는데, 물어봐도 될까요?"

오노는 어서 질문하라는 듯, 양손을 펼쳐 같잖은 몸짓을 해 보였다.

"첫째, 경찰이 도청기를 압수했다면, 제가 그걸 들을 방법은 없는 것 아닌지?"

"사무실 컴퓨터와 도청기를 인터넷으로 연결해서, 음성 데이터를 일일이 저장했어. 컴퓨터도 압수당했지만, USB 메모리에 복사해 두었지."

과연 빈틈이 없다.

"두 번째는 뭔데?"

"불륜 조사를 맡은 거니까, 우리가 살인범까지 추적할 필요는 없을 텐데요. 아무래도 소장님은 사건 해결에 지나치게 열심인 것 같은데……."

"당연하지." 오노가 콧김을 거칠게 내뿜었다. "나는 의심을 받았다고. 도청기를 설치하고, 구니사키 집 주변을 살피던 수상한 사설탐정으로 말이야. 이러다가는 내 체면에 지장이 생기잖아. 범인을 찾아내서 응징해야 직성이 풀려.”

나는 이마를 꾹 눌렀다.

그래. 소장은 이런 사람이었지.

“내가 간신히 용의 선상에서 제외된 건, 알리바이가 있었기 때문이야. 사건이 일어난 건 도청기에 내장된 시계로 16시 13분이라는 걸 알 수 있어. 마침 그때 나랑 너랑 다른 실종 사건 때문에 탐문 조사하러 나가 있었잖아. 이 알리바이가 아니었다면 지금쯤 유치장에 있을지도 모른다고. 그 생각만 하면 속이 뒤집힌다니까.”

“하지만⋯⋯.”

나는 도무지 마음이 내키지 않았다. 살인의 순간에 담긴 녹음 파일이라니⋯⋯. 분명 생생하고, 끔찍한 소리일 텐데.

상상만으로도 불안해서 속이 뒤틀린다.

“게다가.”

그때, 오노가 말했다.

“이건 기회라고 생각해. 네가 입사하고 나서 처음으로 네 귀가 가진 능력을 제대로 발휘할 수 있는 사건이잖아. 괜찮아. 이번에는 나도 함께하니까. 같은 실수를 반복하진 않을 거라고.”

오노가 단단히 벼르며 말했다. 숨이 막혔다. 오노에게 나의 능력에 대해 털어놓았던 날 밤의 일이 떠올랐다.

◆

그 계기는 연극 동아리 내의 파벌 싸움이었다. 고노와 니시다, 두 사람이 대립하여 편을 가르고, 축제 때 여주인공 자리를 놓고 쟁탈전을 벌이고 있었다.

그런 때에 고노가 니시다의 페트병에 설사약을 탔다.

그걸 알아챈 건 역시 나의 청력 덕이었다. 비중이 달라진 물의 소리, 분장실로 다가가던 수상한 발소리, 그 발소리의 주인의 귀에서 희미하게 짤강짤강 소리가 났던 것……. 피어싱이다, 하고 생각했다. 피어싱은 고노가 즐겨하던 액세서리였다.

그래서 나는, 고노와 니시다의 페트병을 슬쩍 바꿔치기한 것이다. 고노의 자업자득이야. 혼쭐 좀 나 봐라. 그렇게 생각했다.

그날 밤, 오노가 선술집으로 나를 불러내 단둘이 술자리를 갖게 되었다.

그다지 친한 선배는 아니어서 나오라고 했을 땐 당황스러웠다. 하지만 오노가 가방에서 페트병을 꺼내자, 내 얼굴에서 핏기가 가시는 걸 느낄 수 있었다.

'아니에요. 제가 그런 거…….'

내가 변명을 하려는데, 오노는 풉, 웃음을 터뜨렸다.

'알아. 설사약을 탄 물병은 내가 회수했다는 뜻이야. 왜냐, 이번 사건의 범인은 고노가 아니니까.'

느닷없는 그의 말에 나는 깜짝 놀랐다.

오노는 내가 페트병을 바꿔치기한 걸 목격했다고 했다. 자신도 두 여학생의 대립을 눈여겨보던 중, 그 페트병에 설사약이 들어 있다는 것과, 내가 그 일을 고노의 짓이라고 생각한다는 걸 추리로 간파했다. 그는 진범을 밝혀낸 뒤 나를 술집으로 불러낸 것이다.

내가 착각한 것이었다. 자업자득이라면서 페트병을 바꿔치기한 내 행동이 순간 부끄러워졌다.

'죄송합니다. 저…… 고노 선배에게 심한 짓을…….'

내가 청력을 과신했다는 사실을 깨달았다.

'글쎄 괜찮대도. 고노가 설사약을 마시지 않도록 내가 빼돌렸잖아. 그런데, 누군가 설사약을 넣었다는 건 어떻게 알아낸 거야?'

그리하여 나는 오노에게 사실을 털어놓기 시작했다.

이전까지는 부모에게도 교사에게도 털어놓기가 두려웠다. 어릴 적에 내 귀에 들리는 것이 다른 사람들 귀에도 똑같이 들리는 게 아니라는 걸 이미 깨달았기 때문이다.

그럼에도 왠지 눈앞에 있는 남자에게는 말할 수 있었다.

청력이 좋다니, 특별한 능력이라고 해야 할지 미묘한 지점이다. 처음에는 망상이라고 비웃을 줄 알았는데, 오노는 흥미롭다는 듯 이런저런 질문을 던졌다. 이런 경우는 어때? 그럼 이런 소리는? 재미있어하고 있는 게 틀림없었지만 내 얘기를 믿어 주고 있었다. 질문을 하는 태도에서, 내 말을 그대로 받아들이는 그의 진심이 느껴졌다. 그래서 나도 오노를 신뢰했다.

'사실은 대학을 졸업하면 독립해서 탐정 사무소를 차릴 생각이야.'

오노는 히죽히죽 아이 같은 미소를 지었다.

'너의 능력은 내 추리력과 합치면 훨씬 유용하게 사용할 수 있을 것 같은데, 어때? 나한테 올 생각 없어?'

그래, 나는 그날 밤, 오노에게 프러포즈를 받았다. 물론 이성을 향한 관심은 전혀 아니었다. 그저 순수하게 아이 같은 눈으로, 오노는 내 귀에 온통 흥미를 쏟고 있었다.

덧붙이자면, 그에게 듣기로는 진범은 연극 소품으로 사용하려고 고노에게 피어싱을 빌렸다고 한다. "설마 피어싱 소리 때문에 착각할 줄이야, 고노도 생각지 못했을 거야."라며, 오노는 쿡쿡 웃었다.

얄궂게도, 너무 잘 듣는 바람에 나는 진상을 꿰뚫어 보지 못한 것이다.

◆

그랬건만······.

"부탁이야, 미미카. 힘을 보태 줘! 경찰이 찍소리 못 하게 해 주고 싶다고!"

지금 눈앞에 있는 오노는 주먹을 부들부들 떨고 있었다.

……설마, 이런 사람일 줄이야.

나는 길게 한숨을 내쉬었다.

그러고 보니, 그날 술값도 내가 대신 냈잖아. 3,200엔. 오노가 술도 못 먹는 주제에 과음해서는 먼저 취해 버리는 바람에 할 수 없이 오노의 몫까지 내가 냈다.

싫은 기억이 떠올라 버렸다.

……그래도 확실히, 내 능력을 시험해 보기엔 좋은 기회일지도 모른다. 탐정 사무소에 입사한 이래, 내 청력을 발휘할 만한 사건은 좀처럼 없었다. 일반 사무를 잘하다 보니 그것만으로도 귀한 대접을 받았지만, 내 능력을 살릴 기회를 늘 기다려 왔다.

좋아, 해 보자. 분발해 보기로 한다.

"우선 녹음 파일을 들려주세요. 일단 듣고 나서 얘기해요."

오노는 만족스런 웃음을 띠며 컴퓨터를 조작했다. 갑자기, 스피커를 통해 유난히 높은 소리로 헐떡거리는 신음과 스프링이 삐걱대는 소리가 울려 나왔다.

"소장님……. 그런 건 집에서 들으세요."

민망한 것보다 어이없는 게 더 먼저였다. 조금 전까지 팽팽하던 긴장감은 어디론가 날아가고, 맥이 탁 풀려 버렸다.

"아, 아니야! 이것도 도청 데이터야. 거실 소파 위에서 구니사키 치하루와 구로다가 즐거운 시간을 보내는 부분이라고……."

……정말, 어쩌다 이런 인간을 따라온 거지!

"알겠으니까, 살해 당시 부분이나 빨리 틀어요!" 나는 딱 잘라 말했다.

컴퓨터에 연결된 헤드폰을 꼈다. 소음 차단 기능이 좋아서 맘에 드는 제품이다. 내가 자세를 바로잡자, 오노가 고개를 끄덕이고는 마우스를 조작했다.

문이 열리는 소리부터 들리기 시작했다.

발소리가 들린다. 타박, 타박, 가벼운 소리다. 한 걸음씩 내딛는 리듬은 간격이 살짝 벌어져 있다.

가벼운 소리로 볼 때, 양말을 신고 걷는 것도, 맨발로 걷는 것도 아닌 것 같았다. 리듬은 어떻게 봐야 할까. 뭔가를 경계하는 건가. 긴장하고 있는 걸까.

발소리가 점점 커진다.

"어머, 웬일이야?"

발랄한 느낌의 여자 목소리가 들렸다. 피부 어딘가에 찰싹 엉겨 붙는 듯한 교태가 담긴 목소리다.

발소리가 멈췄다.

"뭐야……."

여자가 이렇게 말한 다음 순간, 격렬한 소리가 울려 퍼졌다.

탁, 하고 다리가 뭔가에 걸리는 소리, 꺄, 하는 여자의 새된 비명, 쾅, 하며 뭔가가 쓰러지는 소리. 다음에는 쿵, 하는 낮은 소리가 났다. 묵직한 물건이 부딪치는 소리다. 여자의 희미한 신음 소리가 연달아 들린다.

바로 그 순간이었다. 나에게 이변이 찾아온 것은.

끼…… 잉…….

'으…….'

나도 모르게 헤드폰을 벗을 뻔할 정도로 불쾌한 불협화음이었다.

'대체 무슨 소리지, 이거?'

두통이 오기 시작했다. 이마에 진땀이 맺힌다.

소리가 멈추고 마침내 동요하던 마음이 가라앉았지만, 여전히 심장은 쿵쿵 뛰고 있었다.

불협화음이 울리기를 멈췄지만, 녹음 파일은 계속 재생되고 있었다.

잠시 동안 아무 소리도 없는 상태가 계속됐다. 오싹한 기분이다.

다시 발소리가 들린다. 쿵, 쿵, 묵직한 소리가 일정한 크기와 리듬으로 들려왔다. 거친 숨결이지만, 후 하고 긴 숨을 내쉬고 있다.

또다시 격렬하게 엎치락뒤치락하는 소리가 들리고, 발소리, 유리가 깨지는 소리, 철퍼덕 하며 뭔가가 뒤집히는 소리가 연달아 들렸다.

다음에는 바로 귓가에서 뭔가가 폭발하는 듯한 파열음.

곰 인형이 뭔가에 부딪힌 걸까. 바닥에 떨어진 걸지도 모른다. 그 증거로, 발소리가 더 가깝게 들렸다. 더 커지고 격렬해지는 발소리에 절박함이 느껴졌다.

결말은 갑작스럽게 찾아왔다.

둔탁한 소리가 울려 퍼졌다. 딱딱한 것과 딱딱한 것이 서로 맞부딪치는 소리였다.

나는 저절로 얼굴이 일그러지고 말았다.

뒤이어 빠직, 하며 무언가 부서지는 소리가 들려왔다.

거기서 녹음이 끊겼다.

무거운 침묵을 깬 건 오노였다.

"소감이 어때?"

"……독한 기운이 확 덮쳐 왔어요. 사람의 악의가 귀를 통해 들어와 온몸에 퍼져 가는 기분이에요. 범인의 거친 숨소리를 듣고 있을 때, 흥분이 전해져서 몸이 떨리는 것 같았어요. 후반에 가서는 여자가 소리를 지르지 않게 된 것도 공포에 질린 나머지 그랬던 걸지도 몰라요……."

한 여자가 살해당하는 순간이었다. 자연히 그 광경을 상상해 버리게 된다.

"천천히 해도 돼."

오노가 걱정해 주듯 말했다. 나는 고개를 끄덕이고는 심호흡을 한 번 했다.

"……뭐, 단서가 있는 것 같아?"

"현장인 거실을 실제로 보지 않고는 알 수 없는 부분이 많아요. 신경 쓰이는 건, 일단 발소리고요. 살해 전이라 긴장한 상태라곤 하지만, 리듬이나 걸음을 옮기는 방식 같은 특징은 기억해 뒀어요. 구니사키 씨네 집에는 마루가 깔려 있나요?"

"응?" 오노가 눈을 깜박였다. "아, 의뢰를 받고 찾아갔을 때 봤는데, 마룻바닥이었어."

"그렇다면, 범인은 슬리퍼를 신었을 가능성이 높네요. 발소리가 타박, 타박 하는 가벼운 소리였거든요. 슬리퍼 바닥과 마룻바닥이 닿아서 나는 소리라면 이미지가 딱 맞아요."

오노는 눈을 크게 떴다.

"대단해. 사실은 경찰이 압수한 증거물 중에 피 묻은 슬리퍼가 있거든."

상상한 것이 들어맞았다는 사실에 내심 기뻤다.

"다음은 녹음 파일 뒷부분에 몸싸움을 벌이는 것으로 보이는 부분. 뭔가가 쓰러지는 소리나 유리가 깨지는 소리가 들렸는데, 이건 실제로 거실을 봐야 알 수 있을 것 같아요. 쓰러진 게 마룻바닥 위라면 나무 재질의 물건인 것 같은데요, 예를 들면 의자인지, 옷걸이인지까지는 소리만으로는 알아내기가……."

"응. 그건 현장 사진을 보면 알 수 있어. 유리가 깨지는 소리는, 거실 테이블에서 유리잔이 떨어졌을 때거나, 장식장 유리문을 쳐서 깨졌을 때 난 거야. 나무 재질의 물건이 쓰러지는 소리는 옆으로 넘어진 의자가 냈던 소리일 테고. 물론 네가 좀 더 귀기울여 들으면, 다른 해석이 나올지도 모르겠지만……."

오노는 겸연쩍은 표정을 지었다.

"미안해."

"네?"

"녹음 파일을 듣고 있을 때 안색이 안 좋더라. 미간도 찡그리고. 이런 걸 들려주다니 악취미가 따로 없네."

그렇게 표정이 안 좋았나, 하며 마음속으로 쓴웃음을 웃었다.

"아……. 아니에요. 물론, 무시무시한 소리이긴 했지만, 그것 때문만은 아니에요. 녹음된 소리 중에 딱 한 군데, 불협화음이 들리는 부분이 있었거든요."

"불협화음?"

오노가 어리둥절한 표정을 지었다.

"네. 도중에 엄청나게 불쾌한 소리가 나는 바람에…… 머리가 아파 와서……."

"그 정도였다고. 한 번 더 들을 수 있겠어?"

별로 내키지 않았지만, 마지못해 고개를 끄덕였다. 오노는 컴퓨터에 꽂힌 헤드폰 코드를 뽑고, 스피커 음량을 높였다.

"처음부터 다시 재생할게. 불협화음이 들리기 시작하면 손을 들고, 끝나면 손을 내려 줘."

청력 검사 같네, 하고 생각했다.

오노가 파일을 다시 재생했다. 범인의 발소리, 구니사키 치하루의 목소리, 싸우는 소리, 숨 막힐 듯한 침묵, 그리고.

여기다.

손을 들고, 얼마간 소리를 견디다 보니, 이윽고 멈췄다. 손을 내린다.

"……아무것도 안 들리는데."

"정말요? 그 정돈가."

"미미카 너한테만 들리고, 나한테는 들리지 않는다. 아마도 여기엔 두 가지 의미가 있을 거야.

첫째, 두 개의 소리를 우리가 함께 듣고 있다 해도, 내 귀에도 너와 똑같이 들린다고는 할 수 없어. 그러니까, 나한테는 불협화음으로 느껴지지 않을지도 모른다는 거야. 예전에, 드라마 〈후루하타 닌자부로〉에서 '절대음감 살인 사건'이라는 회차가 있었지. 이치무라 마사치카가 범인으로 나와. 그거 볼 때 진짜 화가 났거든. 결국 절대음감을 지닌 범인만 느낄 수 있는 걸 다룬 거라, 일반 시청자들은 절대 추리할 수 없는 문제였다고."

"저기, 왜 갑자기 드라마 얘기를……."

"어쨌든, 어떤 소리와 어떤 소리가 만났을 때 불협화음이 되느냐 아니냐는, 미미카 너만이 알 수 있다는 거야.

　여기에 한 가지 의미를 더하면 좀 더 앞뒤가 맞아. 즉 둘째, 불협화음이 생기는 부분에서 내 귀에는 도무지 아무 소리도 들리지 않는다는 거지."

　오노가 턱을 쓰다듬었다.

　"미미카 넌 청력이 좋아. 미세한 소리도 감지할 수 있지. 이 타이밍에 울린 희미한 소리를, 네 귀에서만 포착할 수 있었어."

　"그렇네요……. 그러니까, 속삭이는 소리나 멀리서 옷이 스치는 소리, 기계의 작동음, 집 밖에 있는 사물에서 난 소리 같은 희미한 소리 말이군요."

　"그렇지. 두 개의 소리가 겹치는 거니까, 하나는 불협화음이 시작되기 전부터 계속 나고 있던 소리겠지. 소리가 겹쳐 있는 모습을 두 개의 층에 비유하면, 계속 나고 있던 소리는 기초가 되는 아래 부분, 즉 '밑바탕의 소리'야. 여기에 불협화음의 원인이 된 '또 하나의 소리'가 그 위에 더해지는 거지."

　오노는 컴퓨터로 시선을 떨구었다.

　"아까 네가 손을 들고 내릴 때까지 걸린 시간은 14초였어. '또 하나의 소리'가 난 건 그 14초 동안이라는 거지."

　"'밑바탕의 소리'가 뭔지는, 불협화음이 시작하기 전으로 거슬러 올라가면 밝혀낼 수 있겠네요."

　내 말에 오노가 고개를 끄덕였다. 불협화음이 시작하기 5초

전, 섬뜩할 정도의 침묵이 이어지던 시간으로 오노가 커서를 맞춘다. 나는 한 번 더 헤드폰을 연결하고, 내 숨소리마저 감춘 채 들려오는 소리에 귀를 기울였다.

몇 초 뒤, 불협화음이 들리기 시작하는 순간에, 오노가 재생을 멈췄다.

"뭔가 들렸어?"

나는 눈을 감았다.

"……가라앉히려고 하지만 진정되지 않는 거친 숨결. 틱, 틱, 하며 이어지는 소리가 두 종류. 소리가 큰 것과 작은 것. 벽시계와 손목시계의 초침인 것 같아요. 창밖에는 흐릿한 까마귀 소리. 지붕 밑에는 희미한 발소리. 소리가 가벼운 것으로 보아 쥐네요. 그리고 희미하고…… 단조롭고…… 일정한…… 기계 작동음……."

"너 진짜, 어이없을 정도로 청력이 좋구나." 오노가 한숨을 쉬었다. "그만한 양의 정보를 계속 처리하자면 피곤하지 않아?"

"물론, 집중해서 들을 땐 세세하게 구별해서 듣지만, 무의식중에는 그냥 흘려들어요."

그렇겠구나, 하고 중얼거리며 오노는 턱을 쓰다듬었다.

"시계의 초침 소리와 기계의 작동음……. 이중에 수상한 게 있는 것 같은데. 양쪽 다 계속해서 소리가 나니까 '밑바탕의 소리'로 딱이야. 어떤 기계인지 구체적으로 특정할 수 있겠어?"

"시계는 특징적인 소리가 나요. 리듬이나 간격이 일정하니까요. 소리도 일정하죠. 시계에 따라 소리의 크기 차이는 있지만요. 아무튼 그래서 시계라고 단정할 수 있어요.

그렇지만, 기계는 달라요. 후, 하고 공기를 계속해서 내뱉는 소리가 나는데, 그것만으로는 특정할 수가 없어요. 컴퓨터도, 에어컨도, 아니면 콘솔 게임기도 다들 비슷한 소리를 내요. 선풍기라고 생각할 수도 있겠네요. 아무튼 후보가 너무 많아서 좁힐 수가 없어요. 만약 여기에 그 집에 있는 가전제품 목록이랑, 동일한 제품들이 있다면 실험해 볼 수는 있겠지만……."

오노는 크게 한숨을 쉬었다. 위 언저리가 콕콕 쑤셨다.

"네 능력에는 한계가 많네. 결국 모든 건 경험에 좌우되는 거니까. 정말로 불협화음의 정체를 밝혀낼 생각이라면, 구니사키 집에 있는 가전의 제품 번호까지 몽땅 알아내서 실험해 봐야만 알 수 있겠군. 그러면 경비가 보수를 압도적으로 초과해 버리는데. 불협화음이라는 둥 신경 쓰이는 말이나 하고 말이지, 별로 도움이 안 되네."

"……꼭 그런 식으로 말해야겠어요……?"

물론 내 능력에 완전히 자신이 있는 건 아니었지만, 그렇게까지 말하니 기가 팍 죽는다.

"뭐, 그 한계를 메우려고 내가 있는 거잖아."

오노가 히죽 웃었다.

"경비를 절약할 수 있는 방법이 딱 하나 있는데, 뭔지 알겠어?"

테스트다, 하는 직감이 들면서 긴장됐다. 오노의 눈을 보았다. 말간 눈으로 나를 응시하며, 입가에는 상냥한 미소를 머금고 있다.

마음이 진정되자, 해답이 간단하게 떠올랐다.

"……구니사키 씨의 집으로 간다?"

"거봐, 알고 있잖아."

오노는 가볍게 박수를 쳤다. 바보 취급을 당하는 기분이 들어 나는 발끈했다.

"그, 그래도 그런 짓을 어떻게 해요? 우리는 경찰이랑 다르다고요! 현장에 들어갈 권한 같은 거……."

"권한 말이지. 그러면, 불법 침입이라도 할까?"

"진짜 어이가 없네!"

필사적인 내 모습에 오노는 껄껄 웃었다.

"아, 미안. 그냥 놀린 거야. 요는, 구니사키의 집에 버젓이 들어갈 구실까지 있다면 좋다는 거지.

오노는 자리에서 일어나, 캐비닛에서 파일을 하나 꺼냈다.

"사실, 아직 조사 결과 보고를 못 했거든. 사건 직후에는 도무지 그런 얘기를 할 시기가 아니었으니까. 뭐, 사건이 일어난 지 2주 뒤도 고인의 불륜 얘기를 하기에 적절한 타이밍이라고 할 순 없지만……."

그래도 어쨌든, 하고 오노가 이야기를 계속했다.

"이번 방문에서 승부를 봐야 해. 살해 현장인 거실로 안내되면, 그곳의 소리를 듣고, 거기 있는 물건들을 관찰하고……. 아니면 거실 이외의 장소, 예를 들어 객실이나 응접실로 안내되면 더 좋은 기회지. 내가 설명하는 사이에, 화장실에 간다느니 해서 적당히 자리를 비우고, 살해 현장인 거실을 조사하는 거야. 전원을 켜야 하는 건 실제로 켜서 소리를 들어 보고. 너의 귀가 이 사건의 수수께끼를 풀어낼 유일한 열쇠야."

책임이 막중하잖아. 나는 중압감을 느끼며, 배 속에 묵직한 걸 삼킨 기분이 되었다.

"그, 그렇지만, 이 불협화음이 그렇게까지 중요한 걸까요?"

"14초 동안이야. 뭔가를 작동시켰다가 끈 사람이 범인일지도 모르고, 아니면 저절로 소리가 난 걸 수도 있어. 범인의 계획인지, 아니면 범인도 예상치 못한 사고인지…… 어느 쪽이든, 범인의 꼬리를 잡는 데 유익한 정보가 될 수 있을 거야. 현재까지 범인은 이거다 싶은 단서를 남기지 않았어. 구니사키 치하루가 친근하게 말을 건 걸 보면 잘 아는 사람이라는 걸 알아낸 정도랄까. 불협화음은 미세하지만, 알아볼 가치가 있는 단서야."

"하지만……."

"저기, 기분 상하게 했다면 사과할게. 내가 너한테 이러쿵저러쿵 말이 많았지만, 그래도 널 높이 평가하고 있어."

나는 머뭇거렸다. 살인 사건 현장에 발을 들인다는 생각만으로도, 몸이 움츠러들었다.

"실행일은 내일이야. 할 수 있겠어?"

답이 정해져 있는 질문이었다. 나는 어쩔 수 없이 힘차게 고개를 끄덕였다.

"다만, 내가 높이 사는 건 너의 청력이야. 현장에서 알게 된 사실은 간직해 두었다가 사무실까지 와서 얘기해. 현장에서 불필요한 얘기는 입 밖에 내지 말라고. 네 능력은 불완전하고, 너는 경솔하니까."

그 말이 내 투지에 불을 붙였다.

대학교 때 실수한 얘기를 하는 거다. 물론 그때 내가 추리를 잘못한 건 맞다. 하지만, 그 뒤로 몇 년이나 지났다. 다시는 같은 실수를 반복하지 않겠다.

……반드시 본때를 보여 줄 테다.

"명심하겠습니다. 내일이 기대되네요, 소장님." 나는 씩 웃었다.

2

구니사키의 집은 한적한 주택가에 있었다. 지나는 사람들의 시선이 느껴지는 건, 그 집에서 살인 사건이 일어난 직후이기 때문이겠지. 지금도 겨울옷을 입은 여자들이 수군거리며, 집 앞을 서성이는 우리를 향해 따가운 시선을 보내고 있다.

옆을 보니 미미카는 뻣뻣하게 긴장해 있었다.

나도 모르게 웃음이 날 뻔했지만, 표정을 가다듬고 상사로서 위엄을 지켰다.

"미미카, 미리 협의한 대로 잘해 줘."

"네."

야마구치 미미카가 내 탐정 사무소에 근무하기 시작한 지 반 년. 탐문 조사에 데려간 적은 있지만, 사건 현장에 직접 들이는 건 처음이다.

인터폰을 울렸다. 30초 정도 지나고, 다시 한번 누르려던 참에, 어두운 목소리가 들려왔다.

"······네."

"구니사키 씨, 실례합니다. 오노 탐정 사무소에서 나왔습니다."

"탐정? ······아! 네, 네, 알겠어요. 지금 열어 드릴게요."

곧 현관문이 열렸다. 사건의 여파가 아직도 남아 있다 보니, 현관 앞에서 탐정이라는 둥 하는 사람이 찾아오면, 주변에 알려질까 신경 쓰이겠지. 이 집의 주인 구니사키 아키히코가 나타났다. 칼라가 달린 셔츠에 청바지를 입고, 깔끔하게 면도한 얼굴이었다. 왼쪽 손목에는 은색 시계를 차고 있다.

"혹시, 어디 외출하시려던 참이었습니까?"

내가 묻자 힘없이 웃어 보인다.

"아니요, 아닙니다. 지난번 의뢰한 조사 때문에 오신 거죠. 어서 들어오십시오."

그는 털이 달린 슬리퍼 두 켤레를 현관 매트 위에 꺼내 놓고는, 자기는 양말만 신은 채로 복도를 걸어갔다.

"집 안에 여자분이 있네요."

옆에서 미미카가 조그맣게 말했다.

"그래?"

"인터폰이 울린 뒤에 허둥지둥하는 발소리가 두 종류 들렸거든요. 아마도 현관에 있던 신발을 감추지 않았을까요. 이거 봐요."

미미카는 내가 말릴 틈도 없이 신발장을 열더니, 하이힐을 발견했다. 확실히, 아래 칸에 정돈된 여자 신발들보다 사이즈가 작아 보인다. 아래 칸에 있는 건 구니사키 치하루의 것이겠지.

"게다가, 문 안쪽에서 세 번, 칙, 하고 무슨 스프레이를 뿌리는 소리가 났어요. 아마도 탈취제겠죠. 여자 향수 냄새를 없애려고 뿌린 거예요."

미미카는 슬리퍼를 신고 마루가 깔린 바닥을 걸어가며 다시 얘기를 이어 갔다.

"게다가, 이 슬리퍼는 범인이 신었던 것이 틀림없어요. 그러니까……."

"야, 너 진짜."

나는 말을 막으며 내 머리 옆쪽을 집게손가락으로 두 번 두드렸다.

"여기만은 진짜 최고라니까."

그렇게 말하자. 미미카는 뾰로통하게 뺨을 부풀리고는 입을 다물었다. 내가 굳이 자기 버릇을 따라 했기 때문이다. 나도 조금은 작정하고 빈정댄 것이긴 했다.

"알겠지. 미리 협의한 대로 해 달라고 말했잖아. 미미카 너는 이 현장에 있는 모든 걸 관찰해 주었으면 해. 오늘의 주역은 너라고. 나 무척 기대하고 있어."

나는 굳이 말을 한 번 끊고, 강조하며 말했다.

"하지만 알아챈 걸 입 밖에 내지는 마. 사무실에 돌아간 다음에 보고하라고."

"……아니 그러니까, 아키히코 씨한테는 안 들리게 얘기했잖아요."

"내 말 알아들었지?"

"넵."

오케이.

그나마 고분고분한 면이 야마구치 미미카의 좋은 점이다.

우리는 다다미방에 있는 불단에 향을 피웠다. 영정 속 구니사키 치하루는 부드러운 미소를 머금고 있었다.

"여기서는 좀 그러니 이쪽으로 오시지요."

구니사키 아키히코는 이렇게 말하며 우리를 응접실로 안내했다. 아키히코가 차를 준비해 와 응접실 소파 맞은편에 앉자 나는 바로 조의를 표했다.

"삼가 고인의 명복을 빕니다……."

내 말에 아키히코는 황송하다는 듯 머리를 숙였다.

"얼마나 상심이 크십니까."

"네, 아무래도……. 아내가 떠난 지 벌써 2주나 되었나요. 장례는 가족끼리만 치르고, 겨우 한숨 돌리던 참이었습니다."

떠났다고. 나는 속으로 코웃음을 쳤다. 오히려 죽임을 당했다고 해야 하지 않나.

휴대전화 벨이 울렸다. 아키히코는 휴대전화를 꺼내 화면을 보더니, "잠시 실례하겠습니다." 하며 일어났다.

"여보세요……. 아, 네, 감사합니다. 이번 일로…… 네, 이제 조금 진정됐어요……. 네? 팩스요? 아니요, 들어온 게 없는 것 같은데요……. 네, 그 번호 맞습니다……. 번거롭게 해 드려 죄송합니다……."

아키히코는 통화를 끝내고 자리로 돌아왔다. "회사 내 동아리 활동 전단을 보냈다고 해서요. 회사 동료에게까지 걱정을 끼치고 말았네요."라며 사람 좋은 미소를 지었다.

"그건 그렇고, 오늘은 제가 의뢰했던 건을 보고하려고 오신 거죠."

"그렇습니다……. 혹시 듣기 거북하시면, 무리해서 보고할 생각은 없습니다만."

"아뇨, 아뇨." 아키히코가 고개를 저었다. "일부러 알아봐 주셨는데, 꼭 들었으면 합니다. 그리고⋯⋯."

그는 눈을 내리깔고 말을 이었다.

"아내를 잃고 보니, 제가 아내에 대해 아는 게 아무것도 없더군요. 그러니, 조금이라도⋯⋯."

연기하는 티가 난다. 아내를 잃고 상심에 빠진 남편 역할. 그에게는 불륜 상대가 있으니 말이다. 지금은 적당한 재혼 시기를 재 보는 중이겠지.

나는 불단에 놓인 사진을 떠올렸다. 그런 미인과 결혼하고도 만족하지 못하다니, 욕심이 지나친 남자다.

"썩 좋은 얘기는 아닌 것 같습니다만."

"그래도, 저한테 문제가 있었는지 알게 되는 데 좋은 기회가 되리라고 생각합니다."

"알겠습니다. 미미카."

"네."

미미카가 옆에서 서류 가방을 열었다. 안에는 이번 조사 결과 보고서와 몰래 촬영한 사진 등이 들어 있었다.

"이번에 조사한 것에 대한 보고서입니다."

아키히코는 자신 앞에 내민 서류에 손을 대려고도 하지 않은 채, 심각한 얼굴로 말했다.

"오노 소장님, 우선 확실하게 얘기해 주시면 감사하겠습니다. 제 아내에게……."

나는 씁쓸한 표정을 짓고는 고개를 끄덕였다.

"만나시는 상대가 있었습니다."

순간 아키히코의 얼굴에 침통한 기운이 강하게 떠올랐지만, 입꼬리가 살짝 올라가는 것 또한 눈에 들어왔다. 자신이 노렸던 대로 된 것이다.

"그러면, 상대는 누구였나요?"

그가 재촉하듯 물었다. 조금 더, 사실을 받아들이기 힘들어하는 연기를 하지 않으면 경찰의 눈을 속이지 못할 것이다. 미미카가 서류 안에서 구로다의 사진을 찾아서 내밀었다.

"사모님이 다니시던 피트니스 센터의 트레이너입니다. 이 사람에게 PT를 받으셨던 것 같습니다."

아키히코의 얼굴이 일그러졌다.

"그래서 요즘 옷을 사지 않았던 건가."

"일대일 강습은 돈이 많이 드니까요."

"사진은 저희 집 앞에서 찍힌 것 같은데, 그럼 이 남자가 집에도?"

"목요일 수업은 오후 2시부터 1시간 반 동안 진행되는데, 그 후에 댁으로……."

"목요일은 제가 저녁에 회의가 있어서 늦게 들어오거든요. 역시, 그 타이밍에…….”

그는 몹시 씁쓸한 표정을 짓고 있었다.

“이 남자가 치하루를 죽였는지도 모르겠네요.”

“네?”

나는 마치 그런 건 생각해 본적도 없다는 듯한 표정을 지어 보였다.

“그게 그렇잖아요. 가벼운 마음으로 아내와 만나다가, 나중에 가선 싫어졌는지도 모르죠. 강도가 든 것처럼 위장한 거고요.”

아키히코는 콧김을 거칠게 뿜으며 말했다.

“으음……. 글쎄요.”

입으로는 그렇게 답했지만, 그럴 가능성도 물론 생각하고 있다. 그러나 아키히코에게는 불륜 상대와 결혼하기 위해 아내를 살해할 동기가 있었고, 애인인 마미야 아키도 좀처럼 아내와 헤어지지 않는 아키히코를 기다리다 지쳐 살인을 저질러 버렸을 수도 있다. 내가 볼 땐, 구니사키 아키히코와 마미야 아키, 구로다 유지 세 사람 모두 수상한 정도는 비슷하다. 물론 ‘당신을 의심하고 있습니다’라고 면전에 대고 말할 만큼 나도 경솔하지는 않다.

그때, 미미카가 덜커덩 소리를 내며 몸을 일으켰다.

“저…….”

“왜 그러시죠?”

아키히코가 묻자, 미미카의 몸이 살짝 굳었다. 조금 후, 주뼛

거리며 이렇게 말한다.

"화장실…… 좀 쓸 수 있을까요?"

나는 신참의 무례함을 꾸짖고는, 상대방에게 사과하는 상사의 모습을 연기했다.

전혀 문제없이 잘 진행되고 있다. 미리 협의한 대로다.

"아, 괜찮습니다. 화장실은 나가서 왼쪽 막다른 곳에 있어요."

"네, 잠시 실례하겠습니다……."

허둥대며 응접실을 나선 미미카는 응접실 문을 꼭 닫고는, 문 앞에 머물러 있는 듯했다. 천천히 문고리가 돌아간다.

"저, 그런데 말입니다."

아키히코가 말을 걸어와, 나는 다시 한번 입가에 영업용 미소를 띠었다.

"네, 말씀하시죠."

"원래, 2주분의 조사 의뢰를 드렸는데, 이번에 사정이 이렇게 되어서 말이죠. 그래서…… 요금을 조금 깎을 수 있을지요?"

이 시점에서 흥정하자는 건가? 나는 속으로 쓴웃음을 지었다. 미래의 신부와 함께할 창창한 앞날을 생각하면, 지금은 한 푼도 아쉽겠지.

그래도 덕분에 조금은 시간을 벌 수 있을 것 같다.

현관 앞에서도 말했듯이, 오늘의 주역은 미미카다.

자, 그럼. 미미카가 수사를 마칠 때까지, 나는 내가 할 수 있는 일을 해 볼까.

즉 눈앞에 있는 고객에게, 처음에 합의한 금액 그대로 지불하도록 설득하는 일 말이다.

3

나는 구니사키 저택의 응접실을 빠져나왔다.

문고리를 천천히 돌려 본다. 끼익. 특유의 금속음이 난다. 이 소리를 똑똑히 기억해 둔다. 문고리가 돌아가는 순간, 응접실 앞으로 즉시 돌아올 수 있도록.

문을 가만히 닫고 크게 한숨을 토해 냈다. 긴장해서 머릿속이 정리되지 않는다. 들키면 어떡하지, 그런 생각밖에 나지 않는다.

이래선 안 돼!

나는 오노의 부추김에 불끈 힘을 냈던 때의 기분을 떠올렸다.

맞은편 문 안쪽에서 작은 발소리가 들렸다. 나도 모르게 몸이 얼어붙었지만 문 안쪽에 있는 사람도 같은 처지였다. 불륜 상대인 마미야 아키. 현관 앞 신발장에 있던 하이힐이 떠올랐다.

"왜 하필 이럴 때 오는 거야……."

희미한 목소리로 혼자 투덜거리고 있었다.

어딘가로 숨어들었는지, 문을 닫는 소리가 들려왔다. 그녀 역시 눈에 띄고 싶지 않은 건 마찬가지겠지.

불륜 상대의 발소리를 들었다. 그러나 겨우 몇 걸음이라 도청기의 녹음 데이터와 비교하기는 어려웠다.

'네 능력에는 한계가 많네.'

아, 제발 좀!

나는 머리를 흔들어 머릿속에서 시끄럽게 말을 걸어오는 오노를 떨쳐냈다.

그러고는 발소리를 감추며 거실을 찾는다.

거실을 발견한 나는 마음을 가라앉히기 위해 소파에 앉았다. 스프링이 오래됐는지, 탄력 없이 푹 꺼진다. 엉덩이에 딱딱한 감촉이 닿아서 아팠다. 하지만 그 아픔 덕분에 정신이 번쩍 났다. 나는 거실에 있는 사물들을 쭉 바라보았다.

불협화음의 정체. 여기에 그 답이 있을 것이다.

대학교 때, 나는 확실히 내 능력을 과신했다. 그것을 지적하고 실수를 덮어 준 일에 대해선 고맙게 생각한다.

하지만 지금은 어쨌든 오노에게 보란 듯이 앙갚음을 하고 싶다.

언제까지고 나를 얕잡아보게 할 순 없다.

흥, 두고 보라고.

4

사무실로 돌아가는 길에, 미미카는 내내 초췌한 얼굴로 한마디도 하지 않았다.

처음 겪는 일로 지친 거겠지. 나는 꼬치꼬치 캐묻고 싶은 충동을 억누르며, 무거운 발걸음을 옮기는 미미카의 속도에 맞춰 걸었다.

"그래서?"

사무실에 돌아와 미미카를 소파에 앉히고, 나는 맞은편에 앉았다.

"어떻게 됐어?"

"모르겠어요." 미미카는 고개를 젓는다. "이제 정말 아무것도 모르겠어요."

나는 천장을 올려다보았다. 너무 무거운 짐을 맡겼던 걸까.

"소장님이 말한 대로 사진은 찍어 왔습니다. 휴대전화 무음 카메라로요."

"고맙다. 파일 넘겨줘."

업무용으로 지급한 거라, 개인 정보는 들어 있지 않은 휴대전화였다. 미미카도 순순히 넘겨주었다.

여러 장의 사진을 보니 거실의 모습을 대충 알 수 있었다. 거실은 식당 겸 주방 공간과 이어져 있었다. 주방 쪽 뷰도 좋고,

공간을 넓게 쓰고 있었다. 식사를 위한 테이블, 휴식을 위한 소파와 안마 의자.

……이 남자, 상당히 좋은 집에 사는구먼.

인터폰 모니터 옆 받침대 위에는 팩스 겸용 전화기가 있었다. 대형 액정 TV 아래 선반에는 콘솔 게임기와 녹화 기기가 놓여 있고, 벽면에 서 있는 장식장 위에는 봉제 인형이 가지런히 줄지어 있다. 고양이, 강아지, 곰, 돌고래, 사자……. 이 가운데 그 곰 인형도 놓여 있었겠지.

"아무튼 우선 보고부터 듣고 싶어. 천천히 시작하자. 몸이 꽁꽁 얼었을 테니 홍차 좀 타 올게."

내가 탕비실에서 차를 준비해 오자, 미미카는 각설탕 세 개를 넣고는 잔을 집어 들었다. 단것이 몸에 들어가고 나서야 겨우 머리가 돌아가기 시작한 건지, 미미카는 조금씩, 조금씩 말을 뱉어 내기 시작했다.

"제가 먼저 찾아보려고 한 건, 그 '밑바탕의 소리'의 정체였어요. 그게 될 만한 게 무엇일까. 우선 거실에 있는 기계류를 생각해 봤어요. 에어컨, 안마 의자, TV, 인터폰, 전화기, 팩스, 콘솔 게임기…….

곰 인형이 놓여 있었을 것으로 보이는 장식장의 위치를 출발점으로 삼았어요. 도청기에 녹음될 수 있는, 제가 잡아낸 미세한 소리는 도청기 마이크에서 최대 10미터 반경 정도 안에서 발생한 거예요. 이건 도청기를 통한 것이니만큼 소리의 정확도가 떨어지는 것도 고려해서 어림잡은 겁니다."

"역시. 나였다면 2미터 앞이라도 무리일 텐데."

내가 농담조로 말하자, 미미카는 그제야 살짝 웃었다.

"녹음 파일은 제 아이팟에 다운로드해 놨거든요. 그걸 이어폰으로 들으면서, 전자기기의 전원을 하나씩 켜서 비교했어요."

미미카가 눈을 감았다. 그 당시 했던 행동을 하나씩 돌이켜 보는 거겠지.

"우선 TV와 안마 의자는 후보에서 제외했어요. TV 액정에서는 소리가 거의 나지 않아요. 방송이 나오고 있지 않은 채널을 틀었을 때 들리는, 빛에서 소리가 나는 것 같은 신기하고 미세한 소리는 브라운관 TV 특유의 소리거든요. 안마 의자도 모터와 롤러에서 소리가 나지만, 주무르는 위치가 바뀌기 때문에 소리가 일정하지 않아요.

녹음 파일을 한 번 더 들어 보고, 역시 이건 기계가 공기를 내뿜는 소리라는 생각이 들었어요. 위아래 이빨을 맞물린 상태에서 목구멍 안쪽에서부터 숨을 내뱉으면, 숨이 이에 닿으면서 조금 진동하잖아요. '밑바탕의 소리'에는 그런 진동이 있었어요. 게임기와 에어컨을 작동시키고 그 소리와 비교해 봤는데, 어딘가 살짝 다르더라고요."

"어떻게 달랐지?"

"그게 말이죠……. 게임기나 겨울철 에어컨은 내뿜는 공기가 뜨거운데, 따뜻한 공기와 찬 공기는 부피와 밀도가 달라요. 틈새를 빠져나갈 때 느껴지는 저항이랄까요, 그게 미묘하게 다르거든요. 그런데 그 소리는, 게임기나 에어컨보다는 공기가 틈새를 더 매끄럽게 빠져나가는 느낌이 들었어요."

느낌, 느낌이 들었다……. 미미카는 추측에 추측을 거듭하며, 더듬더듬 어떻게든 자신의 감각을 명확하게 표현하려 하고 있었다. 말로 표현하여 전하려고 노력한다는 건, 나를 이해시키고자 하는 마음이 아직은 있다는 의미다.

솔직히 말해 나는 미미카의 섬세한 감각을 따라갈 수 없었지만, 그녀가 맞는 길을 가고 있다는 건 알 수 있었다. 증거의 뒷받침은 나중에 찾으면 된다. 지금은 감각에 몸을 맡기고 하나라도 더 단서를 늘려 가야 한다.

"녹음 파일을 다시 처음부터 한 번 더 들어 봤어요. '밑바탕의 소리'에만 정신을 집중하고서요. 치하루 씨의 목소리가 들리기 직전, '밑바탕의 소리'에 다른 소리가 겹쳐지더라고요.

뽀글, 하고."

'뽀글?'

어감에서 떠오른 건 물소리였다. 물속에 공기가 들어가, 기포가 수면에 떠오를 때 나는 소리. 물속이라면…….

"가습기인가."

"맞아요. 장식장 안을 뒤지니 작은 가습기가 있었어요. 비어 있는 콘센트는 TV 뒤에 딱 하나뿐이어서, 겨우겨우 몸을 집어넣고 코드를 연결했어요. 줄이 짧아서 TV 코드 가까이에 가습기를 놓는 게 불안하긴 했지만, 물을 채우고 가동했더니……."

"딱 그거였다는 얘기로군."

미미카는 고개를 끄덕였다.

"그렇다면, 다음은 '또 하나의 소리', 즉, 14초 동안만 나던 소리를 찾을 차례죠.

그런데, 전혀 알 수가 없었어요. 소장님이 아무 소리도 들리지 않는다고 한 건, 이 '소리' 역시 집중해야만 알아들을 수 있을 정도로 미세한 소리라는 거죠. 하지만 '밑바탕의 소리'는 기계가 작동하는 소리라는 데이터가 있는데, '14초'에 대해선 확정할 수 있는 재료가 거의 없으니까요."

"꼭 그렇지도 않아. 소리가 난 상황을 구체적으로 상정하면 될 거야. 소리가 났다가 사라졌다. 이 현상의 의미로는 네 가지 경우를 생각해 볼 수 있어."

나는 종이 한 장을 꺼내 펜으로 각각의 경우를 써 내려갔다.

1. 범인이 소리를 내고, 범인이 멈췄다.
2. 의도치 않은 소리가 났고, 범인이 멈췄다.
3. 범인이 소리를 내고, 저절로 멈췄다.

4. 의도치 않은 소리가 났고, 저절로 멈췄다.

미미카는 혼란스러운 표정으로 말했다. "저, 뭔가 퍼즐 같아서 잘 모르겠는데요."

"그러니까, 소리가 난 시점과 사라진 시점, 이 두 지점에 대해 의도가 있나 없나로 분류한 거야. 의도적·의도적, 자연적·의도적, 의도적·자연적, 자연적·자연적. 논리적으로는 이 네 가지 가능성밖에 없으니 말이야."

"네에."

미미카가 건성으로 대답했다. 머릿속으론 아직 따라가지 못하는 눈치였다.

"우선, 첫 번째 경우인 '범인이 소리를 내고, 범인이 멈췄다.'를 검토해 보자고. 이건 쉬워. 예를 들어, 사건 현장에 증거물을 쏟아 버려서, 당황해서 청소기를 돌렸다든가, 하는 거지."

"아, 그러네요. 소장님이 말한 게 뭔지 이제 조금 알 것 같아요. 하지만, 청소기일 리는 없어요. 소장님 귀에는 아무것도 들리지 않았으니까요. 소음을 내는 기기는 후보에서 제외예요."

"음, 14초라는 짧은 시간이다 보니까. 청소기 외에 다른 구체적인 경우는 상정하기가 어렵네.

다음으로 두 번째는 '의도치 않은 소리가 났고, 범인이 멈췄다.' 이건 14초라는 시간 폭에 적합해. 갑작스런 소리에 놀란 범인이 당황해서 껐다. 예를 들어 신형 TV에 달린 시청 예약 기능은 어떨까. 지정한 시간이 되면 TV 전원이 켜져서, 보고 싶은 방송이 나오는 거지."

"거실에서 살인을 저지르려던 타이밍에, 갑자기 TV가 켜져 놀랐다. 14초는 TV 리모컨을 찾는 시간이겠네요. 그럴듯해요. 하지만……."

미미카는 고개를 저었다.

"아니요, 역시 불가능해요. 저도 TV를 켜 봤지만, TV 소리와 가습기 소리로는 불협화음이 되진 않았어요."

"그래. 게다가 도청기에 내장된 시계를 보면 문제의 불협화음이 일어난 시각은 16시 13분인 걸 알 수 있어. 그렇게 애매한 시간에 시작하는 방송은 없지."

빠르게 지껄이는 나를 보며 미미카는 질렸다는 표정을 지었다.

"2번의 경우, 인터폰이 갑자기 울리는 등의 경우도 생각해 볼 수 있지만, 애초에 범인에게 소리가 들렸으니까, 소리를 멈추려는 생각도 했을 거라고. 범인이 의도적으로 소리를 멈추려면, 범인에게 소리가 들렸다는 게 전제되어야 해. 즉, 범인도 너만큼 청력이 좋은 사람이라고 상정하는 수밖에 없어. 그러니까, 1, 2번의 가능성은 제외하는 게 좋겠다."

"소장님은 항상 그렇게 세세하게 생각하시는 거예요?"

"네 부족한 능력을 보완하고 있는 거야. 고마워하면 몰라도 그렇게 질색할 이유는 없어."

내 말에 미미카는 불만스럽게 양 볼을 부풀렸다.

"세 번째 '범인이 소리를 내고, 저절로 멈췄다.' 이건 의미심장해. 무슨 말이냐면, 범인이 소리를 낸 데에는 살해 계획과 관련된 어떤 의미가 있다는 게 되거든. 예를 들어, 범인이 휴대폰으로 누군가에게 전화를 했다든가. 휴대폰에서 희미하게 들리는 신호음이 내 귀에는 들리지 않았을 가능성이 높지. 전화가 연결되지 않았거나 수신 거부를 당해서 소리가 끊어졌다. 이러면 앞뒤가 맞는 것 같고."

"타이머 방식으로 된 것일 가능성도 있어요. 예를 들어, 키친 타이머는 울리기 시작해서 십몇 초가 지나면 자동으로 멈추거든요. 오르골도 될 수 있죠. 태엽을 감는 데는 누군가의 의도가 있어야 하지만, 다 돌아가고 나면 저절로 멈추니까요."

"키친 타이머나 오르골이라면 소리가 크니까 그게 아닌 다른 뭔가겠지만, 타이머 방식이라는 가능성은 커. 하지만, 무슨 의도로 살인 현장에 타이머를 준비하는 걸까?"

"……살인 장치 같은 거?"

나도 모르게 미미카를 노려보고 말았다. 미미카는 배겨 내지 못하겠는지 눈을 내리깔았다.

"3번의 가능성은 남겨두고, 4번으로 넘어가 볼까. 의도치 않은 소리가 났고, 저절로 멈췄다. 3번과 마찬가지로, 아주 희미한 소리라서 내 귀에는 들리지 않았다는 사실에는 꼭 들어맞아."

"……하지만 이런 유형은, 커버하는 범위가 너무 넓지 않나요?"

"바로 그거야. 여기엔 범인의 의도라는 한정이 조금도 개입되지 않아. 소리가 나는 걸 범인이 전혀 깨닫지 못했다 해도 문제가 없는 거지. 극단적으로 말하면, 네가 녹음 파일에서 들었던 창밖의 까마귀 울음소리도 돼. 천장 위의 쥐 발소리라든가 말이야."

"그렇다면 범인을 특정하는 단서가 되진 못하잖아요?"

"그렇게 되네."

나는 팔짱을 끼고 끙, 하며 신음했다.

"3번 유형으로 다른 상황을 좀 더 생각해 보는 수밖에 없나. 아니야, 조금만 다른 방식으로 바라보자고. 그 녹음 파일에서 신경 쓰이는 부분은 없었어?"

"딱히……."

"한 번만 더, 너만의 표현으로 그 녹음 내용을 처음부터 쭉 짚어 줄래?"

"네……." 미미카는 눈을 감았다.

"……우선, 문을 여는 소리가 들려요.

다음에는, 발소리가 나요. 차츰 커지는 발소리. 우리가 손님용 슬리퍼를 신고 걸었을 때와 비슷한 소리예요.

'어머, 웬일이야?' 이건 여자 목소리. 치하루 씨겠죠. 거기서 발소리가 멈춰요.

'뭐야…….' 하고 당황한 기색이 느껴지는 치하루의 목소리. 마룻바닥 위에서 마구 날뛰는 발소리, 몸싸움을 벌이는 것 같아요. 벽에 부딪치는 소리와, 치하루의 희미한 신음 소리가 들려요.

여기서, 그 불협화음이 들리고요."

"알겠어. 그 부분은 나중에 다시 검토해 보자. 계속해 줘."

"네……. 그리고 한 번 더 발소리가 들려요. 쿵, 쿵, 하고 일정한 크기로……."

"뭐라고?"

나도 모르게 목소리가 날카로워졌다.

미미카가 눈을 번쩍 떴다. 큰 소리를 낸 걸 깨닫고 창피해졌다.

"아이고, 미안. 그런데, 지금 뭐라고 했지?"

"발소리가 일정한 크기로……."

"그거, 손님용 슬리퍼 소리가 확실해?"

"네, 네네. 슬리퍼에 달린 털이 체중을 받쳐 주는 느낌이에요. 오늘 실제로 신고 걸어 보니, 틀림없었어요."

"일정하다는 것도, 확실한 거지?"

"네. 소리의 크기도 리듬도 일정하게……."

"처음에 들었던 발소리에 대해 뭐라고 했는지 기억나?"

"네? 네……. 손님용 슬리퍼 소리가 점점 커졌다고……."

나는 무심코 군침을 꿀꺽 삼켰다.

그걸로 모든 게 이해됐다. 어떤 질문을 해야 좋을지, 어떤 검증을 하면 될지……. 이제부터 내가 해야 할 일까지, 모든 걸 알겠다.

"미미카."

"네."

미미카는 겁먹은 듯한 목소리로 대답했다.

"거실에서 조사할 때, 소파에 앉았었어?"

"네? 네, 네. 소리를 찬찬히 들어 보자는 생각에, 자리를 잡아야겠다 싶어서……."

"앉았구나."

"네."

"그때 뭔가 눈치챈 건 없었어? 그 소파에 무슨 특이한 점이라든가."

"소파에……요?" 미미카는 고개를 갸웃했다. "아, 그러고 보니, 앉았을 때 엉덩이가 아팠어요. 가죽 부분이 찌그러져서. 스프링이 망가진 거겠죠. 소리도 둔탁했고요……."

"훌륭해. 넌 최고야."

나는 자리에서 일어나 코트를 입었다.

"저기요, 소장님! 갑자기 어딜 가려고요?"

돌아보니, 미미카는 일어나서 몸을 쑥 내밀고는 황당하다는 표정을 짓고 있었다.

"금방 올게. 그냥 좀 살 게 있어서."

"잠깐만요. 불협화음의 정체가 뭔데요?"

나는 미미카가 당황하는 모습이 우스워서 오히려 명랑한 기분으로 대답했다.

"그걸 지금부터 알려 주려는 거야."

5

오노가 떠난 뒤, 나는 황당한 기분으로 혼자 남겨져 있었다.

구니사키의 집에 갔다가 사무실에 돌아온 게 오전이었는데, 지금은 벌써 오후 7시가 넘었다. 서류 업무가 남아 있지 않았다면 벌써 집에 가 있을 시간이다.

어째서 이 사람은 나에게 아무런 설명도 하지 않고 가 버린 걸까. 나를 우습게 보는 듯한 기분이 들었다.

뒤이어 덮쳐 온 것은, 가슴을 쿡쿡 찌르는 불안이었다.

혹시 내가 또 틀린 걸까. 내 능력을 사용하는 방법 말이다. 그래서 나는 가망이 없다고 여겨져 이곳에 버려진 걸까.

그때, 사무실 문이 열렸다.

"다녀왔습니다."

조금 맥 빠진 목소리가 들렸다. 돌아보니 조사원 후카자와였다.

"어서 와. 그쪽 조사는 끝났어?"

"아, 사실은, 소장님 부탁으로 구니사키 사건 조사를 했거든."

"엇, 그랬구나."

후카자와는 오노가 있을 땐 존댓말을 쓰지만, 나와 두 살 차이 밖에 안 나서 그런지 나와 둘이서 얘기할 땐 살짝 말이 짧아지는 경향이 있다.

"어어. 새로 들어온 의뢰 건으로 불륜 조사를 하고 있었는데, 소장님이 전화를 해서. '구로다 유지와 마미야 아키, 두 용의자를 만나고 와.' 이러는 거야. 진짜 사람을 막 부려 먹는다니까."

"맞아." 내가 웃었다. "커피 탈 건데, 마실래?"

"응, 마시고 싶어. 고마워."

커피 두 잔을 타서 응접 공간에 있는 소파에 마주 보고 앉았다.

"그래서, 뭐 물어보고 왔어?"

"아, 응. 소장님이 지시한 대로 물어보고 왔지. 구로다 씨에게 가서는 피트니스 센터 견학하는 척했고, 마미야 씨에게 가서는 방문 판매원인 척하면서."

지시한 대로라니. 오노는 조금 전, 뭔가 생각 난 표정으로 사무실을 나갔다. 그 타이밍에 지시를 했다는 건, 틀림없이 중요한 의미가 있는 거다.

하지만, 그렇다면 나에게 지시를 해도 됐을 텐데. 아직 현장 경험이 부족해서 신경 써 준 건지도 모르지만.

"그래서, 무슨 얘길 들었는데?"

"먼저, 구로다 씨에게는 사건 당일의 알리바이랑, 학창 시절했던 운동에 대해서."

"운동? 그게 무슨 상관이 있는데?"

"아무 관계 없어." 후카자와는 어깨를 으쓱했다. "구로다 씨는 말투는 꽤 밝은데 거친 면도 있고, 조금 짜증나는 느낌이더라. 도대체 치하루 씨는 그런 사람 어디가 좋았던 건지."

후카자와가 내뱉듯이 말했다.

"자기애가 강한 스타일이라, 물어보지도 않았는데 먼저 얘기해 주더라고. 대학 시절에는 반더포겔*부에 들었었대. 끝도 없는 무용담을 늘어놓는데 아주 질렸다니깐.

사건 당일의 알리바이는, 세상 돌아가는 이야기를 하는 척하면서 물었지. 그랬더니 구로다 씨는 사건 당일에 결근했다더라고. 몸이 안 좋아서. 그래서 지금 경찰한테 꽤 의심받고 있나 봐."

"흠, 그럼 마미야 씨와는 어떤 얘기를 나눴고?"

"방문 판매원인 척하고 그 곰 인형을 보여 주라는 지시였어. 처음엔 '됐습니다.' 하고 딱 잘라 거절당해서, 겨우겨우 설득했지. 어떻게든 집 안에 들여 줬을 땐 마음이 겨우 놓이더라."

"마미야 씨는 어떤 사람이었어?"

나는 문 너머에서 목소리를 들어 봤을 뿐이다.

● Wandervogel. 독일어로 철새라는 뜻으로, 1901년에 독일에서 일어난 청년 학생들의 도보 여행 운동 또는 그 운동을 벌인 집단을 이르는 말.

"음, 예뻤어. 자신의 무기를 너무 잘 안다고나 할까. 내가 얘기할 때도, 긴 다리를 이쪽으로 꼬았다가 저쪽으로 꼬았다가 몇 번이나 그러더라고."

후카자와가 고개를 절레절레 흔들었다.

"……그래도 반응은 전혀 없었어. 다른 상품들과 섞어서 곰 인형을 보여 줬더니, 얼굴이 확 밝아지면서 '어머, 귀엽네요.' 하더라고. 동요한다든지, 말문이 막힌다든지, 그런 게 전혀 없었어."

"연기하는 걸 수도 있잖아."

"그런 거라면 배우감이네."

후카자와의 얘기를 듣고 나서도, 소장이 질문을 시킨 의도를 모르겠다. 그래도 이런 타이밍에 탐문을 하라고 보낸 건 뭔가 의미가 있을 텐데.

오노의 의도를 알 수 없는 게 약이 올랐다.

후카자와는 팔짱을 낀 채, 고개를 갸웃했다.

"……그래서, 소장님이랑 미미카 씨는 어땠는데?"

나는 마음에 담아 두는 건 더 이상 참을 수 없어서, 후카자와에게 물어보기로 했다.

"분명히 걷고 있는데, 발소리가 일정하게 들린다는 건, 무슨 뜻 같아?"

"응?"

그는 허를 찔린 듯한 표정을 지었다.

"뭐야……. 갑자기 그런 걸 물어보고."

"아니, 소장님이 시켜서 그 도청기에 녹음된 내용을 들어 봤거든."

"아, 그 얘기였구나."

"응. 경찰한테 의심받았다면서 소장님이 노발대발해 갖고."

"하하. 미미카 씨도 힘들었겠네."

후카자와는 컵을 든 채 일어나더니, "커피 한 잔 더 해야겠다." 하면서 내 뒤쪽에 있는 탕비실로 향했다.

"아무튼 들어 보니까, 녹음 파일 중반 정도였는데……."

후카자와는 내 청력에 대해 모르니, 불협화음에 대한 건 빼고 얘기했다.

"발소리가 일정하게 들려왔거든……. 소리의 크기도 리듬도 전혀 달라지지 않고 말이야. 이런 건 어떤 상황일 것 같아? 나는……."

그때, 귀에 익은 발소리가 들렸다.

결의에 찬 마음을 숨긴 채 내딛는, 긴박함이 담긴 발소리.

틱, 틱 하는 손목시계 초침 소리.

최근 어디선가 들어 본 소리들이다. 특히 발소리. 소리는 전혀 다르지만, 리듬과 호흡이 비슷하다.

순간, 나는 앞으로 쓰러졌다.

"윽."

테이블에 어깨를 세게 부딪쳤는지 지잉, 하는 통증이 느껴졌다. 얼굴을 살며시 들어 보니, 후카자와가 쇠파이프를 든 채 숨을 거칠게 몰아쉬며 서 있었다.

"……촉이 좋네. 미미카 씨."

"후, 후카자와?"

"하아. 아무한테도 들키지 않았다고 생각했는데 말이야. 아, 방금 한 얘기, 아직 아무한테도 안 했겠지, 미미카 씨?"

물론 소장에게는 말했지만, 그런 말도 할 수 없을 만큼 나는 동요하고 있었다.

"그러니까 어쩔 수 없잖아. 그 여자, 나를 만나면서 그런 근육질 남자랑도 불륜을 저지르고 있었다고. 소장에게 조사 지시를 받았을 땐, 남편 성이 그 여자랑 똑같네, 라고만 생각했지. 그러다 미행해 보고는 기절할 뻔했다니까. 결혼도 했는데 불륜 상대가 두 명이나 있다니. 조사 중엔 속이 부글부글 끓어올랐지만, 나도 프로니까, 어떻게든 꾹 참고 끝까지 해냈는데……."

후카자와는 쇠파이프를 휘둘러 보였다.

"하지만, 아무래도 용서가 안 되더라고……. 그래서 만나러 갔지. 대화를 해 보자, 하고 말이야. 하지만 결국 싸움이 났고, 냅다 밀쳐 버렸어. 침대 사이드 테이블에 머리를 부딪치곤 꼼짝도 않길래, 얼마나 놀랐는지……. 죽일 생각은 없었는데 말이야……."

"후, 후카자와, 대체 무슨 소릴……."

순간 후카자와는 어리둥절한 표정을 지었다. 천진난만하다고 할 만큼 귀여운 얼굴이었다. 이런 상황에서마저 귀여워 보일 수 있다니, 괘씸할 정도다. 그 얼굴이 갑자기 구겨지듯 일그러지더니, 그는 큰 소리로 웃기 시작했다.

"어? 잠깐……. 발소리 얘기까지 했으면서, 설마 아무것도 눈치채지 못한 거야? 그런 거라면 내가 괜히 긁어 부스럼만 만들었네……."

몸이 저절로 덜덜 떨렸다. 누군가가 나를 향해 이토록 악의를 드러내는 건 처음이었다.

다리가 뻣뻣하게 굳어 일어날 수가 없었다. 맞설 수도 도망칠 수도 없다. 익숙하게 보던 얼굴이 분노와 웃음으로 일그러진 모습은 공포스러웠다. 눈앞에서 무기를 휘두르며 나를 끝장내려는 악의 앞에 나는 어찌할 수 없는 무력한 상태였다.

"안 돼……. 오지 마."

고개를 저었다. 후카자와의 얼굴이 점점 미소로 일그러졌다.

"누구 없어요? 도와주세요……."

눈을 감자, 목소리가 들렸다.

"진짜 유감이다, 후카자와."

눈을 감고 있어도 바로 알 수 있었다. 귀에 익은 목소리. 나를 질책하기만 하고, 정작 중요한 건 아무것도 가르쳐 주지 않는, 자유인 선배의 목소리였다. 안도의 한숨이 나왔다. 긴장이 풀어지는 게 느껴졌다.

"이런 식으로 헤어질 수밖에 없게 됐으니 말이야."

눈을 뜨자, 오노가 분노한 표정으로 후카자와가 휘두르던 쇠파이프를 붙잡고 있었다. 그 뒤에는 제복을 입은 경관 두 명이 대기하고 있었다. 오노가 부른 듯하다.

몸에서 힘이 빠져나간 후카자와는 그대로 바닥에 주저앉았다.

후카자와의 신병을 형사에게 인도하고, 어느 정도 시간이 지나자 나도 겨우 마음이 진정되었다. 오노는 아무 말도 하지 않고 내 곁에 머물며 내가 진정되길 기다리고 있었다.

"오노 소장님."

"응, 왜?"

목소리가 평소와 달리 부드러웠다.

"아까 갑자기 사무실에서 뛰쳐나간 건, 결국 왜 그러신 거예요?"

"아, 그거."

오노는 일어나 현관을 나가더니, 잠시 후 커다란 상자를 안고 돌아왔다.

"나를 취조했던 형사에게 제보를 하고, 다음엔 이걸 사러 갔어. 중고 가전 숍에서 유선 전화기를 샀지."

"그런 걸 왜 사요?"

"구니사키 씨 집에 있는 팩스 겸용 전화기와 동일한 모델이야. 네가 이번에 찍어 온 사진 덕분에 찾을 수 있었어."

"그러니까, 그걸 왜 샀냐고요."

"실험이지. 설치하는 데 시간 좀 걸리니까, 따뜻한 거라도 마시면서 쉬고 있어."

그렇게 말하고 30분 정도 그는 말없이 중고 팩스의 초기 설정을 진행했다. 나는 조금 전 사건의 충격으로 기분이 뒤숭숭해서 기다리는 게 힘들진 않았다.

"오케이, 다 됐다. 그럼 미미카, 아이팟에서 그 녹음 파일 열어서 가습기 소리만 들리는 부분에 맞춰 줘."

나는 더 이상 물어볼 기력도 없어져서 그냥 시키는 대로 했다. 재생이 시작된다. 이 발소리가 후카자와였다고 생각하니 한층 더 으스스한 느낌이었다.

"아까 검토한 대로, 소리에 대한 해석은 네 가지뿐이야. 1. 범인이 소리를 내고, 범인이 멈췄다. 2. 의도치 않은 소리가 났고, 범인이 멈췄다. 3. 범인이 소리를 내고, 저절로 멈췄다. 마지막으로 4. 의도치 않은 소리가 났고, 저절로 멈췄다. 4번의 경우는 너무 광범위하다고 네가 말했지만, 이게 정답이었어. 범인이 관여하지 않은 상태로 소리가 났고, 저절로 멈춘 거야. 그런데, 나중에 범인은 그 소리가 났다는 걸 깨달은 거지. 역시 그 소리는 중대한 단서였던 거야."

오노가 무슨 말을 하는지 도무지 알 수가 없었다.

그때 갑자기, 강렬한 불협화음이 내 귀를 덮쳤다.

'이건……!'

두통과 메스꺼움이 몰려왔다. 나는 몸을 앞으로 구부리며 웅크렸다.

"재생을 멈춰."

오노의 날카로운 목소리에, 가까스로 아이팟의 정지 버튼을 눌렀다. 가습기 소리가 멈추고 남은 건, 스윽 스윽, 팩스 기계가 종이를 뱉어 내는 소리뿐이었다.

"네 몸을 실험에 이용해서 미안하다. 결론적으로 그 불협화음은 이 팩스와 가습기 소리가 간섭을 일으켜 발생했던 거야."

내가 멍하니 입을 벌리고 있으니, 오노가 일어나 미소를 지었다.

"순서대로 설명할게. 나는 어떻게 후카자와가 범인이라는 걸 알아낼 수 있었을까. 우선, 우리가 집착하던 불협화음에 대한 거야. 지금 들은 대로, 팩스와 가습기 때문이라면, 한 가지 모순이 생겨. 내 귀에는 팩스 소리가 들리지 않았으니까."

"아……."

그렇다. 지금 내 귀로 팩스 소리를 직접 들은 대로, 약간 구형 기계인 탓인지 소리가 크다. 복합기와 곰 인형의 위치로 봐도 충분히 녹음될 만한 거리다.

"하지만, 나로선 미미카의 귀를 믿을 수밖에 없어. 그래서 나는 너에게만 팩스 소리가 들리고 내게는 들리지 않는 상황을 상정해 봤지."

"그건 무슨······?"

"그러니까, 팩스 소리는 희미하게 났다는 거야. 벽 너머에서 팩스 소리가 났다면, 그 희미한 소리가 내게는 들리지 않았을 거야. 거실 안에서 작동하던 가습기 소리도, 내가 집중해서 듣지 않으면 알아챌 수 없거든. 이런 상황이라면 일반적인 귀를 가진 내게는 무음으로, 청력이 좋은 너에겐 불협화음으로 들리는 상황이 되겠지?"

"소장님, 그렇긴 한데요. 도청기는 거실에 있었잖아요. 팩스도요. 이 상황에서 팩스 소리가 녹음되지 않는 건 있을 수 없는 일이에요."

오노가 미소를 지으며 고개를 끄덕였다.

"그렇다면 전제가 틀렸다는 거지. 도청기가 거실에 있었다면, 이렇게 녹음되지 않았을 거야. 하지만 실제 녹음은 그렇게 됐지. 따라서 도청기는 거실에 있었던 게 아니야."

"네?"

내 반응이 재밌는지, 오노는 기분이 좋아진 눈치였다.

"구니사키 치하루와 구로다가 관계를 하는 장면이 기록된 부분이 있었지. 너도 잠시 들었잖아?"

나도 모르게 얼굴이 화끈 달아올랐다. "그게 어쨌는데요?" 하고 묻는 말투가 퉁명스럽게 나왔다.

"그때, 녹음 파일에서는 스프링 소리가 났어. 하지만 네가 직접 보고 온 바에 따르면, 거실 소파의 스프링은 망가져 있었지. 실제로 앉아 봤을 때 소리도 달랐겠지? 그렇다면 그 스프링 소리는 어디서 녹음된 걸까?"

"아……."

생각해 보니, 정말 그랬다. 그래서 오노는 그때, 소파에 대해 물었던 거다.

"가습기 코드가 짧아서 전화기나 TV 코드 바로 옆에 가습기를 놓아야 했잖아. 물탱크가 달려 있는 가습기를 놓기엔 아무래도 안 좋은 위치지. 그렇다면, 가습기는 거실에서 사용하던 게 아니다, 이렇게 생각할 수 있지 않을까."

"설마, 치하루의 침실?"

침실에는 침대가 있다. 소파 스프링의 모순도 해결된다.

"그래. 가습기는 소형 가전이야. 치하루가 옮겨 가며 필요한 곳에서 사용했겠지. 거실에 있을 땐 거실에서, 방에서 쓰고 싶을 땐 방에서. 네가 조사했을 때 거실에 있었던 건, 치하루가 사망한 뒤 아키히코가 정리해 두었기 때문이야. 사건 직후 현장에서는 가습기가 치하루의 방에 있었다고, 조금 전 형사에게 확인했어."

"그렇다면 소장님은, 살해 현장은 치하루 씨의 방이었다고 생각하는 거네요. 거기서 가습기가 켜져 있었고, 거실에 있던 팩스 소리도 그 방 안에서 녹음됐다. 따라서 소장님에게는 들리지 않을 만큼 미세한 소리였다."

"응. 정확해."

"그런데요, 그러면 이상하지 않나요? 도청 파일 마지막 부분에는 치고받는 소리가 들어 있고, 유리가 깨지는 소리, 의자가 뒤집히는 소리도 있어요. 그것들은 다 시신이 발견됐을 당시 거실의 모습과 일치하거든요?"

오노는 여전히 대담한 표정으로 웃으며 고개를 끄덕였다.

"여기서 힌트가 되는 게, 불협화음이 난 다음, 싸우는 소리가 나오기 전에 들리던 일정한 발소리에 대한 의문이라고."

"아, 소장님이 엄청 집착하던 그거요."

"도청기에서 들려오는 발소리는, 보통 두 종류밖에 없어."

"두 종류……."

"그래. 도청기는 고정되어 있으니까. 이게 힌트야."

나는 바로 떠올릴 수 있었다.

"가까워지는 발소리, 그리고 멀어지는 발소리."

"맞았어. 가까워지는 발소리는 점점 커지고, 멀어지는 발소리는 작아지지. 녹음기기가 고정돼 있다면 이건 당연한 결과야."

"그렇다면, 일정한 발소리라는 건."

"그렇지. 도청기와 발의 거리가 쭉 일정하게 유지되고 있다는 뜻이 되지. 제자리걸음을 하고 있거나, 도청기를 들고 있거나. 하지만 우리는 불협화음을 둘러싼 의문을 통해 이미, 살해 현장인 치하루의 방에서 도청기가 발견된 거실로 도청기가 이동했다는 걸 알고 있지. 제자리걸음의 가능성은 물론 없어."

자, 하며 오노가 말을 이었다.

"도청기를 심어 놓은 곳은 곰 인형 속이잖아. 즉, 범인은 살해 현장에서, 곰 인형을 손에 들고 이동했다는 게 돼. 사람을 죽이는 데, 곰 인형에 무슨 볼일이 있다고?

답은 딱 하나야. 범인은 도청기에 볼일이 있었어. 범행 현장을 위장하기 위해, 도청기를 옮길 필요가 있었던 거지. 거실에서 싸우던 소리는 자작극이었던 거야.

따라서 범인은 곰 인형에 도청기가 설치되어 있다는 걸 사전에 알고 있었어. 그걸 아는 건 이를 설치한 탐정 사무소 직원들뿐. 우선, 아무것도 몰랐던 미미카는 제외. 다음으로, 경찰에서도 확인한 바와 같이, 나는 다른 사건을 조사하는 중이었다는 알리바이가 있어. 그렇다면 범인은 도청기를 설치한 본인, 후카자와 조사원이라는 거지."

"도청기에 남아 있던 소리를 바탕으로, 후카자와의 범행을 추리해 보면, 다음과 같이 될 거야."

아직 충격이 가시지 않은 나는 아랑곳하지 않고 오노는 해설을 계속했다.

"그 전에 먼저, 구니사키 치하루가 곰 인형을 자기 방에 가져다 놓은 사실을 확실히 할 필요가 있겠네. 얼마간은 거실에 장식했던 것을, 맘에 들어서 자기 방에 놓기로 했겠지. 형사와 함께 녹음 파일을 다시 확인했을 때, 치하루가 곰 인형을 방으로 옮길 때의 '일정한 발소리'도 녹음돼 있었어. 사건 바로 전날의 일이었지."

그걸 검토하느라 시간이 걸려서, 내가 범인에게 습격을 받게 되었다는 건가. 살짝 원망스러운 기분이 들었다.

"범인은 치하루가 양다리, 남편을 포함하면 다리 세 개를 걸치고 있다는 사실을 알아내고는, 치하루에 대한 분노를 품고 있었어. 치하루의 방에 멋대로 들어갔는데도 '어머, 웬일이야?' 정도로만 반응하는 걸 보면, 상당히 가까운 관계였던 것으로 보이지.

그런데 후카자와의 모습이 심상치 않으니, 치하루도 일어나 맞선 거고, 몸싸움이 됐지. 그리고 후카자와가 치하루를 밀쳐서, 침대 사이드 테이블에 머리를 부딪쳐 사망. 도청기에 남아 있던 벽에 부딪치는 듯한 소리가 이거야.

후카자와는 그때 당황했겠지. 어쨌든 도청기가 설치된 곰 인형이 방 안으로 옮겨져 있었으니까. 그 뒤 이어진 무음 상태는 틀림없이, 이 사태를 어떻게 대응할지 후카자와가 숨죽인 채 생각 중이었기 때문이겠지."

"그때, 그 불협화음이 들렸죠."

"그래. 치하루 방에 켜져 있던 가습기와, 거실 팩스의 소리가 간섭을 일으켰지. 팩스는 구니사키 댁을 방문했을 때, 아키히코가 전화로 얘기했듯이 동료가 동아리 활동 관련해서 보낸 연락

같아. 그건 이따가 다시 얘기하자.

그러면 당황하고 있던 후카자와 말인데, 그 이후 방침을 정하고 움직이기 시작했어. 거실이 살해 현장인 것처럼 꾸미기로 한 거야. 치하루의 방에 쉽게 들어갈 수 있는, 가까운 관계의 사람이 범인이라는 사실을 감추기 위해서지. 침실에서 범행이 일어난 것이 밝혀지면, 치하루의 남자관계에 수사의 초점이 맞춰지게 되어 있으니까. 사건이 일어난 날은 구로다가 직장에 나가는 날일 테니 알리바이가 성립해 버릴까 불안했던 거겠지. 다행히, 사이드 테이블에 머리를 부딪친 치하루에겐 좌상뿐이어서 아직 출혈은 적었어.

그리하여 후카자와는 곰 인형을 들고 거실로 가서, 1인극으로 몸싸움 장면을 펼쳤지. 유리를 깨고, 의자를 뒤엎고, 그 소리를 녹음시켜 둔 거야. 그리고 마지막으로, 곰 인형이 바닥에 떨어져 범인이 우연히 그걸 밟게 된 것처럼 위장해서, 도청기를 망가뜨렸어."

"망가뜨린 이유는 뭐죠?"

"그 이후의 소리가 녹음되지 않도록 하기 위해서지. 치하루의 시신을 침실에서 거실로 옮기는 소리, 치하루의 두개골을 골프채로 내리쳐 사인을 위장하는 소리 말이야. 생활 반응은 있었다고 하니, 사이드 테이블에 머리를 부딪친 시점엔 정신을 잃었던 것뿐인지도 몰라."

나도 모르게 하아, 하고 한숨이 나왔다.

"그런데 범인을 붙잡기 위한 증거는 뭐였던 거예요?"

"아, 그건 현장에 있던 쓰레기통 속에서 발견된 걸로 보이는, 찢어 버린 팩스 용지였어."

"팩스……"

"오늘 방문했을 때, 아키히코 씨에게 전화한 동료는 팩스를 분명 보냈을 거야. 그런데 아키히코 씨는 아무것도 모르는 듯했지. 왜 그랬다고 생각해?"

"진짜로 팩스가 안 와서?"

오노는 또다시 어처구니가 없다는 듯 한숨을 쉬었다.

"도청기에 녹음된 내용 중에 팩스 소리가 미세하게 남아 있었다고 증명해 보인 건 너 아니었어?"

"아, 그러네요. 그러면, 팩스가 왔던 건 확실해요. 그런데 와 있는 팩스가 없었다는 건…… 범인이 없애 버렸다는 얘기네요."

"그래, 맞아. 범행 현장을 위장하는 일을 마친 후카자와는 팩스가 와 있는 것을 보고는 새파랗게 질렸지. 팩스에는 송수신 시각이 남으니까 말이야. 겨우 몇 분 전에 온 팩스라는 걸 확인했겠지. 그랬으니 송수신 기록을 삭제하고 수신된 팩스 용지도 없애 버릴 수밖에 없었던 거고."

"왜요?"

"그러니까, 도청기는 쭉 거실에 설치되어 있었던 게 되어야 하잖아.”

앗, 하고 내가 외쳤다.

“그렇다면, 팩스 소리가 녹음되지 않은 게 이상하겠네요!”

“그렇지. 당연히 들려야 할 소리가 들리지 않는다. 이것으로 범행 현장이 위장됐다는 게 발각될 위험이 있으니까.”

나는 아무것도 보지 못한 것인가. 생각할수록 나 자신이 한심해졌다.

“나도 내 추리와 너의 청력에는 90퍼센트 이상 확신이 있었지만, 경찰이 압수한 쓰레기통 속에서 팩스 용지가 발견된다면 내 가설을 뒷받침할 수 있을 거라고 생각했지. 갈기갈기 찢겨서 덕지덕지 이어 붙인 상태였지만, 시각도 확실히 확인할 수 있었어. 지금쯤 경찰도 치하루의 방을 조사해서 혈흔이든 뭐든 찾아보는 중이겠지.”

“그렇군요…….”

모든 의문이 풀린 것 같았지만, 딱 한 가지가 더 생각났다.

“자, 잠깐만요! 후카자와 조사원이 범인인 걸 아셨으면, 어째서 오늘 후카자와에게 추가 조사를 시키신 거예요? 구로다 씨에게 운동은 뭘 했는지 물어보고, 마미야 씨에겐 곰 인형을 보여주러 가게 하셨잖아요. 대체 왜……?”

“응?” 오노는 천연덕스럽게 말했다. “왜긴. 후카자와를 사무실에서 멀리 떨어뜨려 놓으려고 그랬지. 적어도 내가 확실한 증거를 모을 때까지는 후카자와가 너랑 접촉하는 걸 피하고 싶었거든.”

나는 입을 떡 벌렸다.

“……그러면, 그냥 저를 집에 보냈으면 되잖아요.”

“……아.”

오노도 입을 헤 벌렸다. 아차 싶은 표정이었다.

몸에서 힘이 쭉 빠졌다. 어이가 없어서 말도 안 나왔다.

오노와 얼굴을 마주 보았다. 오노도 허탈한 얼굴을 하고 있다. 분명 나도 비슷한 표정이겠지. 한동안 그렇게 있다가 누가 먼저 랄 것도 없이 두 사람 다 큰 소리로 웃기 시작했다.

“이번 건은 아키히코 씨에게 비용 청구는 못 하겠네. 내 부하 직원이 저지른 일이니까 말이야.”

“그러면 비즈니스 면에서는 완전히 손해네요.”

“그렇지. 후카자와도 해고니까, 신입 조사원을 고용하는 데 인건비도 들고. 엄청난 손실이야.”

“또 있어요. 3,200엔.”

“뭐?”

오노가 어리둥절한 표정을 지었다. 나는 히죽 웃어 보였다.

“이번 사건을 계기로 기억났거든요. 우리 대학교 때, 제 청력에 대해 털어놓은 날 있잖아요. 둘이서 술 마신 날.”

“아아……. 그때. 생각나지.”

“그때, 소장님이 먼저 취해 버렸거든요. 잘 마시지도 못하면서 그렇게 마셔 댔으니. 그래서 그날 술값은 제가 대신 냈다고요."

오노가 웃음을 터뜨렸다.

"아아. 괜한 걸 기억나게 해 버렸네. 이러면 진짜로 엄청 손해인걸."

오노가 길게 한숨을 내쉬었다. 그 역시 피곤할 터였다. 부하 직원에게 배신당하고, 게다가 그 원인도 자신이 의뢰받은 일 때문이었다니.

"술값 갚으시면 앞으로도 여기서 일할게요. 이 상태로는 재정비하는 것도 큰일이잖아요. 제 사무 스킬과 청력으로, 소장님을 든든하게 도와 드릴게요. 어때요?"

내가 농담조로 말하자, 오노는 히죽 웃었다. 자신만만한 미소. 여느 때와 다름없는, 선배의 미소였다.

"계약 성립이다."

7
현재

"그런데요, '곰 인형' 건은 소장님도 반성해야 한다고 생각하거든요."

"갑자기 뭔 소리야."

산속 여관에서 도쿄로 돌아와, 오노와 함께 사무실을 향해 걷고 있었다. 내뱉는 입김이 하얗다.

그 사건 이후 딱 1년이 지났다.

"소장님이 생각나게 하셨잖아요. 그 사건. 물론, 제 발언도 경솔했어요. 설마 후카자와가 범인이라곤 생각도 못 했으니까요. 생각이 모자랐죠.

하지만, 소장님도 생각이 모자랐다고 생각해요. 저를 일찌감치 집으로 보냈다면, 습격당하는 위험 같은 건 애초에 없었을 텐데."

오노가 머리를 긁적였다.

"……그건 진짜 미안하게 생각해. 그래도 그렇지, 그 얘기는 벌써 몇 번이나……."

"몇 번을 말해도 모자라니까 하는 말이에요." 나는 메롱 하며 혀를 비죽 내밀었다. "평생 동안 계속 얘기할 거니까, 각오하세요."

사무실 문을 열자 새로 고용된 조사원, 모치다가 맞아 주었다.

"앗, 두 분 다 오셨네요! 수고하셨습니다! 치사해요. 둘이서만 온천 가고."

"잘 다녀왔어. 몇 번이나 말했지만, 엄연히 일 때문에 다녀온 거라고."

"뭐, 온천물에도 들어가긴 했지만."

내 말에 모치다가 또다시 약이 오른다는 듯 발을 쿵쿵 굴렀다.

책상 위에 짐을 놓았다. 책상 위에는 그 사건의 곰 인형이 오도카니 앉아 있다. 물론 사건 현장에 있었던 건 압수되었으니, 그와 똑같은 모양의 곰 인형이라는 뜻이다. 후카자와의 개인 물품을 정리할 때 나온 여분의 인형이었다. 분명 도청기 설치 연습을 위해 동일한 제품을 여러 개 구입한 거겠지.

모치다가 커피를 준비하러 탕비실에 가자, 나는 다시 소장을 향해 돌아섰다. 소장은 이미 코트를 벗고 늘 앉는 소장 자리에 가 있었다.

"……그런데 소장님, 다시 생각해 봤거든요."

오노는 고개를 돌리고는, 계속 얘기해 보라는 뜻으로 눈썹만 움직여 보였다.

"제 청력은 하나도 특별한 게 아니란 생각이 들어서요."

"이제 알았냐."

"농담 아니에요." 내가 말했다. "저는 청력이 좋아요. 하지만 추리력은 없어요. 소장님은 똑똑하죠. 하지만 청력은 보통이에요. 그러니까, 우리는 그냥, 서로서로 부족한 부분을 보완하는 것뿐 아닌가, 하고요."

오노는 눈을 커다랗게 뜨고는 잠시 나를 바라보았다.

그러고는 피식 웃더니 이렇게 말했다.

"네 귀는 한정적인 상황에서만 도움이 되지. 내 좋은 머리는 언제나 발휘된다고. 아주 큰 차이야."

"그렇게 말하면서도 사실은 조금 기뻐하고 있죠? 말소리를 내기 전에 치아에 닿는 숨이 평소보다 셌어요. 호흡도 살짝 흐트러졌고요. 코가 찡한 걸 참으면서, 무리해서 소리를 내려고 하면 그렇게 되거든요."

소장이 눈을 크게 뜨더니, 한숨을 쉬며 고개를 저었다.

"그런 것까지 알 수 있는 거야?"

나는 "그럼요." 하고 활짝 웃어 보이며 귓불을 가볍게 잡아당겼다.

"제가 여기가 좀, 다르거든요."

13호
선실에서의
탈출

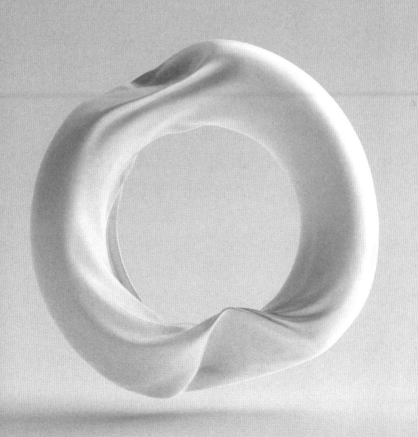

"어떤 일이든 이유가 있기 마련이야." 푸트렐은 이렇게 말하며 아주 딱딱한 롤빵을 베어 물었다. 그의 의견에 의하면, 영국인이 만든 음식 중 유일하게 먹을 만한 것이었다. "게다가 이 세상에 그냥 존재하는 건 없어. 특히 타이타닉호 위에선 말이야."

맥스 앨런 콜린스, 《타이타닉호의 살인The Titanic Murders》 중에서

0. 규칙 설명

가이토(나) 오후 10시

게임 시작 4시간 후

신나게 게임을 즐기러 온 거였는데.

그런데 어쩌다 이렇게 된 거지?

머리가 무겁다. 어디선가 머리를 부딪쳤는지도 모른다.

손이 뒤로 묶여 있어서 몸을 움직일 수가 없다. 얼굴에는 자루 같은 게 뒤집어씌워져 있다. 숨 쉬기가 힘들다. 어둠에 대한 공포까지 더해져, 내가 이대로 죽는 건 아닐까 하는 불안에 사로잡혔다. 배 속이 꽉 조여 오는 듯한 느낌이 몰려온다.

여긴 어디지? 나한테 왜 이런 일이?

희미하게 흔들리는 느낌이 든다. 지진과는 다르다. 배가 물 위에서 흔들리는 거다. 조금 전까지 내가 타고 있던 여객선 안. 정확히 어딘지는 모르지만, 틀림없이 여기는 배 안이다.

갑자기 손목에 따뜻한 감촉이 느껴졌다.

몸이 떨린다.

누구지? 나를 이렇게 만든 사람일까? 아니면 나를 구해 주러 온 사람일까?

찌직, 하고 큰 소리가 나더니 손목에 날카로운 통증이 느껴진다. 나도 모르게 신음 소리를 냈다. 욱신욱신하는 통증은 남아 있지만 손목이 풀렸다. 이젠 움직일 수 있다.

구해 주러 온 거구나.

곧 자루가 벗겨졌다. 굉장한 해방감이었다. 크게 숨을 들이마셨다.

실내는 밝았다. 순간적으로 눈이 부셔 아무것도 보이지 않았다.

"괜찮으세요?"

목소리가 들렸다. 높은 목소리라 남자인지 여자인지 알기 어려웠다. 차츰 상대방의 얼굴이 또렷해졌다.

남자아이였다. 낯익은 얼굴이다.

"스구루……?"

친구의 동생 스구루가 걱정스러운 눈으로 나를 보고 있었다.

"네가 날 풀어 줬구나. 고마워. 그런데 여긴 어디……?"

"어느 선실 같아요……. 저도 조금 전에 막 깨어난 참이에요. 어린애라 그런지 제 손목은 묶어 놓지 않았더라고요. 우선 가이토 형을 깨워야겠다 싶었어요."

일어나 선실을 둘러봤다. 실내에는 아주 기본적인 모양의 침대와 책상, 작은 옷장이 있었다. 시설이 소박한 것으로 보아, 내가 묵기로 돼 있던 B급 선실보다 한 단계 낮은 C급 선실인 모양이다.

출입문에 손을 댔다. 손잡이를 내리고 밀었다 당겼다 해 보지만, 열리지 않는다. 안쪽에서 손잡이를 돌려 봐도 열리지 않는 걸로 보아, 바깥에서 뭔가 잠금장치를 해 놓은 것 같다. 바리케이드 같은 걸까?

창문은? 원형 선창을 확인했다. 붙박이창이라 열 수도 없고,

어차피 창밖은 바다다. 바깥은 칠흑같이 캄캄하고, 내려다보이는 바다도 거무스름했다. 어느새 밤이 되었나 보다. 몇 시간이나 지난 걸까.

"완전히 갇혔어……."

직접 입으로 내뱉고 나니, 절망감이 깊어졌다.

선내 복도, 즉 '사건 현장' 부근의 복도에 서 있을 때였다.

나는 스구루와 얘기를 나누고 있었다. 그때 누군가 뒤에서 겨드랑이 사이로 팔을 쑥 집어넣더니 나를 꽉 붙잡았다. 근육질의 남자로, 선원 복장을 하고 있었던 게 기억난다. 반바지 밖으로 드러난 굵은 다리털이 유난히 인상에 남아 있다. 반사적으로 위험하다는 생각이 들었다. 스구루에게 "도망쳐."라고 말하려는데, 자루 같은 것이 뒤집어씌워지며 눈앞이 가려졌다.

그 이후부터 기억이 없다. 약품이라도 흡입시킨 걸까.

감금. 그런 단어가 머리에 떠오르며, 몸이 떨려 왔다.

이게 뭐지?

대체 무슨 일에 휘말린 거지?

발밑에는 가방 모양의 반투명한 클리어파일이 두 개 놓여 있었다. 각각 나와 스구루의 것이다.

배에 탈 때 한 사람당 하나씩 나눠 준 '수수께끼 풀이 키트'였다. 가방에 각 면에는 '명탐정 사쿠라기 게이마, 호화 여객선에서의 탈출!'이라는 글씨가 번쩍번쩍 빛나고 있다.

배에서 보내는 1박 2일 여행. 추리에 푹 빠져 재미난 탈출 게임을 하게 될 예정이었다. 그게 어쩌다, 이렇게 된 걸까?

가이토(나) 오후 5시 30분
게임 시작 30분 전

"배 엄청 크네!"
나도 모르게 이런 말이 튀어나왔다.
항구에는 많은 사람이 몰려들어 있었다.
바닷바람이 시원하게 불어와 땀에 젖은 피부를 어루만져 준다. 바다 내음에 둘러싸이자 한순간에 기분이 들떴다.
계절은 가을에 접어들었지만, 아직 늦더위가 계속되는 9월 초. 낮은 점점 짧아져, 해가 수평선으로 넘어가려 하고 있었다.
항구에는 여객선 한 척이 정박해 있었다. 객실은 100개 정도로, 호화 여객선이라고 할 정도는 아니다. 흘수선에서 최상 갑판까지 높이 7미터, 선수에서 선미까지 길이는 50미터다. 웹사이트에서 확인한 정보에 따르면, 탑승구가 있는 곳이 제3갑판이고, 그 위에 제2갑판, 상갑판, 최상 갑판이 이어진다. 건물로 치면 4층짜리다.
배를 타 보는 건 처음이라, 자꾸만 기분이 들떴다.
트랩 쪽에서 여자 승객이 초청장을 보여 주고 있었다.

1박 2일간의 도쿄만 크루즈 여행. 고등학생에겐 분에 넘치는 사치였다.

"대단하다. 배를 통째로 빌려서 탈출 게임이라니."

"역시 명탐정 사쿠라기 시리즈야. 신경 많이 썼네."

대학생 정도 나이로 보이는 남자 두 명이 이야기를 나누며 옆을 지나쳐 간다.

그들 뒤를 따라 탑승 줄에 섰다. 이들도 모두 초청장을 꺼내 들었지만, 금박 테두리는 없다. 새삼스레 내 초청장을 내려다본다.

진짜였어……. 초청 플레이어라는 거.

손에 들린 초청장에는 '초청 플레이어 이카리 가이토 님'이라는 글자가 두드러져 보였다.

내가 와 있는 곳은 탈출 게임 기획 회사 '브레이크(BREAK)'가 주최하는 신작의 베타 테스트 행사장이다. 미스터리 소설가 미도리카와 시로의 인기 시리즈와 컬래버레이션한 것으로, 그가 새로 쓴 각본으로 만들어진 상당히 큰 규모의 기획이었다.

"그나저나 놀랐어. 베타 테스트라니. 되든 안 되든 일단 응모해 보길 잘했지. 공짜로 배도 타 보고, 횡재했다."

"그만큼 브레이크에서도 승부를 건 기획이라는 거지. 게임 밸런스를 조정하는 것도 어려운데 말이야."

"미도리카와 팬들처럼 탈출 게임 같은 거 한 번도 해 본 적 없는 사람들도 올 테고. 봐 봐, 저 여자라든가."

그가 가리킨 곳에는 미도리카와의 작가 데뷔 50주년 당시 제작한 기념 티셔츠를 입고 가방에는 사쿠라기 금속 배지를 잔뜩 달고 있는 여자가 있었다. 꽤 열성 팬인 듯하다.

"다양한 계층의 손님들이 모이니까, 솔직히 난도가 그다지 높진 않을 것 같은데."

남자는 어깨를 들썩이며 웃고 있었다.

베타 테스트에 참가하는 방법에는 두 가지가 있다. 하나는 일반 응모로, 지금 이 대학생 두 명이 그 경우다. 또 하나는 '초청 플레이어.' 지난 1년간 브레이크가 주최한 이벤트에서 우수한 성적을 거둔 플레이어 가운데 선출했다고 한다.

초청장은 접수처에서 회수해 간다. 대신 수수께끼 풀이 키트가 들어 있는 클리어파일 가방과 탑승 티켓을 건네받았다. "키트 안에 이름이 적힌 설문지가 들어 있으니, 아무쪼록 협조 부탁드립니다."라는 말도 덧붙여 들었다.

배 안으로 들어서자, 두툼한 모직 카펫과 눈부시게 아름다운 샹들리에가 눈에 확 들어온다. 마치 바다 위를 다니는 호텔 같다. 선원들은 해군 스타일로 반바지까지 입고 있다. 다른 세계로 들어온 느낌이다.

"여기, 이번 이벤트를 위해 준비한 의상입니다. 지내시는 동안 착용해 주십시오."

집사 같은 분위기의 남자가 짙은 갈색 베레모와 얇은 겉옷을 건넸다. 겉옷은 운동회 때 입는 팀 조끼 같은 형태였다. 체크무늬가 있는 세련된 디자인으로, 정장 조끼를 본뜬 모양이다. 모자와 함께 어우러지면 딱 명탐정 사쿠라기의 트레이드마크가 된다.

"호오. 이거 공을 많이 들였네. 플레이어가 사쿠라기 역할에 제대로 몰입하겠는걸. 합성 섬유라 제작비도 저렴할 테고. 티켓 가격에 이 굿즈도 포함되겠지. 기념품 치고 잘 만들었네⋯⋯." 그는 모자를 머리에 써 보며 웃었다. "어때? 그럴듯하지 않아?"

"안 어울려!"

다른 대학생이 껄껄 웃었다.

내 손에 들린 베레모로 눈길을 돌리니, 여기에도 금빛 자수가 놓여 있다. 운영진이 한눈에 일반 플레이어와 초청 플레이어를 구별하기 위해서일까. 나는 왠지 멋쩍어서 모자를 손에 든 채 등 뒤로 숨겼다.

"수하물 검사를 진행하겠습니다. 카메라 같은 건 없으십니까?"

가방을 열어 보이며 나는 고개를 끄덕였다.

"사전에 휴대전화 등의 전원은 꺼 주시기 바랍니다."

영상을 보여 주는 순서라도 있나 보다. 어차피 게임이 진행되는 동안에는 휴대전화로 검색하는 건 금지일 거다. 베타 테스트이기도 하므로, 정보 유출 방지의 의미도 겸하고 있다.

"계단을 올라가서, A데크에 있는 홀에 모여 주시기 바랍니다. A데크 홀에 모여 주시기 바랍니다⋯⋯."

단조롭게 반복되는 안내 방송에 이끌리듯 계단을 올라, 홀 안으로 들어섰다.

"오……."

나도 모르게 감탄이 흘러나왔다.

홀 정면에는 거대한 스크린이 펼쳐져 있었다. 테이블 수십 개가 늘어서 있고, 카나페, 마카롱 등 가벼운 식사와 과자류가 차려져 있었다. 테이블에 둘러앉은 사람들의 연령층도 제각각이었다. 대학생으로 보이는 젊은이들. 삼십 대 정도로 보이는 남녀. 중고생은 전혀 보이지 않았다.

홀에 모인 사람들 중 일부의 입에서는 '투자'라든지, '우리 제품'이라든지 하는 말이 들려왔다. 플레이어가 아닌 스폰서 기업에서 나온 사람들인 듯하다. 어쩐지, 탈출 게임 마니아로는 보이지 않는 연령대의 아저씨 아주머니도 눈에 띄긴 했다. 그러나 그들 역시 조끼와 모자를 착용하고 있었다. 그 모습이 왠지 어색해서 나도 모르게 실실 웃음이 났다. 민망하던 기분도 줄어들어서, 나는 모자를 쓰고 조끼도 입었다. 코스프레가 어우러지자 게임에 대한 몰입감이 커지면서, 두근두근하기 시작했다.

"어?"

느닷없이 등 뒤에서 얼빠진 듯한 목소리가 들려, 무심코 돌아봤다.

마사루. 같은 반 남자애였다.

마사루가 손에 들고 있던 모자를 썼다.

금빛 자수가 번쩍하고 빛났다.

"마사루……. 너도 온 거야?"

"어어……. 그래. 이런 데서 만나다니 신기한 우연이네."

마사루는 어딘지 난처한 표정으로 눈길을 피했다. 이런 데서 아는 사람을 우연히 만날 줄 몰랐을 테니, 조금 당황한 거겠지.

요전에 치른 정기 고사에서 전교 1등은 나, 2등은 마사루였다. 이 순위는 입학 이래 바뀐 적이 없다. 첫 중간고사에서 눈에 띈 뒤로 사사건건 라이벌로 여겨져서, 공부, 모의고사, 체육 수업 시간까지 자주 엮이곤 한다.

나는 아주 평범한 가정에서 자라나 서점 아르바이트로 번 돈으로 미스터리 소설과 탈출 게임을 즐기는 평범한 고등학생이다. 반면 마사루는 대단한 부잣집의 귀한 자식으로, 돈에 대해 부족함을 모르고 자란 도련님이다.

솔직히 마음에 안 드는 녀석이다.

그건 그렇고, 마사루에게 탈출 게임 취미가 있을 줄은 생각해 본 적도 없었다. 교실에서는 서로의 취미에 대해 별로 얘기하지 않는다.

"야, 너도 인사해. 형 친구니까."

마사루는 뒤를 돌아보며 약간 거친 말투로 말했다.

주뼛주뼛하며 앞으로 나온 건, 가냘픈 소년이었다. 선이 가늘어 부러질 것만 같다. 얼굴은 창백하고, 쾌활한 형과는 정반대로 보였다.

"……안녕하세요. 스구루라고 합니다."

스구루는 자수가 없는 일반 베레모를 깊숙이 눌러쓰고 있었다.

"우리 아빠 회사에서 이번 기획에 투자를 했거든. 스폰서 초청 인원 겸, 초청 플레이어로 불려 왔어. 모자를 보니 너도 초청받 았구나."

고등학생이 돼서도 아빠라고 부르다니. 나는 어떻게든 웃음을 참아 가면서, 어깨를 으쓱하며 짐짓 여유 있는 태도를 보였다.

"뭐, 이런 쪽으로 좀 잘하는 편이라."

"이런 것도 인연이네. 어때? 오늘도 대결해 보는 건……."

마사루는 어딘지 메마른 웃음을 띠며 말했다.

우와, 또 시작이네. 질린다 정말. 매번 똑같은 패턴이잖아…….

그래도 바로 생각을 고쳐먹는다. 뭐, 그것도 나쁘지 않겠네. 오히려 베타 테스트에 더욱 진심으로 임할 수 있겠는걸.

대답을 하려던 순간이었다.

홀의 조명이 꺼지고, 스크린에 영상이 나타났다. 그 순간 장내 에서 작은 환호성이 울려 퍼졌다. 신이 난 듯한 휘파람 소리도.

게임이 시작된 것이다.

신나게 게임을 즐기러 온 거였는데.

그런데 어쩌다 나는 마사루의 동생인 스구루와 이런 곳에 갇혀 있는 거지?

"가이토 형……."

스구루가 머뭇거리며 말했다. 얼굴이 창백해져 있었다.

"저……. 그때요, 들었어요. 그 사람들이…… 선원들이……."

스구루의 눈동자가 흔들렸다. 무언가 떨쳐 버리려는 듯 머리를 흔들었다. 공포를 참는 걸까.

"우리를 납치할 거라고, 말했어요."

납치.

충격으로 머릿속이 하얘졌다.

납치. 그렇다면 납득이 된다. 우리를 잡아다가 감금한 이유도.

공포가 덮쳐 왔다. 범죄에 휘말렸다는 공포. 어째서, 이런 일에 휘말려야 하는 거지? 나를 납치해서 뭐 하려고. 하지만, 스구루의 집안이 생각나면서 정신이 번쩍 났다.

설마, 진정한 타깃은 스구루였던 걸까?

그렇다면 이번엔 책임감이 나를 짓눌렀다.

눈앞에 있는 어린 소년을 지켜야만 한다. 스구루는 겁에 질려

246

있고, 나는 나이가 더 많으니까. 내가 무서워하면 안 되지. 마음을 다잡으려고 했지만, 쉽지 않았다. 예상 밖의 사태에 여전히 동요하고 있었다.

"어, 어떡해요, 형? 우리 계속 이 상태로 여기 갇혀 있으면······."

스구루가 징징거리는 목소리로 말했다.

"혹시 살해당하면요? 우리는 범인 얼굴을 봤잖아요. 만약, 만약에 입막음하려고······."

"괜찮을 거야. 나쁜 상상이 좀 과하네."라고, 나는 근거 없는 위로를 반복한다.

하지만, 과연 상상이라고 단언할 수 있을까?

등골이 서늘했다.

여기서 도망쳐야 한다.

스구루를 데리고 둘이서 도망치자.

미치겠네, 하고 나도 모르게 중얼거렸다. 우리는 탈출 게임을 하러 왔다. 이건 유희성이 짙은 놀이로, 어디까지나 지적인 쾌감을 충족시키기 위한 게임이다.

게임은 자신 있다.

하지만 현실은 다르다.

실제로 탈출해야 하는 상황이라니······. 요만큼도 원한 적 없다.

1. 첫 번째 문제

마사루(형) 오후 8시 30분

게임 시작 2시간 30분 후

당당하게 행동하면 돼.

나는 스스로를 타일렀다.

A데크 식당은 참가자들로 북적였다. 저녁 식사 시간이다. 다들 나름대로 하룻밤의 잔치를 즐기고 있었다. 배를 채워 둔 뒤에 수수께끼와 씨름하려고 계획 중인 사람, 식사가 끝나면 선내에 있는 바에 가서 한잔할 계획을 세우고 있는 사람. 즐기는 방법도 제각각이다.

뷔페식으로 차려져 있어 실컷 먹어야지 생각하고 있었는데, 식욕이 완전히 사라졌다. 스테이크도 한 조각 먹었으니 충분했다.

따뜻한 홍차를 마시며, 어떻게든 마음을 가라앉히려 했다.

손에 들린 종이에 시선이 갔다.

'문제 1. 후토 레이루가 살해당한 시각은 몇 시 몇 분인가?'

키트 안에는 사건 현장 사진이 동봉되어 있다. 복도에서 선실 안을 찍은 앵글이다. 책상 앞에 앉은 후토 레이루의 뒷모습이 찍혀 있고, 그의 손은 원고지 위에 놓여 있다. 머리를 둔기로 가격당해 사망했으며, 후토의 머리 부근에 검붉은 피가 묻어 있었다. 그의 위쪽으로 벽시계가 걸려 있다.

시계는 정확한 시간을 읽기 어려웠다.

즉 1번은 '선내를 탐색하여 사건 현장을 찾아내고, 시계의 실물을 직접 보라'는 문제다.

초보도 할 만하다.

옆에서 오타쿠 같은 남자 둘이 빠르게 말을 주고받기 시작했다.

"첫 번째 문제부터 이러면 맥 빠지지 않아?"

"아니, 그냥 유행 따라 사쿠라기 시리즈 팬이 된 사람들도 많이 왔으니까, 이 정도 난이도가 딱 좋겠지. 중요한 건, 자기 발로 뛰며 배를 뒤져서 답을 찾아내는 거라고."

"뭐, 쉽다고 했다가 허를 찔릴 수도 있지. 이런 종류의 탈출 게임에는 전체적으로 거대한 트릭이 있기 마련이니까."

그래. 전체적으로 설정된 거대한 트릭. 각각의 문제에도 많은 힌트가 흩어져 있다. 마지막에는 여기저기 널려 있던 복선이 회수되면서, 트릭이 모습을 드러낸다.

게임이 시작한 순간부터 함정은 입을 벌리고 있다.

나는 이 게임의 시작을 떠올려 보았다.

마사루(형) 오후 5시 58분

게임 시작 2분 전

행사장에서 가이토의 얼굴을 본 순간, 내 머릿속은 완전히 하얘졌다.

왜 이런 곳에서……?

하지만 그런 동요도 곧바로 삼켜 버렸다. 그러고는 "대결하자."는 대사를 내뱉었다. 가이토와 나의 관계에서는 자연스러운 발상이다.

나는 적잖이 당황했지만, 가이토는 수수께끼가 눈앞에 나타나면 심하게 열중하는 스타일이다. 미스터리 소설 이야기를 할 때는 콧김이 거칠어지고 주변이 잘 보이지 않을 정도다. 게임만 시작되면 나 같은 건 신경 쓰지 않을 게 분명하다.

당당하게 행동하면 돼.

웰컴 드링크로 받은 주스에 입을 가져가며, 나는 자신을 달랬다.

"여러분, 많이 기다리셨습니다. 의상이 아주 잘 어울리시네요."

홀의 단상 위에 턱시도를 입은 남자가 서 있었다. '의상'이라는 말에, 내가 걸치고 있는 조끼에 눈이 갔다.

"그러면 이제, 스크린을 봐 주시기 바랍니다."

스크린에 나타난 영상은 이 배의 제3갑판에 있는 홀인 것 같다. 우리가 탑승했던 곳이다. 홀에는 낯익은 남자가 서 있었다.

카키색 양복을 입고 콧수염을 기른 모습이다. 그가 카메라를 향해 다가왔다.

"헉, 진짜로?"

뒤에 있는 여자가 기뻐하는 듯 말했다. 이어 새된 비명이 터져 나왔다.

"이런 데서 자네를 만날 줄이야, 사쿠라기 군. 오늘은 또 평소와 다르게 변장을 했군. 그럼, 바로 알아봤지. 그 모자와 조끼를 보고 말이야."

미소를 띤 채 막힘없이 대사를 읊는 이 남자는 사쿠라기의 짝꿍 형사 다지마 역을 맡은 배우였다. 아이돌 그룹 출신으로, 지금은 댄디한 이미지의 배우로서 여전히 여성 팬들을 사로잡고 있다.

옆에서 나이 지긋한 남녀가 감상을 주고받는다.

"오, 꽤 화려한데."

"컬래버레이션을 제대로 했네! 광고를 낸 보람이 있어."

명탐정 사쿠라기는 변장이 특기다. 남녀노소를 불문하고, 다양한 인물 행세를 하며 잠입 수사를 진행한다. 이러한 설정을 살려 각 플레이어에게 '사쿠라기가 되도록' 요청한 것이다. 조끼와 모자도 단순한 증정품이 아니라, '플레이어=사쿠라기'라는 설정을 위한 소도구인 것이다. 덕분에 게임에 대한 몰입감을 단숨에 높여 준다.

준비 많이 했네, 하고 나는 감탄했다.

"어제 저녁 식사 때는 못 본 것 같은데. 아, 그래? 7시부터 주무셨다고. 여행이 꽤 피로하셨나 보군."

"다지마 형사님, 뭐 이런 데서 노닥거리고 계세요?"

이번에는 남자들이 환호성을 질렀다.

화면에 나타난 건, 다지마의 후배 아이다 형사 역의 여자 배우다. 육감적인 입술과 동안이 특징으로, 영화, 드라마, 연극 등에서 폭넓은 활약을 보이고 있다.

펜이 사각거리는 소리가 뒤에서 들려왔다. 배우들에겐 관심도 없고, 오프닝 영상에도 뭔가 있는 게 분명하다 여기며 메모하고 있는 거겠지. 진짜 열심이다.

"오, 아이다. 사쿠라기 군을 발견했거든. 이번 사건에도 협력을 부탁하면 어떨까 해서 말이야."

"사쿠라기 씨……? 뭔가 평소와 분위기가 달라 보이는데요."

"멍청하긴, 변장이잖아. 평소와 다른 게 당연하지."

"그런 거로군요. 어쨌든, 저는 지원 요청을 위해 배에서 내릴게요."

아이다가 하선을 위해 출입구로 가자, 스태프가 불러 세웠다. "하선하실 때는 티켓을 회수하고 있습니다.", "금방 다시 돌아올 건데…….", "규칙이라서요." 하며 실랑이를 벌이면서, 아이다가 화면에서 사라졌다.

다지마가 헛기침을 한다.

"아, 사실은 말이야, 사쿠라기 군. 이 배에서 살인 사건이 일어났거든. 피해자는 미스터리 소설가야. 재떨이로 머리를 한 대 가격당했어."

초로의 남자가 누군가에게 가격당해 죽는 영상이 삽입되었다. 책상에 엎드린 남자의 얼굴은 흐릿했고, 화면에도 잠시만 비쳤다.

다지마는 주먹을 불끈 쥐었다.

"잘 들어, 사쿠라기 군! 나는 절대로 범인이 이 배에서 달아나게 두지 않겠어. 자네도 명심해. 범인을 배에서 내리게 해선 안 돼! 반드시 우리 손으로 잡는다!"

거기서 장면이 바뀌면서, '명탐정 사쿠라기 게이마, 호화 여객선에서의 탈출!'이라는 타이틀 로고가 나타나고, 드라마의 유명한 BGM이 흘렀다. 홀은 박수 소리로 가득 찼다. 겨우 5분짜리 영상으로 모두가 새로운 세계 속으로 완전히 빨려 들어갔다.

수염이 거뭇거뭇 자라난 두 남자가 실없는 의견을 주고받고 있다.

"굉장하다 이거. BGM까지 사용하는 거 보니까, 허가도 제대로 받은 거겠지?"

"배우도 본인들이 직접 나왔는걸 뭐. 그래도 플레이어가 사쿠라기면, 원래 사쿠라기 역을 맡은 안자이 찬은 안 나올 거 아냐. 나오면 좋을 텐데. 지금이라도 각본 바꿀 순 없나?"

질문을 받은 스태프는 곤란한 듯 미소를 짓고 있었다.

"자, 그러면."

영상이 끝나자, 턱시도를 입은 남자가 나타나 다시 설명을 시작했다.

"이 배는 도쿄만을 항행하여 앞바다까지 나가서 정박한 뒤, 원래의 항구로 돌아올 예정입니다. 여정은 1박 2일로, 그사이에는 도중에 하선하는 것이 금지됩니다. 어쨌거나⋯⋯."

턱시도 남자가 당돌한 미소를 지어 보였다.

"여러분에게는 살인범을 붙잡아야 할 사명이 있으니까요."

상당히 그럴듯한 분위기다. 가이토의 얼굴에 긴장감이 감도는 게 보였다.

그 뒤 남자는 "하선은 금지라고 했습니다만."이라고 운을 떼더니, 만에 하나 몸이 좋지 않은 승객이 나올 경우에는 의무실에 의사가 대기하고 있다는 것, 그리고 응급 상황에서는 근해에 마련된 소형선으로 의료기관까지 이송될 것이라는 내용을 전했다.

"그러면, 가지고 계신 키트 내부를 확인 부탁드립니다. 문제지와 답안지가 각각 4매, 사진과 도면, 티켓이 각 1매씩 들어 있습니다."

손에 들고 있던 키트를 열었다. 클리어파일 가방 안에 B5 용지가 들어 있었다. 문제지에는 각 문항이 인쇄되어 있지만, 아직 무슨 뜻인지 이해하기 어려운 게 많았다. 분명, 한 문제씩 풀 때마다 힌트를 얻는 방식이겠지.

답안지는 좁고 긴 형태의 직사각형으로 'A1', 'A2' 등의 문항 번호가 표시되어 있고, '잘못 기재했거나, 손상된 경우 재교부해 드리오니, 직원에게 문의 주십시오.'라고 적힌 안내문이 적혀 있었다.

티켓은 이 이벤트의 입장권이다. 이번 베타 테스트에서는 초청장이 티켓 대신이었지만, 실전에서는 이 티켓을 구입해 입장하라는 설명이 있었다. 티켓은 실제 여객선 탑승 티켓을 모방한 디자인이지만, 배의 이름은 작품 속에 나오는 이름으로 되어 있다. A4 용지를 3등분한 디자인으로, 앞면에는 이벤트의 제목과 안내, 플레이어 이름이, 뒷면에는 'memo'라는 글씨가 좌측 상단에 쓰여 있고 줄이 그어져 있었다.

배의 도면도 있었다. 최상 갑판부터 상갑판, 제2, 제3갑판의 도면이 종이 한 장에 정리되어 있었다. 플레이 구역이 표시되어 있고, 각 객실과 기관실 등은 출입 금지로 되어 있었다.

"동봉된 사진은, 첫 번째 문제와 관련된 것입니다. 잠시 후 확인 부탁드립니다. 그리고 설문지도 한 장 들어 있습니다. 이것도 함께 부탁드리겠습니다."

다음으로 남자는 단상에 있는 철제 상자를 가리켰다.

"플레이어 여러분은 1번부터 4번까지 각 문제 및 최종 문제인 '범인은 누구인가?'에 대한 답을 해 주시기 바랍니다. 각 문제의 해답은 최종 문제에 대한 힌트도 되므로 순서대로 푸는 것을 추천 드리겠습니다.

문제 1번부터 4번까지의 해답은, 이 홀 안에 설치된 사무국 부스에 제출해 주십시오. 1번 문제의 답을 제출하시면, 2번 문제의 힌트를 전달해 드립니다. 지금 가지고 계신 동봉 사진과 같은 것이죠. 이것을 순서대로 반복하여, 최종 문제에 답을 내기 위한 단서를 모아 주시기 바랍니다. 더불어, 문제 1번부터 4번까지는 몇 번이고 다시 제출할 수 있으므로, 탈출 게임에 익숙하지 않은 여러분도 적극적으로 문제를 풀어 주시기 바랍니다.”

나는 손에 든 답안지를 내려다보았다. ‘재교부’라는 건 그런 의미였구나.

“또한, 최종 문제는 해답 제출처가 달라집니다. 최종 문제의 해답은 단상에 있는 응모함에 넣어 주시기 바랍니다. 그리고 여기에는 단 한 번만 해답 제출이 가능하오니, 신중하게 풀이해 주십시오. 여러분이 제출하셔야 할 것은 유일무이한 답과 그 답이 나온 이유입니다.

복수의 답안지를 제출해 주신 경우에는 가장 처음에 제출하신 것만 유효하게 취급합니다. 답안지는 응모함 안에서 한 장씩 차례대로 쌓이기 때문에 제출 순서를 알 수 있게 되어 있습니다. 답안지에는 이름이 기재되어 있어, 부정행위는 불가능하고요⋯⋯.”

남자는 연극적인 몸짓으로 고개를 저었다.

"최종 해답 제출은 내일 오후 2시에 마감하도록 하겠습니다. 지금부터 약 20시간 후입니다. 그 뒤, 오후 4시부터 해결 편 영상의 상영 및 결과 발표와 시상을 하고, 폐회할 예정입니다. 최우수상부터 특별상까지 다양한 상이 준비되어 있습니다. 각 문제에 대한 해답 상황, 해답 내용, 문제 풀이 속도 등을 근거로, 엄정한 심사를 통해 결정됩니다. 배점에 대해 먼저 말씀드리면, 1번부터 4번까지는 각 5점, 최종 문제는 80점입니다. 1번부터 4번까지 문제에 대하여 여러 번 해답을 제출한 분의 경우, 최종적으로 정답을 제출했다면 점수를 획득하는 것으로 봅니다. 각 용지에는 플레이어의 이름이 인쇄되어 있으므로, 사무국에서 취합하여 집계하게 됩니다.

최종 문제의 배점이 상당히 높습니다만, 해답에 다다른 근거, 눈치챈 힌트 등도 채점 대상이 되므로, 알아차린 점에 대해 최대한 적어 주시면 좋겠습니다."

요컨대, 모든 플레이어가 5점×4문항의 20점까지는 당연히 얻을 수 있다는 거다. 최종 문제의 답안을 얼마나 써 내려갈 수 있는가, 얼마나 신속하게 정답에 이를 수 있는가로 승부가 갈린다.

"그러면." 하고 남자가 말을 이었다.

"어질어질한 미궁 속으로 발을 들여놓으실까요. 이제부터 탈출 게임 '명탐정 사쿠라기 게이마, 호화 여객선에서의 탈출!'을 시작하겠습니다."

홀에 박수 소리가 울려 퍼졌다.

"야, 의외로 잘 만든 것 같은데."

가이토가 옆에서 말을 걸었다. 입꼬리가 씩 올라가 있다.

"대결에 어울리는 무대네."라고 대답하고는 나도 애써 웃었다.

"형들 사이좋구나."

스구루의 말에 "그냥 같은 반 친구야."라고 내가 대답했다.

"오늘 규칙 설명에서, 최종 문제 답안지에 대한 얘기 있었어?"

뒤에서 아까 그 대학생이 말하는 소리가 들렸다.

"키트 안에서 사용할 만해 보이는 건, 탑승 티켓 뒷면인 것 같은데. A4 사이즈에 전체적으로 줄도 그어져 있고, 이름도 인쇄되어 있어."

"엇, 티켓을 집어넣는다고? 나, 이런 거 모으는데."

"키트도 조끼도 가져갈 수 있으니까 기념품은 이걸로도 충분하지."

그러고 보니 답안지에 대해 명확하게 언급하지 않은 건 신경 쓰인다. 기억해 둬야지.

"앗!"

그때 스구루가 음료수 잔을 쓰러뜨렸다. 가이토의 키트에 주스가 쏟아지는 바람에 용지가 푹 젖어 버렸다.

"아앗, 죄송해요!"

스구루가 큰 소리로 사과했다. 나도 형으로서 동생의 불찰을 사과했다.

직원이 재빠르게 다가와, "교체해 드리겠습니다." 하고 작게 말했다. 5분쯤 후, 설문지를 포함하여 새것으로 교환받은 가이토는 가슴을 쓸어내렸다.

"어떻게 될까 궁금했거든. 설문지에까지 이름이 적혀 있으니까. 아무래도 내 이름으로 한 번 더 출력해 준 것 같아."

"정말로 죄송해요."

"사과할 것 없다니까. 어찌 됐든 잘 해결됐잖아."

가이토가 웃으며 말하자, 스구루는 겨우 안심하는 얼굴이 됐다.

"스구루 너는 정말 둔하다니까. 주변을 잘 살피란 말이야."

"⋯⋯미안해, 형."

스구루가 내게 고개를 숙였다. 친구 앞에서 이럴 일은 아니라는 생각에 겸연쩍어 고개를 돌렸다.

이런, 앞일이 걱정이다.

어째서 이런 날 가이토 같은 애랑 만나야 하는 거지?

마사루(형) 오후 9시

게임 시작 3시간 후

살해 현장으로 설정된 선실을 찾아갔다.

사건의 개요는 이렇다. 추리 작가 후토 레이루가 자신의 방에서 살해되었고, 미발표 원고가 도난당했다. 용의자는 편집자 A, 후토의 아내 B, 후토의 광팬 C 이렇게 세 명. 플레이어, 즉 명탐정 사쿠라기는, 후토의 방을 방문하여 단서를 찾고, A~C의 방을 방문하여 증언을 모으는 것이 대략적인 흐름인 듯하다.

현장은 제2갑판에 있는 B급 선실 중 하나다. 복도 끝에 위치한 방으로, 이 방 왼쪽에는 한 층 위에 있는 상갑판으로 향하는 계단이, 오른쪽에는 다른 객실이 있고 반대편 복도 끝에는 아래층의 제3갑판으로 내려가는 계단이 있다.

방 앞에는 많은 플레이어들이 모여 있었다. 스폰서로 보이는 남자들이 "좀 다른 장소를 현장으로 삼는 게 낫지 않을까요.", "넓은 방이 아니면 힘들겠는걸. 아니면 관람 시간이 겹치지 않게 조정하거나." 하는 대화를 나누는 사이를 나는 헤치고 지나갔다.

실내에는 책상과 서랍, 옷장, 침대가 있었다. 후토의 시신 역할을 하는 인형은 책상에 엎드린 채, 얼굴은 왼쪽을 향하고 있다. 머리에는 빨간색 물감이 칠해져 있고, 가까이에 유리 재떨이가 떨어져 있었다. 손 밑에는 원고지 한 장이 놓여 있다. 잘 들여다보니, 문장이 또박또박 쓰여 있어, 아무래도 이게 미발표 원고 중 한 장이라는 설정인 듯하다. 범인은 후토를 살해한 뒤, 이 한 장만은 현장에서 회수하지 못했나 보다.

원고지 내용을 쓱 훑어보니, 단편 소설의 일부라고 해도 될 만한 것이었다. 이 게임, 의외로 공을 많이 들였는걸.

【그림 ①】

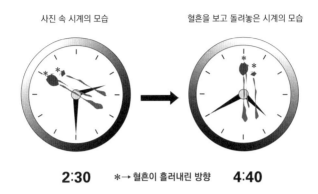

사진 속 시계의 모습　　　　　　혈흔을 보고 돌려놓은 시계의 모습

2:30　　＊→ 혈흔이 흘러내린 방향　　4:40

　책상에서 시선을 떼어 위쪽을 보니, 벽에 원형 흔적이 있다. 벽시계는 없고, 흔적이 있는 곳의 우측 하단에 커다란 사진이 걸려 있다. 처음에 나눠 준 사진 속 시계 부분을 확대한 것이었다.

　언뜻 보니 시계는 2시 30분을 가리키고 있는 듯 보이지만, 시계에는 혈흔이 튀어 있다. 피는 오른쪽 아래 방향으로 비스듬히 흘러 있었다. 범인이 후토의 머리를 가격했을 때, 피가 시계의 문자판에 튄 것이다. 피는 중력에 의해 수직으로 흘러내리게 되어 있다. 오른쪽 아래 방향으로 흐를 리가 없다. 진행 요원에게 각도기를 빌려(준비되어 있었다는 건, 각도기가 필요할 것임을 예상했다는 얘기다.) 긴바늘과 짧은바늘의 내각을 재어 보니 2시 30분일 때와는 차이가 있어, 살해 후 시계의 각도가 틀어졌음을 알 수 있다.

혈흔이 수직으로 흘러내리는 모양이 되도록 시계를 회전시키자, '4시 40분'이라는 시간이 나타났다. 따라서 이게 범행 시각인 것이다. 나는 답안지에 그 시각을 적었다.

방 앞으로 나온 순간, 정면 복도 벽에 커다랗게 햇볕에 그을린 자국이 있는 게 눈에 들어왔다. 가로 30센티미터, 세로 60센티미터 정도의 사각형 흔적이 하얗게 남아 있는 곳에 그림 액자라도 걸려 있었던 것 같다. 이번 이벤트를 위해 급하게 인테리어를 변경해야 했나 보군. 고생했겠다.

홀에 있는 직원에게 답안지를 제출하러 가자, 이미 많은 사람들이 줄을 서 있었다. 1번 문제의 난도는 낮았다. 실패하는 사람은 없겠지.

"그러면 다음 문제를 진행해 주시기 바랍니다."

선원 복장의 직원이 미소를 지으며, 두 번째 문제의 힌트를 건넸다.

"이카리 가이토 님."

나는 고개를 끄덕였다. 어색하게 보이지 않았을까.

내가 아닌 다른 사람인 척을 하는 건 어려운 일이다. 그런 점에서 사쿠라기는 정말 대단하네. 이런 쓸데없는 생각을 하면서, 나는 가이토 행세를 하며 게임에 참가하고 있다.

스구루(동생) 오후 10시 30분

게임 시작 4시간 30분 후

"우리를 납치할 거라고 말했어요."

가이토 형의 얼굴이 하얘지더니, 입술이 떨렸다. 놀랐다는 걸 알 수 있었다.

나는 계속해서 살해당할지도 모른다는 둥 불안을 호소했다. 배 안에는 독특한 흔들림이 있어서, 처음으로 배를 타 보는 나는 속이 좋지 않았다.

가이토 형은 잠시 동안 뭔가를 곰곰이 생각하는 듯한 표정을 짓고 있었다.

그러고는 갑자기 벌떡 일어나, 방 안을 서성였다.

"왜, 왜 그러세요, 형?"

"이런 곳에선 당장 빠져나가야 해."

가이토 형은 힘주어 잘라 말했다. 그 눈은 번쩍번쩍 빛났고, 사명감에 불타는 듯 보였다.

주머니에 손을 넣고는, 우선 휴대전화를 꺼냈다. 전원을 켜는 데 시간이 걸려 혀를 찬다.

"⋯⋯이런, 틀렸어. 전원은 켜졌는데, 전화가 터지질 않아."

"제 것도요." 하고 대답하자 가이토 형은 웃었다.

"괜찮아. 나만 믿어, 스구루. 나 머리 쓰는 게 특기니까."

싱긋 미소를 지어 준다. 자기도 불안할 텐데, 내 기운을 북돋 우려고 용기를 쥐어짜 내는 거겠지. 가이토 형에게 호감이 갔다.

"인테리어를 보니 이 방은 C급 선실인 것 같아. 제3갑판 끝 쪽 이야."

앗, 하더니 가이토 형이 키트를 열고는 "여기 있다. 이 배의 도 면이야. 이걸로 확인해 보자." 하고 말했다. 나는 가이토 형의 손이 가리키는 곳을 들여다보았다.

"제3갑판 어디쯤인데⋯⋯. 객실 안은 모두 플레이 구역 외의 장소로 되어 있으니까⋯⋯ 앗." 가이토 형이 제3갑판의 도면 우 측 하단을 가리켰다. "여기가 수상해. 굳이 '출입 금지'라고 써 놓고, 크게 ×표시를 해 놨어."

"왜 여기만 구별해 놨을까요? 근처 다른 방은 평범하게 사용 하는데."

"아마도, 이 방에 접근하지 못하는 데에는 게임과 관련된 의미 가 있을 거야. 그 의미가 뭔지까지는 모르겠지만⋯⋯. 어쨌든, 범인들이 이 방을 이용할 생각을 한 건 틀림없는 것 같아."

"앗."

그렇구나, 하며 무릎을 탁 쳤다. 이곳에 우리를 가둬 놓으면, 플레이어도 스태프도 접근하지 않을 게 분명하다.

"이 방은⋯⋯ 도면에 따르면, C13호인 것 같네."

이렇게 말하고 가이토 형은 왠지 히죽히죽 웃기 시작했다. 솔직히 좀 이상해 보였다.

"가, 가이토 형?"

"아, 아아. 미안."

그는 눈을 끔벅하더니, 얼버무리듯 말했다.

"옛날 미스터리 명작 단편 중에, 잭 푸트렐이 쓴 〈13호 독방의 문제〉라는 게 있거든. '생각하는 기계(The thinking machine)'라 불리는 탐정이 '머리를 잘 쓰면 불가능할 게 없다'는 자신의 주장을 증명하려고 교도소 독방에 들어가, 오직 생각하는 능력만을 이용해 탈출하는 이야기인데, 선실 번호를 보고 그게 생각나서. 마치 내가 '생각하는 기계'가 된 것 같아서 말이야."

나는 우리 형에게 가이토 형에 대해 들은 적이 별로 없다. 하지만 적어도 중증의 미스터리 오타쿠라는 건 알 수 있었다.

나는 갑자기 불안해졌다. 우리 정말로 살아 나갈 수 있을까?

"생각해 보니, 배라는 것도 괜찮네. 잭 푸트렐이 타이타닉호에서 최후를 맞았거든. 맥스 앨런 콜린스나 와카타케 나나미가 그걸 주제로 장편을 쓰기도 했지. 탈출 게임 자체의 시나리오만 봐도, 추리 작가가 그런 이름●인 걸 보면, 푸트렐을 의식한 게 틀림없어……. 꽤 괜찮은걸……. 후끈 달아오르는데."

가이토 형은 어딘지 들뜬 표정으로 선실 안을 조사하기 시작했다. 조금 전까지 하얗게 질려 있던 게 거짓말 같다.

● 푸트렐(Futrelle)을 일본식으로 발음하면 '후토레이루'가 된다.

나는 내심 어이가 없었다.

C급 선실은 책상에 침대, 옷장과 서랍이 있을 뿐인 간단한 구조다. 복도로 이어진 문이 하나, 샤워실과 화장실로 통하는 문이 각각 하나씩 있다. 선창은 있지만 고정되어 있고, 게다가 밖은 바다다.

탈출 수단은 없다.

"앗, 가이토 형, 전화기가 있어요."

나는 책상 위에 놓인 전화기에 달려들었다. 배 안에서만 연락되는 내선 전화인 듯하다. 힘차게 집어 들어 귀에 갖다 대니, 아무것도 들리지 않는다.

"소용없어."

가이토 형은 쭈그리고 앉아서 뭔가 케이블 같은 것을 손에 들고 있었다. 케이블의 단면이 깔끔하게 잘려 있었다.

"전화선이 잘려 있어. 예리한 날붙이로 자른 솜씨네. 범인들도 이런 건 놓치지 않아."

가이토 형은 고개를 저었다.

"자, 그러면…… 일단, 탈출 수단인가. 도움을 청할 수단을 찾아 봐야겠네."

가이토 형이 복도로 통하는 문으로 향했다. 밖으로 밀어서 여는 문이다. 문에는 도어 스코프가 있지만, 구멍으로 내다봐도 바깥쪽은 완전히 캄캄하다. 방 앞을 뭔가로 막아 놓은 걸까.

잠겨 있지는 않았다. 손잡이는 돌아가는데, 문이 열리지 않는 거다.

"이얍!"

가이토 형이 반동을 주어 문에 몸을 힘껏 부딪쳤지만, 꿈쩍도 하지 않았다.

"힘껏 부딪쳤더니 경첩 부분이 살짝 뜨네……. 하지만 종이 한 장 통과할까 말까 한 틈이야."

"가이토 형, 저도 할게요."

"아니야, 관두는 게 나아. 다친다고." 가이토 형은 얼굴을 찡그리며 말했다. "문 바깥쪽에 뭔가 무거운 게 놓여 있는 것 같아. 창고처럼 보이도록, 문 앞에 물건을 마구 쌓아 둔 게 아닐까. 바리케이드 대신."

"그럴 수가. 그러면, 여기서 나갈 방법은 없는 건가요?"

"그 방법을 지금 찾는 중이지."

말은 그렇게 하지만, 밖으로 통하는 곳은 복도 쪽으로 난 문뿐이다. 둘에서 침대를 옮기고, 가이토 형이 침대 위에 올라가 천장의 환기구를 살폈다. 방에서 찾은 비상용 손전등을 들고, 환기구에 머리를 들이밀었다.

"지나갈 수 있겠어요?"

"안 돼."

가이토 형은 환기구에서 얼굴을 빼내고는 연신 콜록거렸다.

"내 체격으로는 어깨가 걸려. 스구루 너라면 들어갈 수 있을지도 모르지만, 통로가 수직으로 길어서 그다지 기어오르지도 못할 것 같아."

저 안으로……. 환기 덕트를 혼자 통과해 가는 모습을 상상하자, 나도 모르게 몸이 떨렸다.

"지금부터 소리를 크게 지를 거니까, 놀라지 마."

가이토 형은 그렇게 말하고는 심호흡을 하며 가슴을 젖히더니, 큰 소리로 환기구를 향해 소리쳤다.

"도와주세요!"

목소리가 얼마간 메아리쳤다. 돌아온 건 침묵이었지만, 무슨 소리가 들려올 리도 없다.

"어딘가로 이어져 있는 게 분명한데, 곧바로 반응이 오진 않는 건가."

가이토 형은 화장실과 욕실의 배수 파이프도 살펴보는 듯했지만, 도저히 사람이 드나들 순 없었다.

가이토 형은 수수께끼 풀이 키트가 든 클리어파일 가방을 둥글게 말아, 천장을 쿡쿡 찌르기 시작했다.

"뭐 하시는 거예요?"

"천장에 약한 부분은 없나 하고. 부술 수 있을까 해서."

"부순다니……."

"부수고 밖으로 나가는 거지. 합리적이잖아?"

난폭한 것 아닐까, 하고 나는 좀 놀랐다. 적어도 내가 좋아하는 방식은 아니다.

가이토 형은 서랍을 열고 쓸 만한 물건이 없는지 살펴봤다. 그러고는 그 안에서 셀로판테이프, 가위, 메모장을 찾아냈다.

"우선 종이는 확보했네."

나는 당황했다. 가이토 형이 뭘 생각하고 있는지 알 수 없었다. "가이토 형." 하고 불렀더니 형이 대답했다.

"걱정 마. 내가 반드시 여기서 꺼내 줄 테니까. 스구루 너는 수수께끼 풀이 키트를 열어서, 할 수 있는 데까지 풀어 보고 있어."

나를 안심시키기 위해 마음을 딴 데로 돌릴 무언가를 하게 하려는 거겠지. 하지만 나도 그렇게 어린애는 아니다.

"가이토 형……."

"하지만 납치라니 역시 이상하단 말이야."

가이토 형이 빠르게 말했다. 나에게 말한다기보다는 혼잣말을 하는 것처럼 보였다.

"우리를 납치한 사람은 복장으로 봐서 선원인 것 같은데. 배 안에서 납치라고? 리스크가 너무 크잖아. 도망칠 곳도 없고, 몸값은 어떻게 받으려고?"

자신을 둘러싼 상황에 흥미가 솟아오르나 보다. 나는 그 당시 상황을 곰곰이 생각해 내고는 말했다.

"그러니까…… 그때 그 선원들은, 우리를 가둬 두라고 말했어요. 그리고 '얘네들 아빠에게 연락해서, 몸값을 요구할 거야.'라고 했고요."

"잠깐, 잠깐만."

가이토 형은 놀란 표정이었다.

"'얘네들 아빠'라니? 무슨 소리야? 너랑 나는……."

가이토 형은 거기까지 말하다 퍼뜩 눈치를 채고는 말을 멈췄다.

"설마?"

"아……. 맞아요."

내가 고개를 끄덕였다.

"가이토 형을 우리 형으로 착각하고 납치한 거예요."

2. 두 번째 문제

마사루(형) 오후 10시 45분

게임 시작 4시간 45분 후

답안지를 다시 받을 수 있다는 건, 스구루가 주스를 엎질렀을 때의 소동으로 확인했다.

나와 착각해서 가이토가 납치되었다. 그 '사태'를 알아차렸을 때, 내가 가장 먼저 한 일은 가이토 행세를 하는 것이었다.

다행히 조끼와 모자를 착용하고 있어서, 어둠침침한 곳에서는 복장이나 얼굴의 차이를 구별하기 쉽지 않다. 나이도 같고 체격도 비슷해서 의심받지 않을 거다. 가이토의 이름으로 답안지 재발행을 요청했을 때도, 특별히 의심받지 않았다.

당당하게 행동하면 돼.

나는 스스로를 다시 한번 타이르며, 2번 문제에 도전했다. 절대 눈에 띄지 말자. 이 게임에서 눈에 띄지 않으려면, 너무 앞서 나가지 않고, 그렇다고 너무 뒤처지지도 않아야 한다. 계속해서 1번 문제를 풀고 있으면, '초청 플레이어'로서는 아무래도 부자연스럽다.

2번 문제는 난도가 높진 않지만 번거로웠다.

'문제 2. 사건 현장인 선실 근처에는, ㉮, ㉯, ㉰, ㉱ 네 명의 탑승객이 있다. 그러나 이 가운데 한 사람은 진범에게 매수되어 위증을 했다고 한다. ㉮~㉱ 중 누가 거짓말을 했을까?'

아까 그 대학생 두 명이, 이 문제에 대해 얘기하고 있었다.

"평범한 논리 퍼즐이야. 모순된 증언을 찾아서 대조해 보면, 누구 말이 거짓인지 드러나지."

"네 명의 증언은 배 안을 돌아다니면서 얻어야 하는 거니까, 오락성은 담보돼 있지. 직접 발로 뛰어 단서를 모으는 건 '마치

【그림 ②】

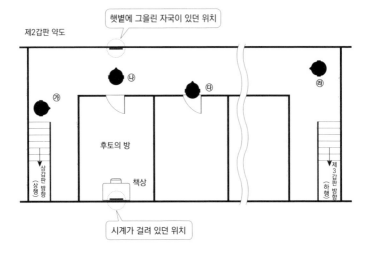

제2갑판 약도

햇볕에 그을린 자국이 있던 위치

후토의 방

책상

상갑판 방향 (상행)

제3갑판 방향 (하행)

㉮ ㉯ ㉰ ㉱

시계가 걸려 있던 위치

아소비*'에서 하는 방식을 도입한 거 아닌가."

"발로 뛴다고 하지만, 네 명이 서 있는 위치는 지도에 표시돼 있어. 지나치게 친절한 설계야. 직접 부딪치는 맛이 없네."

두 사람이 혹평하긴 했지만, 확실히 쉬운 문제이긴 하다.

1번 문제의 해답을 사무국 부스에 제출할 때, 종이 한 장을 건네받았다. ㉮~㉱ 네 사람이 서 있는 위치를 표시한 그림이었다. 그 위치 또는 그림을 따라 움직이며 얻은 각 증언은 다음과 같다.

● マチ★アソビ. 애니메이션, 게임 등 엔터테인먼트 종합 이벤트로, 도쿠시마현에서 봄, 가을에 개최되며 각종 엔터테인먼트 기업과 성우들이 대거 참여한다고 함.

㉮ "도주하는 범인을 봤어요. ㉰ 님은 다치지 않았나요?"

㉯ "범인이 등 뒤에서 부딪쳐 왔어요! 진짜 놀랐다니까요!"

㉰ "방을 나서려다가, 범인 놈에게 발을 콱 밟혔다고요! 내 방에 숨겼다고? 웃기는 소리 하지 말라 그래!"

㉱ "범인이 방에서 나와서 ㉯ 님 등에 부딪치는 걸 봤어요. 그러고는 내가 있는 쪽으로 다가와서, 몸을 움직일 수가 없었다고요. 어우, 무서워."

㉮의 증언만 읽으면, 범인은 ㉱가 서 있던 내려가는 계단 쪽으로 도주한 것으로 보인다. 그러나 ㉮가 서 있는 위치에서 ㉰가 발을 밟히는 모습이 보일 수는 없다. 여기까지 검토하면, 거짓 증언을 하는 게 ㉮라는 건 쉽게 알 수 있다.

또, 논리 퍼즐의 정석을 이용해도 풀 수 있다. ㉱의 증언 중에 ㉯의 모습이 언급되고 있으므로, ㉱의 말이 참이라면 ㉯의 말도 참이 된다. 그렇다면 거짓말쟁이는 ㉮ 또는 ㉰가 되겠지만, ㉯와 ㉱가 참이라면 도주 경로는 ㉯가 있는 곳에서부터 ㉱가 서 있는 위치가 되기 때문에 모순이 없다. 따라서 ㉰가 발을 밟혔다는 증언은 참이다. 남아 있는 ㉮가 거짓을 말한 거다.

증언은 정해진 위치에 배포된 카드로 수집한다. 지도가 유도하는 대로 따라야 하므로 시간이 걸리지만, 수집하고 보면 대단한 건 없다. 흔한 거짓말쟁이 수수께끼이다.

거짓말쟁이.

나 자신을 생각하니 조소가 나온다. 이 배 안에서 최고의 거짓말쟁이는 분명히 나다.

아니, 내가 고용한 선원들도 거짓말쟁이들이다. 맡겨 주십시오, 어쩌고 하면서 중국어로 말했지만, 결국 실패했잖아.

선원들에게는 나와 동생을 납치해 달라고 의뢰했다.

그런데 그들이 멍청하게 실수를 한 것이다.

데크에 나가자, 저녁 바람이 기분 좋게 뺨을 어루만졌다. 검은 바다에 잔물결이 일고 있었다. 데크 위에 있는 수영장에는 야간용 조명이 밝혀져 있었다. 칵테일 잔을 든 어른들이 풀사이드에서 담소를 나누고 있다. 야간 수영장의 운치다. 바다 위에서 수영이라니. 호사스럽다.

데크 난간에 기대어 밤하늘을 올려다본다.

후우, 하고 긴 숨을 내뱉었다.

……지금쯤, 집사인 마스다가 아빠에게 사진을 보여 주고 있겠지. 결박된 채 재갈을 물고 있는 내 사진, 즉 납치된 '척'하며 미리 찍어 둔 사진이다. 마스다가 '납치범이 보내온 사진'이라고 말하면, 아빠는 곧이곧대로 믿을 거다. 마스다는 아빠가 거느린 사람들 중 가장 고참으로, 아빠의 신뢰도 두텁다.

사실 알고 보면 우리 형제와도 가장 친분이 깊다.

납치범인 척 아빠에게 특정 비트코인을 여러 거래소에서 대량

구매하게 해서, 가격을 급등시킨다. 들어가기에 늦었다고 생각했던 코인 투자자들도 구입해서 급등을 도와주겠지. 비트코인은 주식보다도 유동성이 높아 바이어 한 사람이 큰 영향을 줄 수 있는 세계다. 그렇게 해서 급등한 시점에 내가 판다. 이렇게 해서 생긴 수익은 선원들과 나눌 예정이다……. 이런 계획이었다.

그런데, 그 계획이 어떻게 된 거지?

내가 계획한 납치 자작극 시나리오는 완전히 틀어졌다.

그러나 조급하게 굴 필요는 없다. 돌발 상황의 대응도 완벽하게 준비했다.

어차피 그 방에 갇혀 있는 가이토와 스구루는 아무것도 할 수 없다…….

나는 혼자 싱글벙글했다. ㉣의 증언이 적힌 카드는 그림 속 위치에서 떨어진 제3갑판에 놓여 있었다. 카드를 가지러 내려갔을 때가 생각났다.

그때 그 대학생 두 사람이 뭔가 의논을 하고 있었다. 제3갑판은 C급 선실이 있는 층이다.

"저기, 지금 이상한 소리 나지 않았어? '구해 줘요!' 하는 소리 말이야."

"하지 마, 무섭잖아."

"하지만, 방금 내 방에 들어갔을 때도 '구해 줘요' 하는 목소리가 들린 것 같았거든. ……아, 좀 무섭네. 무슨 일 일어난 거 아니야?"

설마, 근처에 가이토와 스구루가 있는 건가? 나는 숨이 막혔다.

당연하게도 두 사람이 얌전히 갇혀 있을 리가 없다. 도움을 청할 게 뻔하다.

"아니, 이 방 좀 봐 봐. '출입 금지'라고 써 붙어 있고, 도면에도 ×표시를 해 놨잖아. 그런 방에서 목소리가 들렸으니까, 이건 게임 상의 설정이야."

"그래도……."

"적당히 좀 해. 생각을 너무 많이 한 거야. 이런 게임이 한창 진행 중이잖아. 도대체, 탈출 게임 도중 사건이 일어나다니, 그게 말이 되냐."

대학생의 목소리가 조금 커졌다.

"……그럴지도 모르겠네. 뭐 목소리도 내 기분 탓인지도 모르고 말이야."

나는 휴, 하고 가슴을 쓸어내렸다. 이런 게임이니까……. 그렇군, 이런 식으로 숨기는 방법이 있었네.

당당하게 행동하면 되는 거야. 들키는 일은 없어.

"이카리 가이토 님."

그때, 뒤에서 이름이 불렸다.

흠칫하며 몸이 떨렸다. 돌아보니, 정장을 입은 여자가 서 있었다.

"이카리 가이토 님……. 되시지요? 조금 전 해답 부스에 오셨던."

"아, 네. 맞습니다."

그녀는 볼펜을 내밀었다.

"아까 물건을 두고 가셔서요. 전해 드리려고 왔습니다."

"아, 아아……. 그런가요. 정말 감사합니다……."

나는 모자를 깊숙이 고쳐 쓰고, 볼펜을 받아 들었다. 여자가 떠난 뒤에도, 여전히 심장이 쿵쿵 고동치고 있었다.

그때, 선실 쪽에서 쿵, 하고 둔탁한 소리가 들렸다.

또 화들짝 놀랐다.

문틈에서 종이 한 장이 팔랑이며 떨어졌다.

가이토와 스구루인가? 나는 주위에 아무도 없는 걸 확인하고 종이를 집어 들었다.

'마사루에게'

수신인의 이름을 읽고 나자, 내가 눈앞에 있는 걸 들켰나 하고 진심으로 떨렸다. 그러나 알 턱이 없다. 이쪽의 모습을 엿보고 있을 리가 없으니까. 이 종이를 주운 누군가가, 나에게 전해 주기를 기대하고 있는 거겠지.

종이의 내용은 나에게 도움을 청하는 것이었다.

킥킥, 하고 조그맣게 웃었다.

뭐야.

주먹을 쥐어 손 안의 종이를 구겼다.

아까부터 소리도 쳐 보고, 여러 가지 해 보는 중인 듯하지만,

결국 나에게 도움을 구할 정도로 궁지에 몰렸다는 거잖아. 방금까지 겁이 났던 게 바보같이 느껴졌다.

내가 흑막이라는 사실마저 가이토는 알아채지 못하겠지…….

가이토, 이번엔 내가 이겼어.

나는 이 납치극을 반드시 성공시킬 거다.

스구루(동생) 오후 11시

게임 시작 5시간 후

"나를 마사루로 착각했다고?"

가이토 형은 순간 멍한 표정을 지었지만, 이내 눈을 크게 뜨고 콧김을 거칠게 내뿜었다. 그러고는 몇 번이고 고개를 크게 끄덕이기 시작했다. 고장 난 호두까기 인형 같았다. 꽉 닫힌 선실 안을, 가이토 형은 초조한 듯 서성이기 시작했다.

"그랬군. 그랬던 거야. 그러면 말이 되지."

"하지만, 착각하는 게 말이 되나요? 물론 지금 그 일이 일어나 버리긴 했지만……."

"있을 수 있지." 가이토 형은 뺨에 홍조를 띠며 말을 이었다. "아마 납치범은 대상, 즉 마사루의 나이와 체격, 사진 정도의 정보밖에 없었을 거야. 나랑 마사루는 같은 학년이고 체격도 비슷해. 복도는 어둠침침했으니까 제대로 확인하지 못한 거야."

"고작 그걸로 착각했다고요?"

"원인은 더 있어. 예를 들면 너도 그중 하나지."

"제가요?"

"납치범은 마사루에게 동생이 있다는 걸 알고 있었어. 그래서 너와 함께 있던 내가 형인 마사루라고 그 자리에서 단정 지은 거지.

그리고 범인이 착각한 가장 큰 이유는, 지금 우리가 몸에 걸친 조끼와 모자야."

"앗." 하는 소리가 내 입에서 나왔다.

"모두가 같은 차림을 하고 있으니 구별해 내기 어려운 거지. 게다가 모자를 푹 눌러쓰면 얼굴을 확인하기 힘들어. 나와 마사루는 둘 다 초청 플레이어니까, 똑같이 자수가 들어간 모자를 쓰고 있었고 말이야."

"그렇네요……. 여러 가지 요인이 겹치고 겹쳐서, '납치 실수'가 일어난 거군요."

가이토 형은 고개를 끄덕이고는 심각한 표정으로 고개를 숙였다.

나는 나 자신이 가이토 형을 이런 사태에 끌어들였다는 데 생각이 미쳐, 미안해졌다. 동시에, 범인들이 실수한 걸 깨닫고 벌컥 화를 낼지도 모른다는 두려움에 몸이 움츠러들었다. 억센 남자들이 폭력을 휘두른다면 어린애인 나는 어찌할 도리가 없다.

"야……. 무서워할 것 없어. 내가 반드시 어떻게든 해 볼게."

가이토 형의 목소리가 조금 떨렸다. 나처럼 무서운 거다.

그때, 내 배 속에서 커다란 소리가 났다. 거침없이 꼬르륵, 하는 소리에 민망해져서 배를 눌렀다.

가이토 형이 살짝 웃으며 말했다.

"그러고 보니, 배고프네. 수도가 있으니 물 걱정은 없는데, 납치범들은 먹을 걸 가져다줄 생각은 없는 건가……."

"……앗!"

나는 주머니에 손을 넣었다.

그러고는 초코바, 견과류, 쿠키가 든 봉지를 줄줄이 꺼냈다.

"간식으로 먹으려고, 라운지에 있는 과자들 좀 챙겨 놨거든요……. 같이 드실래요?"

"이렇게 많이 갖고 있었다니. 보기와 다르게 식탐이 있잖아."

가이토 형이 웃길래 "놀리면 안 줄 거예요!"라고 받아쳤다.

초코바는 두 개라서 하나씩 먹었다. 장기전이 될지도 몰라서, 다른 간식들은 아껴 두었다 먹기로 했다. 머릿속에 식당 뷔페가 떠올랐다. 얼마나 호화스러운 요리가 나오려나. 이렇게 화려한 배니까 분명 맛있는 게 나왔겠지. 상상하는 것만으로도 군침이 나올 것 같았다. 동시에 맛있는 저녁을 앗아간 사람들이 원망스러웠다.

"어떻게 해야 우릴 구하러 올까요……."

"범인도 살피러 오지 않으니까, 외부와 접촉할 기회만 있으면……."

밖에서 목소리가 들렸다. 남자 두 명이었다. "범인이 돌아왔어!" 하고 내가 외쳤다. 가이토 형을 둘러싼 분위기가 바뀌었다. 문 쪽으로 예리한 시선을 보내며, "너무 빨라." 하고 중얼거렸다.

문밖에서 남자들의 대화가 들려왔다. "여기 있네……. 카드……." 목소리가 흐릿해서 띄엄띄엄 들리기만 했다.

대화 내용으로 보아 게임 참가자인 걸 알 수 있다. 몸에서 힘이 빠졌다.

"아무래도 이 근처에 참가자들이 지나다니는 체크 포인트가 있나 보네."

가이토 형이 말했다. 그러고는 일어나 문 앞으로 갔다. 주먹으로 문을 쿵쿵 두드리며 "구해 줘요!"라고 몇 번 외친다. 그러나 돌아오는 건 정적뿐이다.

둘이서 문에 귀를 갖다 댔다. 소곤소곤하는 목소리라 알아들을 수가 없다. 무슨 얘기를 하는 거지?

"적당히 좀 해……. 이런 게임이 한창 진행 중이잖아……. 도대체, 탈출 게임 도중 사건이 일어나다니……."

한쪽 남자의 목소리가 갑자기 커졌다. 실랑이를 하다가 한쪽이 끝내 참지 못한 거겠지.

몸에서 힘이 쭉 빠졌다.

"게임이 진행 중이라서……인가. 두 명이니까, 한쪽이 '누군가 구해 달라고 소리쳤다'고 말한 것 같아. 그런데, 또 다른 한 명에게 무시당했어."

"왜요?"

"탈출 게임이 한창 진행 중이니까, 뭔가 연출된 게 틀림없다든지……. 그런 식으로 말한 게 아닐까. 그렇게 생각하니 역시 만만치 않은 상황이네."

가이토 형이 고개를 저었다. 어깨가 축 처진 걸 보니, 낙담한 걸 알 수 있다.

"그래도, 여기가 체크 포인트라면…… 마사루도 언젠가 이 앞을 지나가려나."

"그러네요!"

가이토 형은 서랍에서 찾은 메모장을 꺼내, 연필로 글을 써 내려갔다.

'마사루에게

거기 있니? 나 가이토야. 지금 어떤 방에 갇혀 있어.

울고 싶을 지경이야. 너무 겁난다.

자, 시간이 없어. 우리 살해당할지도 몰라.

신경이 예민해지는 것 같아. 어서 구하러 와 줘.'

가이토 형은 서둘러 이렇게 적고는, 문에 귀를 바싹 가져다 댔다.

"가이토 형, 그 메모 어떻게 전할 건데요?"

"물론, 누군가 줍겠지. 이 종이에는 마사루의 이름이 적혀 있어. 누가 주우면 운영진에게 전할 테고, 선내 방송으로 마사루를 호출할 거야."

가이토 형의 생각에는 커다란 구멍이 있다. 그렇다면 주운 사람에게 이 사태를 전해 달라 하면 되지 않나? 굳이 형 앞으로 편지를 쓸 필요는 없다.

그때, 문 가까이에서 누군가의 발소리가 멈췄다.

"이카리 가이토 님."

여자의 목소리였다. 높고 또렷한 목소리라, 문 너머에서도 들려왔다.

이름이 불린 가이토 형의 어깨가 움찔했다. "내 이름을 왜?" 하고 중얼거리며, 나를 돌아본다. 나는 반사적으로 고개를 흔들었다.

"아니, 지금은 됐어. 내가 문에 몸을 부딪칠 테니까 그때 문틈으로 쪽지를 떨어뜨려 줘."

하나, 둘, 셋! 구호에 맞춰 가이토 형이 몸을 부딪친다. 나도 생각할 겨를이 없었다. 경첩이 달려 있지 않은 쪽으로 틈이 살짝 생겨서, 그곳으로 쪽지를 던져 넣었다.

통과했다!

발소리가 다시 방 앞에서 멈췄다.

침묵에서 예사롭지 않은 긴장감이 느껴졌다. 가이토 형이 마른침을 삼키며 지켜보는 사이, 문 앞의 누군가도 멈춰 선 채 미동도 하지 않는다. 나 역시 무심결에 숨을 죽였다.

다음 순간, 문 너머에서 희미하게 콰직, 하고 종이 구겨지는 소리가 들렸다.

"아⋯⋯!"

내가 소리를 질렀다.

"왜⋯⋯. 도움을 요청하는데, 무시하다니 너무하잖아요."

발소리가 멀어져 갔다.

"역시 그랬나."

가이토 형은 고개를 저었다. 미간을 찡그린 채 유감스러운 표정이었다.

"아까 그 여자는 내가 여기 있는 걸 알고 내 이름을 부른 게 아니야. 그 여자 외에 한 사람이 더 있었어. 문 앞에 서 있던 그 사람에게 여자가 말을 건 거야."

"네? 그러면, 그 사람은⋯⋯."

"그래. 내 이름으로 불린 사람이지."

"하지만 가이토 형은 여기 있는데⋯⋯."

"이상하지. 하지만 그 사람이 마사루라면 말이 돼."

"네에?"

내 목소리가 커졌다.

"어째서 그렇게 돼요? 방금 그 사람이, 우리 형이라고요……?"

가이토 형은 머뭇거리는 듯한 기색을 보였다.

"이런 말을 하기 괴롭지만, 이 납치 사건을 계획한 사람은 마사루일지도 몰라."

"네에?"

나는 더욱더 큰 소리를 내며 머리를 마구 흔들었다.

"말도 안 돼요. 형이 그런 생각을 하다니."

"물론, 내가 추리한 거지만. 그래도, 그렇게 생각하면 많은 의문이 설명돼.

우선 의문이 들었던 건, 배 안에서 이런 사건을 일으켰다는 거야."

"배 안에서……. 그러니까, 배에서는 돈을 받아내는 게 어려워서요?"

"그게 아니야. 주식을 조작한다든가, 직접 상대방과 접촉하지 않고도 몸값을 받을 방법은 얼마든지 있어.

문제는 다른 곳에 있어. 배 위에서 범행을 저지르면, 납치범들은 도주할 곳이 없잖아. 바다 위에서 탈출할 수단도 없고, 경찰에 신고하면 귀항할 때 경관이 대기하고 있을 텐데 그렇게 되면 끝장이라고. 납치를 벌이기엔 리스크가 너무 커."

"하지만 그렇다면, 그런 짓을 벌일 사람은 아무도 없을 거 아니에요?"

"그런데, 딱 한 사람 있어." 가이토 형은 히죽 웃었다. "이렇게 위험한 장소에서 범행을 저지를 때 메리트가 있는 사람 말이야. 그 사람은 누구에게도 의심받지 않아. 게다가 납치 사건이 일어나는 동안 아버지 눈앞에서 행방을 감춰서, 몸값을 준비할 수밖에 없는 상황을 만드는 게 가능하지."

그렇게까지 얘기하면, 열 살짜리 꼬마도 이해할 수 있다.

"우리 형이……"

"그래. 실제로 납치가 아니더라도, 게임의 규칙에 따라 휴대전화 전원은 꺼 놨을 테니 말이야. 아무리 아버지가 연락을 하려고 해도, 전화는 연결되지 않아. 주최 측에 연락해서 마사루의 소재를 확인하는 건 가능하지. 하지만 몸을 숨기고 있으니, 결국 안전을 확인할 길이 없어. 아버지는 점점 불안해지겠지. 오히려, 이렇게 리스크가 큰 범죄를 저지르는 데 이점이 있는 사람은 마사루밖에 없다고. 즉, 이건 마사루에 의한 납치 자작극인 거지."

가이토 형의 입가에 미소가 떠올랐다.

"자, 이렇게 납치극을 꾸민 마사루지만, 생각지 못한 사고가 일어났어. 말할 것도 없이, 납치범들이 나를 마사루로 착각해서 잡아와 버린 거지. 그래서 마사루는 필사적으로 머리를 굴렸어. 당장 납치를 중지시킬 것인가? 아니야, 중지했다간 본전도 못 찾지. 그랬다가는 제3자인 내 눈앞에서 자신이 납치극을 꾸몄다는 게 들통나 버릴 테니까.

　그렇다면, '납치 실수'라는 시나리오를 억지로 밀어붙이는 수밖에 없어. 아버지가 보지 못하게 몸을 숨기고, 동시에 자신이 무사하다는 것도 숨기는 거야. 여기서 마사루의 머릿속에 기막힌 생각이 떠올랐지. 자신이 가이토 행세를 하면 되겠다고!"

　"아아!" 나는 손뼉을 쳤다. "그래서 아까 '가이토 님'이라고 부른 거랑 연결되네요!"

　"내가 몸이 안 좋은 것처럼 꾸며서 방에만 틀어박혀 있는 것도 방법이지만, 그 역시 눈에 띄는 행동일 테니까. 나뭇잎을 숨기려면 숲으로 가라. 플레이어를 숨기려면 게임 행사장으로. 플레이어로서 게임에 참가하는 게 사실은 가장 눈에 띄지 않는 거거든. 하지만 마사루와 마찬가지로 나도 초청 플레이어니까, 마사루도 느긋하게 있을 순 없게 됐지. 초청 플레이어가 문제 해결에 애를 먹고 있으면 부자연스럽잖아?"

　"그건 그러네요……."

　가이토 형은 몇 번이고 고개를 끄덕여 보였다.

　"하지만, 이걸로 조건은 갖춰졌어……. 혹시 마사루가 그럴 작정이라면…… 큭, 이거 재밌게 됐는걸."

　나는 신나게 혼잣말을 해 대는 가이토 형이 점점 무서워졌다.

　"탈출 게임에서 마사루와 대결하자고 얘기했는데, 설마 이렇게까지 머리싸움을 하게 될 줄이야. 열정이 끓어오르는걸."

농담처럼 말하면서도, 눈은 내리깔고 진지한 표정으로 선실 문을 응시한다. 얼굴은 웃고 있지만, 눈은 웃지 않고 있다. 여기서 어떻게 탈출해야 할까, 필사적으로 머리를 굴리고 있는 거겠지.

아니면, 어떻게 하면 형의 코를 납작하게 해 줄 수 있을까, 하고 생각하는 걸지도 모른다.

나는 이제 가이토 형이 뭘 생각하고 있는지 정말 모르겠다.

3. 세 번째 문제

마사루(형) 오전 6시 10분

게임 시작 12시간 10분 후

머리가 무겁다.

어쩐지 잠을 설쳤다.

걱정거리는 두 가지, 납치가 이상한 방향으로 돌아가고 있는 것, 그리고 3번 문제가 풀리지 않는 것이다.

'문제 3. 수수께끼는 여기에 숨겨져 있다. 잘 살펴보자. 자, 눈 끝에 고리를 대 봐. 그리고 눈을 크게 떠. 사람의 이름이 보였다면 그게 답이다. 이것은 아마도, 후토가 남긴 다잉 메시지. 답은

【그림 ③】 트레이싱지를 겹쳐 놓은 상태

에 흥미가 깊다네." 라고 말하며, 도전반
교수가 거구의 몸을 부르르 떨었다. 수
수께끼에 흥분하고 있다는 증거였다.
"들려줘. 상에서 어떻게 사라졌다고?!"
그는 쿠키와 차를 권하며 저 얘기
해보라고 나를 재촉했다.
"안개가 짙은 어두운 밤이었습니다. 마
치 안개 속에 녹아들 듯, 남자는 막다
른 길에서 자취를 감춰 버렸어요!"
거리는 삼 면이 높은 담에 둘러싸여 있

다. 나는 그때, 길을 꺾어지는 남자의
뒷모습을 봤다. 그러나, 막다른 곳에는
남자의 외투가 남아 있었을 뿐, 그의
몸은 어디에도 없었다…….
교수는 라디오 잡음처럼 시렁댔다.
"내가 거기에 있었다면 놓지 않고
쫓아갔을 텐데! 사람이 자기 모습을 감
추는 이유는 하나밖에 없지 않은가."
"그렇다면 도전반 교수님은 그 사람이
스스로 행방을 감췄다고 생각하신다는

아주 가까이에 있다고.'

1, 2번 문제와 비교하면 문체마저 달라진 게 거슬린다.

사무국 부스에 2번 문제의 해답을 제출하자, 얇은 종이를 한 장 건네받았다. A4 사이즈의 트레이싱지였다. 가장자리 쪽에 작은 동그라미가 하나 그려져 있고, 한복판에는 이보다 더 큰 ×표가 여기저기 찍혀 있다.

이쯤 되면, 탈출 게임 마니아는 감이 딱 온다. '눈 끝에 고리를 대 봐'에서 '고리'라는 건 종이 가장자리에 그려진 작은 동그라미를 가리킨다. 트레이싱지를 준 건, 이것을 대고 비춰 보라는 거다. 즉, 어떤 종이에, 이 얇게 비치는 종이의 '고리'를 '눈 끝'에 '대'는 것처럼 배치하면, 이름이 나타나는 방식일 거다.

그런 건 안다고! 하지만, 어떤 종이에 갖다 대면 되는 걸까? 아무리 암호를 푸는 방법을 알고 있어도, '열쇠'가 뭔지 모르면 나아갈 수 없다.

제한 시간이 길어서 긴장이 풀려 있었던 것과, 일반적인 탈출 게임과 다르게 다른 참가자와 의논하지 않고 고군분투하여 문제를 풀어 온 것이 타격이 컸다.

가지고 있는 종이는 모두 시험해 봤다. 문제지, 설문지, 증언 시트. 그러나 의미 있는 문자열이 만들어지는 종이는 없었다. 탑승 티켓은 사이즈가 맞지 않는다. '눈 끝.' 이 말을 더 깊이 파고들어야……

어메니티인 커피를 타서 우유와 설탕을 잔뜩 넣어 꿀꺽 삼켰다.

문제로 돌아가 다시 읽어 보자.

탈출 게임뿐 아니라 평소 공부할 때도 귀에 못이 박히도록 들어 온 말이다.

그제야 나는 실마리를 발견했다.

후토가 남긴 다잉 메시지!

이거다. 이 말에 주목해야 한다. 문제지도 설문지도, 후토의 손이 닿는 곳에 있지는 않다. 나는 현장 사진을 꺼냈다.

그러자 그것이 눈에 들어왔다!

후토 주변에 딱 한 장 남겨진, 쓰다 만 원고지. 이것이야말로 '열쇠'다.

하지만 '눈 끝'이란 뭘까?

스스로에게 묻는 순간, 원고지의 칸에 시선이 끌렸다. 모눈! 모눈의 끝에 기호를 맞추라는 얘기였어!

사진에 찍힌 모습은 선명하지 않아서, 사건 현장인 선실에 가서 원고지를 직접 확인해야겠다.

계단을 내려가 사건 현장에 다다르자, 아직 이른 아침이라 그런지 사람들은 보이지 않았다. 혹시, 다들 3번 문제쯤은 진작 통과한 건가? 나만 뒤처진 거야? 젠장, 지금 당장이라도 따라잡아서……

여기까지 생각하고, 나도 모르게 입을 틀어막았다.

잠시 멍해졌다가, 곧이어 이런 내 모습에 웃음이 터질 것 같았다.

게임에 열 올리고 있을 때냐.

머릿속이 냉정해졌다. 내가 놓여 있는 상황을 다시 파악했다.

나는 지금, 납치 작전을 진행 중이라고.

빌어먹을 아버지에게서 돈을 빼낼 수 있을까, 내가 집을 나가 나만의 인생을 살기 시작할 수 있을까. 모두 그 사람에게 달렸다.

어디까지나, 눈에 띄지 않도록 주의하며 풀어 나가면 된다. 게임에 이길 필요 없는데다가, 오히려 이기면 안 된다.

이 문제를 풀었다는 것 자체는 자랑스러운 일이지만, 너무 빠져들면 안 된다.

원고지에 트레이싱지를 대 보았다.

원고지 오른쪽 끝에 있는 모눈에, 희미하게 ○표가 그려져 있다. 여기에 맞추면 된다.

여기서 얻은 글자 네 개는 '노 마 구 치.'

암호의 열쇠라고 생각하며 다시 읽어 보니, 부자연스러운 표현도 많다. 처음에 와서 원고지를 읽었을 때, 좀 더 자세히 봐 둘 걸 그랬다.

"이런 패턴이야?"

복도 밖에서 말소리가 들려왔다. 밖을 내다보니, 어제의 대학생 두 명이 얘기를 주고받고 있었다. 조끼 안은 깔끔한 티셔츠로 갈아입은 모습이었다.

"용의자는 A, B, C라고만 불리잖아. 하지만, 다잉 메시지를 '노마구치'라고 남긴 것은 이 세 사람 중에 한 명이 그 이름이라는 거야. 아마 시나리오나 증언 시트 어딘가에 이름이 있을 거라고."

"이름이라고 단정할 수 없지. 다잉 메시지라면 범인의 특징을 나타낸 걸지도……."

"노마구치라는 말이 이름 말고 다른 의미로도 읽히나?"

꿍얼꿍얼거리며, 그들은 답안지를 제출하러 홀을 향해 올라갔다. 다른 플레이어도 같은 부분에서 고민하고 있는 걸 알고 나니 내심 마음이 놓인다.

답안지를 제출할 때, 직원에게 슬쩍 물었다.

"여기까지 푼 사람이 지금 몇 명쯤 되나요?"

"음, 스무 명쯤 됩니다. 테스터가 전부 100명이니까 예상보다는 조금 적지만, 어제 저녁 식사 자리는 떠들썩했던 걸 보면, 진지하게 임하고 있는 분들은 그다지……."

쓴웃음을 짓는다. 확실히 여기 음식이 맛있으니까, 그것만 노리고 와도 본전을 뽑는 거겠지.

아침 7시다. 홀에는 참가자 몇 명의 모습이 보였다. 주스나 커피를 손에 들고 담소를 나누는 사람들이 많다. 아직 사람이 적은 건 자고 있거나, 식당에서 아침 식사를 하고 있기 때문이겠지. 나도 슬슬 배가 고파졌다.

대학생 두 명은 테이블 위에 몸을 수그리고 뭔가 작업을 하고 있다.

"자, 이게 4번 문제에서 사용하게 되실 세트입니다. 안에 들어 있는 것은 모두 사용해야 하니 분실하지 않도록 유의해 주세요."

네, 대답하며 끈으로 조이는 주머니를 받아 들었을 때, 등 뒤에 있는 테이블에서 대학생이 큰 소리를 냈다.

"야, 말도 안 돼!"

돌아보니, 그는 양손으로 머리를 감싸고, 테이블 위를 뚫어지게 보고 있었다. 신음 소리를 내면서.

"이게 어떻게 된 거야. 이러면 전제가 달라지잖아!"

스구루(동생) 오전 7시

게임 시작 13시간 후

뭔가 폭발하는 소리가 들렸다.

나는 펄쩍 뛰다시피 침대에서 일어났다. 범인이 돌아온 걸까? 몸을 웅크렸다.

어느새 잠이 들었나 보다. 배 안에서 자는 건 처음이라, 흔들림 때문에 머리가 깨질 듯 아프다. 지금 몇 시지? 그리고 가이토 형은 어디에……

"아아, 미안. 놀랐지."

태연한 목소리가 들려왔다. 슬쩍 눈을 뜨자 가이토 형이 웃으면서 나를 들여다보고 있었다.

"와, 설마 이렇게 큰 소리가 날 줄은……. 이 소리나 비상경보 같은 걸 듣고 구해 주러 와 준다면 최고일 텐데. 아, 침대에서 내려오지 마. 발이 젖으니까."

"젖어요……?"

나는 침대 밑을 내려다봤다.

"아앗……?"

바닥 위에 물이 찰랑거리고 있었다. 샤워실 수도꼭지 부분이 부서져 물이 쏟아져 나오고 있다.

수도꼭지는 이음매 부분부터 파손되어 물이 콸콸 쏟아지고 있었다. 뭘 어떻게 했길래 저렇게까지 되는 거지?

설마 폭발?

"적당히 하려고 했는데 말이야. 봐 봐, 휴대전화가 터지질 않으니 어차피 쓸 데가 없으니까, 분해해서 배터리팩을 꺼냈거든. 셀로판테이프랑 가위, 그리고 전화선에서 뽑아낸 전선으로 살짝 뭘 좀 만들어 봤어. 리튬이온 배터리를 강제로 발화시켜서 폭발하게 한 거야. 배터리 안에 세퍼레이터가 정상적으로 기능하지 못하게만 하면 되는 거니까. 다음엔 전류를 통하게 해서 부하를 걸어 주면, 리튬이온이니까 물이랑 반응을 아주 잘해. 수도꼭지를 부수는 것쯤은 수월하지."

"폭발이라니……. 불이라도 나면 어쩌려고 그랬어요?"

"그런 방법도 있구나! 불이 나면 화재경보가 울리겠지."

"그게 아니고요……."

머리가 아파 왔다. 안 돼. 이 사람이 뭘 생각하는지 전혀 모르겠다.

"사실은 나도 살살 하려고 했어. 그런데, 수도꼭지를 틀어서 물을 채우는 데는 한계가 있어서 말이야. 어젯밤 12시부터 수도를 틀어 놨는데도, 새벽 2시에 '이래 갖고는 도저히 시간을 맞출 수 없겠어.' 하는 생각이 들어서, 수도꼭지를 망가뜨려서 물이 더 많이 나오게 한 거야. 결국 그 장치를 만드는 데 시간이 걸리긴 했지만."

아무렇지도 않은 말투로 잘도 얘기하는 가이토 형의 눈가엔 다크서클이 드리워져 있었다.

"시간을 맞출 수 없다고요……? 가이토 형, 무슨 말이에요?"

"아, 내가 정신이 나간 것 같아? 괜찮아, 괜찮아. 밤을 새워서 조금 흥분한 건 있지만, 아주 진지하다고."

진지해? 나는 발밑에 물을 내려다봤다. 샤워실에서 막힘없이 흘러나오는 물줄기는 수심 3센티미터 정도는 되어 보인다. 밤부터 물을 틀어 놨다는 얘기는 아무래도 사실인가 보다. 수압으로 문을 열려는 걸까? 아니면, 물에 이상이 생긴 걸 감지한 누군가가 구조하러 오리라고 기대하는 걸까?

어느 쪽이든, 수도관을 폭파시키다니 제정신이 아니다.

"가이토 형, 무슨 말인지 잘 모르겠어요. 설명이라도 좀 더 해 주세요."

"자 그럼, 여기서 문제. 스구루 너는, 밀실에서 탈출하는 가장 확실한 방법이 뭐라고 생각해?"

침대 위에 책상다리를 한 채, 가이토 형은 장난꾸러기 같은 미소를 짓고 있었다. 나도 모르게 화가 치밀었다. 어린애라고 무시하다니. 나는 이런 태도를 가장 싫어한다.

"……뚫고 나간다."

"하하, 그게 가능하기만 하면 가장 좋은 방법이네. 하지만, 배터리팩 폭탄으로는 기껏해야 수도꼭지를 망가뜨리는 게 고작이거든. 폭발을 일으키면 샤워실 벽 뒤로 탈출할 수 있지 않을까 하고 조금 기대했는데 말이야. 역시나 화력 부족이더라."

역시, 가이토 형의 주목적은 물을 내보내는 데 있다. 하지만 그래서 어떻게 하겠다는 건지 계획을 알 수가 없다.

"그러면, 바깥에 협력자를 만든다?"

"그것도 확실한 방법이네. 바깥까지 연결된 관이 있으면, 쪽지를 주고받을 수 있어. 환기 덕트도 그렇지만, 우리는 이미 실패했지."

마사루 형에게 쪽지를 전했지만 구겨 버린 일, 구해 달라는 소리에 남자 대학생 두 명이 게임의 연출이라고 생각한 일이 떠올랐다.

물론 이 밀실에서 빠져나갈 마법이 있다면, 근사한 일이겠지만…… 그런 마법은 떠오르지 않는다.

"포기하는 거야? 자, 정답을 말해 주지."

가이토 형은 히죽 웃었다.

"우리를 여기에 가둔 사람이 문을 열게 하는 거야."

"⋯⋯네?"

그게 가장 단순한 답이긴 하지만⋯⋯.

"아니⋯⋯. 말도 안 돼요. 그런 거."

나는 머리를 흔들었다. 너무 기가 막혀서 웃음도 조금 나왔는지 모른다.

"그러니까, 납치범들은 마사루 형의 지시를 받고 우리를 여기 가뒀잖아요. 형의 명령 없이 멋대로 움직일 리가 없어요. 게다가 문을 열 필요조차 없고요. 우리 아빠한테서 '형'의 모습을 숨기면 되니까, 확인할 것도 아무것도 없어요."

"그런데 말이야, 나에게는 마법이 있거든. 그 사람들이 이 방을 열고 싶어 못 견디게 만들, 그런 마법 말이야."

가이토 형의 미소에는 자신감이 넘쳐흘렀다. 점점 더 알 수가 없는 사람이다. 밤까지 샌 탓에 정말로 정신이 나가 버린 걸지도 모른다.

"힌트는 이 게임 안에 있어."

"게임?"

"그래. 나는 이 게임의 트릭을 이미 알고 있거든."

"무슨 말이에요?"

나는 가이토 형의 얼굴을 말똥말똥 쳐다보았다. 의기양양한 얼굴에는 조금도 흔들림이 없었다. "무슨 말도 안 되는 소리예요." 하고 내가 따졌다.

"이 방 안에서 게임을 계속할 수 있을 리가 없잖아요! 우리한테는 이 문제지밖에 없다고요! 단서는 배 안에 숨겨져 있어요. 그걸 볼 수 없는데 수수께끼를 풀다니 말도 안 돼!"

내가 필사적인 게 우스운지, 가이토 형은 가슴을 젖히고 웃기 시작했다. 나는 울컥 화가 났다.

"물론 그렇지. 모든 걸 다 알아냈다는 건 아니야. 각 질문의 답은 나도 모르지. 내가 알아낸 건, 이 사건의 최종 문제, '범인은 누구인가?'와, 이 게임 자체에 숨겨진 커다란 트릭뿐이야."

"그거야말로……."

"단서는 있었잖아. 큰 힌트는 이 문제지. 그거랑…… 그렇지, 살해 현장으로 설정돼 있는 방 앞 복도 말이야, 조금이라도 봤어?"

"조금뿐이지만 봤어요……. 여기 갇히기 전에 배 안을 산책하면서."

"거기에 커다랗게 햇볕에 그을린 자국이 있었지. 그거 자연적으로 생긴 게 아니야. 햇볕에 그을린 것처럼 보이게 벽을 칠한 거지."

"네?"

나는 눈을 깜박였다.

"그런 걸 왜……."

"그거야말로 커다란 트릭에 이르는 길이야. 커다란 트릭이라고 하기엔 아주 하찮은 장치지만 말이야. 아, 참. 사실 딱 하나, 풀어낸 문제도 있어."

가이토 형은 문제지 한 장을 꺼냈다.

'문제 4. 주머니 속에 있는 것을 꺼내 원래의 모양으로 돌려놓으세요. 이때 보이는 게 사건의 진상입니다.'

"이 문제를 풀었다고요? 우리한테는 이 '주머니'도 없는데요! 그런데 어떻게 풀었다는 거예요?"

"주머니 안에 들어 있는 건, 아마도 여러 장의 플라스틱판일 거야. 그걸 퍼즐처럼 맞춰서 완성시키는 거지. 그리고 그 플라스틱판은 현장에 있던 '어떤 물건'을 재현한 물건일 거야.

내가 알아낸 설정은 이거야. '어떤 물건'은 후토가 살해당했을 때 현장에 있었어. 후토는 거기에 혈서로 단서를 적어 남겼어. 즉 다잉 메시지인 거지. 문제만 읽어 보면, 3번도 비슷한 질문 같은데 말이지."

"다잉 메시지……? 그렇다면, 가이토 형이 말한 '어떤 물건'에는 범인의 이름이 쓰여 있어서, 플레이어가 퍼즐을 풀면, 진범의 정체가 나타난다는, 얘긴가요……?"

"반은 맞는데, 반은 틀렸어. 그건 분명 이름이지만, 범인의 이름 그 자체는 아니야."

답답하게 하는 말투에 짜증이 확 나서, 다시 큰 소리로 "그래서 그게 뭔데요!" 하고 물었다.

그때, 가이토 형은 자신만만한 미소를 지으며 대답했다.

"'사쿠라기'야."

4. 네 번째 문제

마사루(형) 오전 8시 30분

게임 시작 14시간 30분 후

"대체 무슨 소리야, '사쿠라기'라니!"

홀 안은 떠들썩했다. 아침 식사 시간이 끝나고 4번 문제까지 푼 플레이어들이 활발하게 의견을 교환하고 있었다. 그 대학생 두 명도, 이런 게임에는 닳고 닳은 초청 플레이어들도, 재미로 풀어 보려다 몰입해 버린 스폰서들도 있다.

"문제에 오류가 있는 거 아니야?", "아니, 여기까지 와서 그런 어처구니없는 실수는 없겠지.", "두 개 이상 짝을 지으면 다른 이름이 나타난다든가 하는 거 아니에요?", "그럴지도 몰라. 내 거 빌려줄게. 시험해 보자.", "아니. 우리 테이블에서 세 개까지 시험해 봤는데 결과는 같았어.", "입체로 맞춰 보면 어떨까요?",

"자주 사용되는 방법이지. 해 보자."

처음 보는 플레이어끼리도 거리낌 없이 의견을 주고받는다. 상품을 걸고 싸우고 있는데도, 수수께끼에 열중한 그들은 득실을 따지지 않고 즐기고 있었다.

주최 측도 이를 흐뭇해하는지, 직원들이 홀의 모습을 보러 기웃거리는 듯하다.

"잠깐 밖에 바람 좀 쐬러……."

그렇게 양해를 구하고 최상 갑판으로 나갔다. 나는, 다른 사람과 이야기하고 싶어 견딜 수 없는 기분이었지만, 토론에 너무 나서다가 눈에 띄어도 안 된다.

난간에 기대어 바다를 바라봤다. 쾌청한 날씨였다. 바닷바람이 상쾌해서 수면 부족도 날아가 버릴 것 같았다. 심호흡 한 번. 문득, 어두운 선실에 갇혀 있을 동생과 가이토의 얼굴이 머릿속을 스친다. 나 혼자 이런 해방감에 젖어 있어도 되나. 죄책감이 들었다.

"사쿠라기……."

말할 것도 없이, 이번 게임의 주인공, 명탐정 사쿠라기의 이름이다. 나아가 지금, 플레이어들이 분하고 있는 인물이다. 왜 여기서 그 이름이 부상한 걸까?

해석은 두 가지다.

첫째는 물론, 문자 그대로 명탐정 사쿠라기를 의미하는 것.

또 하나는, 용의자 A~C 가운데 본명이 '사쿠라기'인 사람이 있는 것.

후자의 가능성을 쫓고 있는 플레이어도 이미 있겠지. 그런데도 답이 발견되지 않으면, 가능성은 낮다. 게다가 만약 그게 답이라 해도 결국 의미 없는 문자열을 찾아낸 것뿐이라 아무 재미도 없다.

그렇다면, 역시 명탐정 사쿠라기를 의미한다고 생각할 수밖에 없다.

하지만 그게 무슨 뜻이지? '플레이어=범인'이라는 거대한 트릭이었다는 건가? 그런 복선이 어디 있었지?

나는 데크 난간에서 몸을 쑥 내밀고 바다를 바라봤다. 나는 납치범이다, 하며 정신을 차리려고 하지만, 눈앞에 있는 수수께끼가 신경 쓰여서 집중이 되지 않는다. 적어도 답은 알아내고 싶다…….

파도에 햇빛이 반사되어 반짝였다.

바로 그 순간이었다! 번뜩임을 얻은 것은.

눈앞의 광경, 이에 더하여, 가이토가 쓴 메모! 그 노골적인 힌트!

이런 고전적인 트릭이라니!

그러나 이걸로 모든 게 연결된다! 왜 '사쿠라기'의 이름이 나타나는지, 왜 플레이어는 사쿠라기의 역할을 맡게 됐는지, 왜 제3갑판에 출입 금지된 방이 있는지.

"거울이야……!"

나는 바다를 향해 중얼거렸다. 만족스럽게 코로 숨을 들이쉰다.

수수께끼는 모두 풀렸다. 더 이상 걱정은 없다.

나는 마지막 문제의 답안지는 제출하지 않을 거다.

왜냐하면, 나는 납치당한 상태라서, 문제에는 답을 할 수 없으니까…….

상품은 필요 없다. 박수갈채도 필요 없다. 나는 수수께끼를 모두 풀었다. 그 만족감만 있으면 트로피는 하나로 충분하다.

곧 있으면 빌어먹을 아버지에게서 몸값 선물이 도착할 거다.

5. 최종 문제

마사루(형) 오후 4시

게임 종료 후

홀에는 모든 플레이어가 모여 있었다.

왁자지껄하게 활기찬 분위기였다. 수수께끼를 푼 사람, 풀지 못한 사람이 제각각 감상을 주고받는다. 정답 제출 마감 시간은 이미 끝났으므로, 힌트를 줘 가며 다른 플레이어를 부추기는 사람도 있다.

갑자기, 홀 안의 조명이 어두워졌다.

홀 앞쪽 스크린에서 영상이 시작됐다. 해결편이 시작하려나 보다.

영상에는 홀의 모습이 나타났고, 다지마 형사를 비롯하여 모든 용의자, 관계자가 집결해 있었다.

"사쿠라기 씨! 말씀대로 모두 모이게 했습니다. 수수께끼는 풀렸나요! 범인은 대체 누구입니까?"

다지마 형사는 스크린에 바싹 다가섰다.

"그런가요……. 마침내 약점을 드러냈군요. 자 모두, 붙잡아!"

갑자기 카메라가 격렬하게 흔들렸다. 플레이어 시점의 인물이 체포되는 연출이겠지. 아직 정답을 알아채지 못한 사람들이 술렁이는 소리가 들렸다.

"이런, 이런, 이게 웬 재난이래요?"

"이 목소리는……!" 하고 여자들이 저마다 말했다.

스크린에 미남 배우 안자이의 얼굴이 커다랗게 비쳤다. 드라마에서 사쿠라기 역을 연기하는 배우다. 꺄악, 하고 새된 비명이 홀 안에서 터져 나왔다.

"당신한테는 완전히 당했어요. 나를 이용해서 살인을 저지르다니."

안자이는 자신만만한 미소를 지었다.

"진범은, 당신입니다."

안자이, 즉 명탐정 사쿠라기가 스크린 안에서 홀에 있는 우리를 가리켰다.

스구루(동생) 오전 8시 30분
게임 시작 14시간 30분 후

"거울……이라고요."

나는 납득이 가지 않는다는 듯 중얼거렸다.

우리가 느긋하게 수수께끼 풀이를 하는 동안에도 파열된 수도관에서 물이 쏟아져 나오고 있다. 물에 발이 닿아서, 침대 위에서 책상다리를 하고 앉아 있기로 했다.

"그래, 거울이야. 살해 현장 앞에 햇볕에 그을린 자국은, 그 거울이 걸려 있던 위치지. 피해자인 후토는 거울에 범인의 특징을 적어서 남겼어. 따라서 범인은 거울을 깨서 없애 버릴 수밖에 없었던 거고……. 대략, 사건 시나리오는 그럴 거야."

"잠깐만요. 그러면, 범인은 역시……."

"진범은 플레이어 자신. '사쿠라기로 변장한 나'가 답이야."

나는 침을 꿀꺽 삼켰다.

"애초부터 이 게임은, 플레이어한테 사쿠라기 모습을 하게 하는 것부터가 수수께끼스러웠어. 영상에서 형사가 '사쿠라기'라고 부르고, 변장의 명수라는 것도 지적하는 등 굳이 신경을 썼어.

게임 시작 직후부터 여기에 뭔가 있는 것 같다고 의심했지."

"하하……. 탈출 게임에 익숙해지면, 세세한 것도 알아차리는 군요."

"시나리오는 이래. 진범은 후토에게 접근하여 원고를 뺏기 위해, 후토와 친분이 있는 사쿠라기의 옷을 빼앗기로 했어. 사쿠라기의 모자로 얼굴을 가릴 수 있는 점도 아주 잘됐다고 생각했겠지. 진범은 우선 사쿠라기를 습격해, 옷을 빼앗아 입었어. 그리고 진짜 사쿠라기는 우리가 있는 방에 가둔 거지."

"네?"

"설정상 그렇다는 얘기야. 봐 봐, 지도에도 우리가 있는 이 방에 커다랗게 ×표가 그어져 있잖아? 그건, 여기 사쿠라기가 갇혀 있습니다, 하는 복선이었던 거지."

"뭔가, 아주 자잘하네요."

가이토 형도 그렇게 생각하는지 쓴웃음을 지었다.

"자, 그래서, 진범은 후토를 죽이고, 목표했던 미발표 원고를 손에 넣었어. 하지만 배에서 내리려던 참에 뜻밖의 일과 맞닥뜨리게 되지. 다지마 형사 눈에 띈 거야."

"그게, 게임 시작할 때 본 그 영상이군요!"

가이토 형은 씩 웃으며 고개를 끄덕였다.

"자잘한 복선이라는 의미로는 잘 만들어졌어. 그때 후배 형사 아이다가 '평소와 분위기가 달라 보인다'고 말하고 말이야.

다지마 형사를 만난 진범은 초조해졌어. 시신은 이미 발견되어, 함께 범인을 잡아 달라는 말까지 들었고. 달아나면 의심을 받을 테니, 진범은 갑작스럽게 탐정 행세를 하게 되지. 그리고 지금부터 이 게임의 가장 큰 특징을 얘기할게.”

가이토 형이 문제지 네 장을 들어 올렸다.

“진범, 즉 플레이어는, 네 개의 문제를 풀며 수사를 하게 됐어. 하지만, 여기서 나오는 답은 모두 거짓말이야. 진범이 자신을 사건의 진상에서 멀리 떨어뜨리기 위해, 가짜 정답을 제시한 거지!”

“네에? 그래도 그건, 난도가 높은 트릭 아닌지…….”

가이토 형은 히죽히죽 웃으면서 연극적인 몸짓으로 고개를 저었다.

“그 정도까지는 아니야. 그러니까, 4번 문제의 답은 ‘사쿠라기’고, 이건 틀림없는 단서니까, 1~3번 문제에 각각 정답을 두 개 준비하기만 하면 충분해. 그리고 또 하나의 정답을 이끌어 내는 공통의 ‘열쇠’가 바로…….”

여기까지 듣고 내가 간신히 말했다.

“거울, 이로군요…….”

마사루(형) 오후 4시 20분

게임 종료 후

"진짜로 보기 좋게 당했어요."

안자이, 즉 사쿠라기 역을 맡은 배우의 해설은 여전히 계속되고 있었다.

"당신은 제 옷을 빼앗아 입고 살인을 저질렀을 뿐만 아니라, 탐정의 입장을 이용해서 수사를 교란시켰지요. 당신은 범행 시각, 목격자 증언, 현장에 남아 있던 원고지의 메시지 등 세 가지 모두에 가짜 정답을 준비했어요. 모두 당신에게서 수사의 눈이 멀어지게 하기 위함이었죠. 그리고 진상을 밝혀 낼 중요한 열쇠는 거울이었습니다."

사쿠라기는 홀에서 사건 현장 복도로 이동해 있었다. 복도에 있는 햇볕에 그을린 흔적을 가리키며 설명을 이어 갔다.

"'사쿠라기'라는 혈서가 남아 있던 거울은 여기 설치돼 있었습니다. 그것을 당신이 깨뜨려 가져가 버렸어요. 즉 범행 당시에는, 아직 여기에 거울이 있었던 겁니다. 그리고 거울을 전제로 하면, 범행 시각과 목격자 증언의 의미가 달라지죠."

사쿠라기 손 부근에 시계의 문자판이 나타났다. 허접한 컴퓨터 그래픽이었지만, 흥분이 고조되어서인지 비웃는 사람은 없었다.

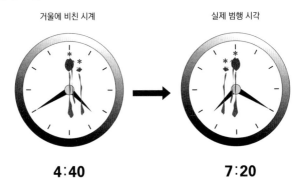

거울에 비친 시계　　　　　　　실제 범행 시각

4:40　　　　　　　　　7:20

"피가 흐른 방향으로 볼 때, 시계는 4시 40분을 가리키고 있었습니다……. 당신은 이를 지적하고, 범행 시각을 4시 40분으로 했습니다. 그 시간에 당신은 연주회를 감상 중이었기 때문에 알리바이가 있고, A~C 세 명은 알리바이가 없었습니다. 그러나 이 사진은 거울에 비친 모습이었던 거죠."

사쿠라기의 손이 가리키는 문자판의 좌우가 반전되었다.

"진짜 범행 시각은 7시 20분. 이 시간, A~C는 모두 저녁 식사 자리에 참석 중이어서 알리바이가 성립됩니다. 하지만 당신은 저녁을 먹지 않고 자기 방에서 자고 있었다고 했죠."

"자 그러면." 사쿠라기가 이야기를 계속했다. 그의 얼굴 옆으로 이번에는 도면과 네 사람의 증언이 나타났다.

"다음은 목격 증언입니다. 이 네 사람 가운데, 거짓말을 하는 사람은 ㉮인 것으로 보입니다. ㉮의 위치에서는 달아나는 범인이 보일 리가 없기 때문이죠. 그러나 거울이 이 위치에 있었다면 어떨지?"

도면에 거울의 위치가 빨갛게 표시됐다.

【그림 ②-B】

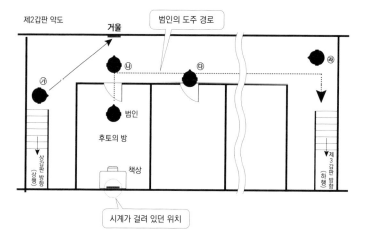

제2갑판 약도

거울

범인의 도주 경로

㉮

㉯

범인

㉰

㉱

후토의 방

책상

상갑판 방향
(상행)

제3갑판 방향
(하행)

시계가 걸려 있던 위치

• ㉮가 거울에 비친 범인의 모습을 보는 것은 가능하다. → ㉮는 참
• ㉰와 ㉱의 증언에 따르면 도주 경로는 그림과 같아지게 되어, ㉰와 ㉱의 증언은 모순되지 않는다.
• ㉯는 '범인이 뒤에서 부딪쳐 와'서, '진짜 놀랐다'고 말했으나,
  범인의 모습은 문을 연 순간부터 거울에 비쳤다. → ㉯의 발언은 거짓.
  범인의 공범은 ㉯이다.

"웬걸요, ㉮가 있는 위치에서, 달아나는 범인의 모습이 보이게 됩니다. 반대로, ㉯의 위치에서는 등 뒤에 있는 사건 현장의 문이 항상 보이는 상태가 됩니다. 당연히, 문이 열리는 것도, 범인이 나오는 것도 봤을 겁니다. 그렇다면, '등 뒤에서 갑자기 부딪쳐 왔다'는 것도, '진짜 놀랐다'는 것도 없었던 일이겠죠?"

뒤에서 끙끙대는 목소리가 들렸다. "직접 알아내고 싶었는데……."

"마지막으로, 원고지의 메시지입니다. 이것은, 당신의 모습을 봤을 때 후토 씨가 장난삼아 자기 원고에 표시를 한 겁니다. 그는 암호 놀이를 아주 좋아했기 때문에, 원고 안에 '사쿠라기'라는 글자를 발견하고 재미있어져서, 트레이싱지에 ×표를 그린 거죠."

스크린에 뒤집힌 트레이싱지가 비쳤다. 나타난 글자는 '사쿠라기'였다.

"당신은 현장에서 이를 알아차리고 소름이 쫙 끼쳐, 난처한 나머지 트레이싱지 앞뒤를 뒤집어 상하를 반전시켜 봤어요. 그래요, 마치 거울에 비친 것처럼 말이죠. 그러자 하늘의 계시가 내려왔는지, '노마구치'라는 글자가 나타났어요. 이건 C 씨의 결혼 전 성으로, 그녀에게 용의를 덮어씌우는 게 가능하다는 것을 알게 됐죠. 따라서 트레이싱지를 없애지 않고, 자신의 가짜 추리에 이용하기로 한 겁니다. 자기 꾀에 자기가 넘어간다는 건 이런 거겠죠."

【그림 ③-B】 트레이싱지의 상하가 반전되며 뒤집힌 상태

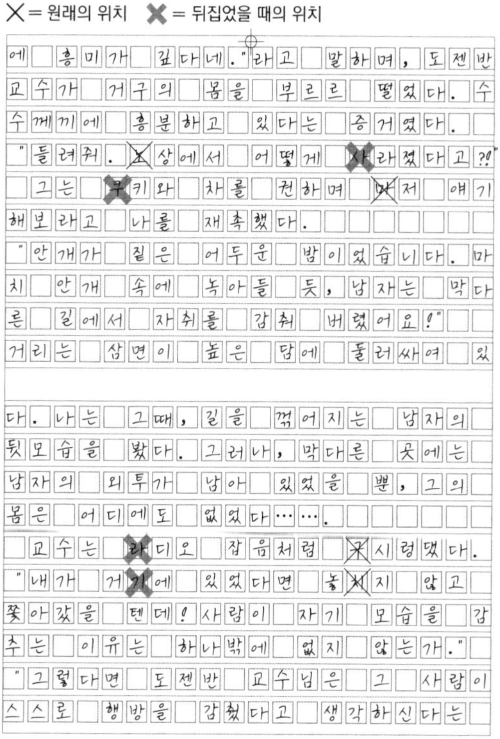

✕ = 원래의 위치　✖ = 뒤집었을 때의 위치

> 에 흥미가 깊다네." 라고 말하며, 도젠반 교수가 거구의 몸을 부르르 떨었다. 수수께끼에 흥분하고 있다는 증거였다.
> "들려줘. ✕상에서 어떻게 ✖라졌다고?!" 그는 ✖키와 채를 컨하며 ✕저 얘기해보라고 나를 재촉했다.
> "안개가 짙은 어두운 밤이었습니다. 마치 안개 속에 녹아들 듯, 남자는 막다른 길에서 자취를 감춰 버렸어요!" 거리는 삼면이 높은 담에 둘러싸여 있

> 다. 나는 그때, 길을 꺾어지는 남자의 뒷모습을 봤다. 그러나, 막다른 곳에는 남자의 외투가 남아 있었을 뿐, 그의 몸은 어디에도 없었다……
> 교수는 ✕디오 잡음처럼 ✖시령댔다.
> "내가 거✖에 있었다면 놓✖지 않고 쫓아갔을 텐데! 사람이 자기 모습을 감추는 이유는 하나밖에 없지 않는가."
> "그렇다면 도젠반 교수님은 그 사람이 스스로 행방을 감췄다고 생각하신다는

　이건 솔직히, 우연에 우연이 더해져 만들어진 문제로, 그다지 잘 만들어진 게 아니라는 생각이 들었다. '라디오 잡음처럼'이라는 표현도 확실히 부자연스럽다. 장난으로 생각하면 재미있지만, 다잉 메시지가 두 가지 있는 것도 깔끔하지 않다.

　나는 완전히 의기양양해서, 마음속으로 게임을 품평까지 하고

있었다.

"내가 거울이라는 트릭을 생각해 내게 된 데에는 복도 벽에 있던 햇볕에 그을린 자국의 영향이 커. 하지만 1번부터 4번까지 문제의 답안지에도 엄청난 힌트가 있었어."

가이토 형은 나를 재촉하며 답안지를 보여 줬다. 각각 좌측 하단에 '잘못 기재했거나, 손상된 경우 재교부해 드립니다. 담당 직원에게 말씀해 주세요.'라는 주의사항이 적혀 있다.

"그냥 당연한 주의사항이 적혀 있는 정도고, 그 밖에는 평범한 백지인데⋯⋯. 혹시 불에 갖다 대면 글씨가 나타난다든가, 그런 건가요?"

"아니. 바로 그 주의사항이 열쇠야."

"응? 무슨 말이에요?"

"글의 내용만으로는 알아채지 못했어. 스구루 네 말대로, 별로 특별할 것도 없는 주의사항이니까. 하지만, 네가 내 키트에 주스를 엎질렀잖아?"

"아아⋯⋯. 그랬죠."

"그때, 직원이 설문지도 포함해서 모든 용지를 교환해 줬어.

무슨 말인지 알겠어? 주의사항이 적혀 있지 않았던 설문지까지, 전부 다 말이야."

"……아!"

나는 손뼉을 딱 쳤다.

"그 말은, 재교부해 드리겠다는 주의사항이 적혀 있든, 아니든 상관없다는 거죠!"

"맞아. 그랬다는 건, 굳이 주의사항을 적을 필요가 없다는 얘기지. 그런데도 적어 둬야 했다는 거니까, 여기엔 틀림없이 의미가 있어. 어떤 것에든 이유가 있기 마련이라고. '재교부'. 이 말이 게임의 열쇠를 쥐고 있다고 예상했지. 즉, 이 게임에는 '같은 문제에 정답을 두 번 낼 수 있다는 것에 중요한 의미가 있는 게 아닐까' 한 거야. 탈출 게임 마니아는 말꼬리 하나도 놓치지 않는다고."

'마지막 말은 굳이 왜 하는 거지.' 하고 생각했다.

"사무국 측은 1번부터 4번 문제까지는 복수 응답이 가능하고, 마지막 문제의 정답 기회는 한 번뿐이라고 설명했어. 그리고 1번 문제를 풀면, 2번 문제의 힌트를 받을 수 있다는 얘기도 했지.

즉 1번의 답 A를 제출하면, 2번 문제를 풀 수 있게 돼. 하지만 그건 힌트를 받는 의미밖에 없어. 5점을 받는 건 아니야. 문제의 취지를 알아채고 나서 답안지를 재교부받아, 정확한 답을 다시 제출하는 거지. 그제야 처음으로 5점의 득점이 생기는 거야. 답안지에 이름이 전부 적혀 있는 건, 사무국 측에서 이러한 두 가지 해답을 관리하기 위함이겠지."

"우와……. 뭔가 듣기만 해도 머리가 아프네요."

"답안지의 재교부, 그리고 숨겨져 있던 거울. 여기까지 오면 방향성은 보여. 거울에 의해 각 문제의 의미가 반전된다든지, 하는 그런 장치가 숨어 있겠지. 1번 문제의 사진이 키트 안에 미리 들어 있었던 것도 추리에 도움이 됐어."

"자, 그러면." 가이토 형이 씩 웃었다.

"이걸로 게임의 비밀은 풀렸어. 지금부터는 나의 '마법'에 대해 얘기할 차례야."

그 말에 갑자기 현실로 끌려 들어와, 부서진 수도관에서 흘러 나오는 물소리가 크게 들리기 시작했다.

"거울에 대해 알아챈 나는, 마사루에게 그걸 전달할 생각을 하게 됐어. 힌트를 주는 것만으로도 그 녀석이라면 모든 걸 알아챌 테니까 말이야."

"무슨 얘기예요?"

"이 메모, 기억나?"

'거기 있니? 나 가이토야. 지금 어떤 방에 갇혀 있어.
울고 싶을 지경이야. 너무 겁난다.

자, 시간이 없어. 우리 살해당할지도 몰라.

신경이 예민해지는 것 같아. 어서 구하러 와 줘.'

도움을 청하려고 방 바깥으로 던진 메모의 사본이었다. 그건 우리 형이 구겨 버렸는데, 하고 생각이 나려던 참에 나는 깜짝 놀랐다.

"첫 글자……."

"단순한 트릭이지? '거울', '자신.' 일부러 줄 바꿈을 해 놔서 그 녀석은 금방 알아차렸을 거야. 거울과 범인에 대한 힌트까지 주면, 금방 사건의 진상에 다다를 수 있지."

"하지만 왜 그런 일을 한 거예요?"

"당연한 거 아니야?"

가이토 형의 웃음에서, 어딘지 악마의 미소가 연상되었다.

6. 결과 발표

마사루(형) **오후 4시 50분**

해결편 영상이 끝나자, 턱시도를 입은 진행자가 나타나 "그러면, 성적 우수자 시상 순서로 넘어가겠습니다!" 하고 선언했다.

나는 가만히 숨을 내쉬었다. 어쨌든 게임은 끝났다. 휴대전화

전원을 켰다. 앞으로 10분 후면 몸값을 전달받을 시각이다. 아버지도 이제 슬슬 항복하고, 목표한 가상 화폐에 입찰해 주겠지.

나도 모르게 만족스러운 미소가 지어졌다.

그렇고말고. 승자는 나다!

"최우수상인 금상은 네 명! 최종 문제의 답을 정확히 맞혀 주신 분들입니다. 우선, 최종 문제의 정답을 가장 먼저 제출한 분을 소개하겠습니다! 1번부터 4번까지의 답은 내지 않은 대신, 마지막 문제는 누구보다도 먼저 제출했을 뿐만 아니라, 단서에 대한 지적도 많이 해 주셨습니다. 그 스피드와 예리함을 높이 평가하여, 최종 문제에서 80점 만점을 달성했습니다!"

오오, 하고 행사장이 웅성거림으로 가득 찼다.

턱시도 남자가 숨을 들이쉬고는, 이렇게 외쳤다.

"스사키 마사루 님!"

머릿속이 완전히 하얘졌다.

내 이름?

어째서 내 이름이 불리는 거야?

나에게 스포트라이트가 쏟아졌다. 몸이 움찔하며 떨렸다. 그만해. 나는 주목받으면 안 된단 말이야. 무사한 모습을 보이면 안 된다고. 그만해. 나한테 빛을 비추지 마!

"스사키 씨, 나타났습니다." 직원 한 명이 휴대전화에 대고 말했다. "최종 문제 해답을 제출한 걸 보고, 무사한 것 같다고는 전달했습니다만…… 그렇습니다. 압도적인 1등입니다. 게임 개시 후 2시간도 안 돼서 완벽한 정답을 풀었으니까요. 1번부터 4번까지는 전혀 답을 제출하지 않고, 20점은 무시해 버리다니 당돌한 아드님입니다. 머리가 정말 좋군요."

뭐라고?

2시간도 안 돼서?

당연히 나는 그렇게 제출하지 않았다. 했을 리가 없다. 말도 안 돼.

2시간이라면, 아직 가이토가 갇히기 전이다. 설마! 설마! 내가 속은 건가? 하지만, 어떻게 한 거지?

카메라 플래시 세례가 쏟아졌다.

여기에는 부자들이 모여 있다. 모두 아빠의 친구들이다. 지금쯤 아빠가 있는 곳에는 전화나 SNS로 축하 메시지가 쏟아져 들어오고 있겠지.

그만, 그만해, 제발 그만해.

계획은 완벽했단 말이야! 문제가 생겼지만 잘 수습했다. 착각해서 납치했다는 스토리를 새롭게 짰다고. 금상? 그딴 건 필요 없어. 그딴 건……!

홀에 있는 사람들이 잔뜩 신이 나서는, 내 기분도 모르고 어깨를 두드려 주며 내 이름을 큰 소리로 외치고 있다.

나는 그곳에서 맥없이 주저앉았다.

방 밖에서 쿵쿵 하는 발소리가 들렸다. 여러 사람의 발소리였다. 소란스럽게 바리케이드를 치우는 듯한 거친 소리도 들렸다. 나도 모르게 몸이 움츠러들었다.

"거봐. 마법의 효과가 있지?"

가이토 형은 나를 끌어안고는 윙크를 해 보였다. 그의 손에는 벽에서 떼어낸 전화선과 전선 다발이 쥐여져 있었다.

가이토 형의 무모한 행동으로 방출된 물에 마침내 침대까지 잠기기 직전이었다. 하지만 가이토 형의 계산은 의외로 완벽했는지, 침대 위에 있는 우리 발이 물에 잠길락 말락 하는 아슬아슬한 시간에 '마법'이 효과를 발휘했다.

바깥쪽에서 문이 열렸다.

방의 조명 빛에 납치범 세 명의 모습이 비쳤다. 우락부락한 남자들로, 무기 없이는 맞서지 못할 것 같다. 그들은 선원 복장을 하고 반바지를 입어 다리가 드러나 있었다.

열린 문을 통해 물살이 기세 좋게 덮쳐 오자, "우앗!" 하며 세 사람이 뒤뚱거렸다. 그 순간, "열어 줘서 고마워요."라며 가이토 형이 전선 다발을 던졌다.

전선 다발이 물속에 잠기자, "빠지직!" 하며 불꽃이 튀었다.

세 사람의 몸이 펄쩍 튀어오르더니 물보라를 일으키며 쓰러졌다.

"……조금 셌나. 잠시 기절만 해 주면 되는 건데."

물은 이미 복도로 흘러넘쳐, 방은 이제 수심 2센티미터 정도밖에 물이 남지 않았다. 가이토 형은 고무 밑창이 달린 신발을 신고 침대에서 내려가 나를 안고 방을 나섰다. 도중에 납치범들의 몸을 발로 툭툭 건드리고는, 신음 소리를 내는 걸 보고 안심한 얼굴로 재빠르게 방을 빠져나갔다.

"어때. 내 말대로 됐지?"

가이토 형은 나를 내려놓으며 의기양양하게 웃었다.

"마사루가 1위를 차지하게 한다. 이것이야말로 내 '마법'의 정체였다고! 마사루가 시상대에 올라가면, 마사루는 무사하다는 게 밝혀지게 되고, 납치극 시나리오도 실패로 돌아가는 거지. 그리고 무엇보다 중요한 것. 납치범들이 자신들의 실수를 깨닫게 되는 거지."

"범인들은 불안하겠죠. 형에게 속았다고 생각할지도 몰라요. 어쨌든, 자기들 눈으로 방 안을 확인하지 않으면 안심할 수 없고……."

"자기들이 실수를 한 건가, 대체 누구를 납치한 건가, 궁금해서 견딜 수 없었겠지. 여기서 C급 선실의 밀실성이 살아나. 완벽한 밀실이지만 오히려 그렇기에 '마법'이 효과를 발휘한 거야. 방 안을 보려면 문을 열 수밖에 없으니 말이야. 이렇게 해서 탈출 경로를 확보할 수 있었던 거지."

가이토 형은 고개를 저으며 말을 이었다.

"하지만 우리는 힘이 없잖아. 저들에게 대항할 무기가 없으면 탈출에 성공할 수 없어. 그때 생각한 게 전기야. 선원들은 반바지를 입고 있어서 다리가 드러나 있잖아. 거기에 전기가 통하면 기절 정도는 시킬 수 있겠지. 그래서 방 안에 물을 채운 거야. 시간에 맞출 수 없어서 수도관을 폭파시킨 건 좀 과했지만."

가이토 형은 부끄럽다는 듯 쓴웃음을 지었다. 그때는 나 역시 '가이토 형이 정신이 나갔다'고 생각했다. 가이토 형의 행동에는 하나하나 의미가 있었던 거다. 사람을 좀 다시 보게 됐다.

"후후후, 역시 마사루는 수수께끼를 풀고는 답을 제출하고 싶은 유혹을 이겨내지 못한 모양이야. 그 녀석도 단순하다니까. 미끼를 확 물어 버리다니. 후후후후후."

"그러……게요."

나는 입을 꾹 다물고 고개를 숙였다.

가이토 형과 나는 상갑판 홀에 이르렀다.

우리 형은 아직 시상대 위에 있었다. 창백한 얼굴로 억지웃음을 띠면서, 손을 흔들고 있었다. 그 밖의 완전 정답자는 세 명. 전체의 4퍼센트였다.

"야, 그건 그렇고 말이야."

앞쪽에 대학생으로 보이는 두 사람이 대화를 주고받고 있었다.

"마지막 그거, 알고 있었어? 탑승 티켓으로 답안 제출하면 실격이라는 거……."

"전혀 몰랐어. 그냥 탑승 티켓 뒷면에 범인 이름이랑 이유를 써 버렸지. 다른 건 전부 정답이었는데, 동상밖에 못 받았어. 그래도 뭐, 동상 입상자까지는 45명이니까, 나도 잘한 편인가."

"그러고 보니 처음에 형사가 말했지. '나는 절대로 범인이 이 배에서 달아나게 하지 않겠어. 범인을 배에서 내리게 해선 안 돼!'라고. 그리고 아이다 형사가 배에서 내릴 때, 티켓을 상자에 제대로 집어넣더라고. 거기에서 '티켓을 넣는다=배에서 내린다'는 암묵적인 룰이 드러난 거야."

"진짜야? 그거 못 봤는데. 아, 정식 플레이 시작되면 또 올까. 밥도 맛있고, 수영장도 신나고……."

그들의 대화를 들은 가이토 형은 내 얼굴을 보며 말했다.

"그랬구나……. 그러면, 티켓이 아닌 설문지에 적어야 하는 거였구나. 어쩐지 글 쓸 자리가 넓긴 하더라."

"아……. 그렇군요. 듣고 보니 설문지에까지 이름이 인쇄되어 있는 건 이상하네요."

"응. 그게 힌트였던 거네. 하지만 마사루는 1위를 했으니까, 그건 자력으로 알아낸 거네. 역시 내 라이벌답다. 빈틈이 없어."

대학생 두 사람은 여전히 대화 중이었다.

"그런데 말이야, 그건 역시 복선이었어. 봐 봐, C13호 선실에서 '구해 줘요!' 목소리 들렸던 거. 거기에 사쿠라기가 갇혀 있다는 의미였던 거겠지."

상대방 대학생은 그 말을 듣고 "아아, 그런 거였나." 하고는 뒤에 있는 직원을 돌아보며 말을 걸었다. "저기요, 참 잘 만들었네요, 이 게임."

직원은 어리둥절한 표정으로 말했다.

"목소리요……? 아니요, 그건 게임에 준비되어 있지 않은데요……."

"네?"

"뭐라고요?"

대학생 두 명은 얼굴을 마주 봤다.

"아니, 이거 봐, 무슨 소리야. 잠깐만."

"그러면 그거…… 진짜 귀신이었어?"

두 사람은 잠시 굳은 채로 서로를 바라보더니, 이윽고 불에 데인 것처럼 "으아악!" 하고 소리치며 홀을 뛰쳐나갔다. 아, 저러면 안 되지. 바깥 공기 쐬고 정신 좀 차리는 게 낫겠다.

덩그러니 남겨진 직원은 "목소리라……. 그래, 복선으로는 확실히 재미있네. 내 아이디어인 것처럼 기획안 내면 월급 좀 올려주려나……." 하며 혼자 김칫국을 마시고 있었다.

홀이 다시 어두워지고, 영상이 시작됐다.

"크랭크 업입니다! 수고하셨습니다."

느릿한 목소리가 울렸다. 사쿠라기, 다지마, 아이다 역을 맡은 배우들이 서로서로 인사를 주고받는다. 메이킹 영상인가? 하며 웅성거리는 소리가 났다. 카메라는 B급 선실로 내려가 그곳에 쓰러져 있는 시신에 접근했다.

"크랭크 업입니다!" 다지마 역의 배우가 말을 걸었다. "정말 고생하셨습니다!"

"으응······. 아."

그 목소리를 들은 순간, "어?" 하는 목소리가 들린 듯했다.

시신 역의 남자가 일어났다.

"엥, 진짜로?"

"아니, 이거 너무 호화 캐스팅이잖아."

홀 안이 술렁거렸다.

그도 그럴 것이, 그는 80세 소설가 미도리카와 시로, 즉 명탐정 사쿠라기 시리즈를 탄생시킨 장본인이었다.

"안녕하십니까. 미도리카와 시로입니다. 이번에 새로 쓴 각본, 즐거우셨는지요? 지금까지 종이 위에서 많은 사람을 죽였습니다만, 제 자신이 살해당하다니 이것 참, 처음 해 보는 경험이었습니다."

"하지만, 모처럼 미도리카와 선생님이 나와 주시는데, 시체 역할만 하는 건 좀······."

"아? 그런가? 음, 그렇군. 그러면, 지금부터 여러분 앞으로 가 볼까나."

홀이 커다란 환호성으로 가득 찼다. 미도리카와 마니아도, 사쿠라기 시리즈의 팬도, 서프라이즈를 좋아하는 탈출 게임 마니아도, 한결같이 열광의 도가니에 빠져들었다.

"자 여러분." 턱시도 남자가 단상에서 말했다. "최종 답안지, 즉, 설문지에는 '알아차린 점에 대해 최대한 적어 주시면 좋겠다'고 말씀드렸지요. 그렇습니다. 사실은 딱 한 사람, 피해자 역할이 미도리카와 선생이라는 것을 알아챈 분이 계십니다! 그분께 '미도리카와 특별상'을 수여하고, 미도리카와 선생님의 친필 사인, 그리고 기념품을 증정하겠습니다!"

스포트라이트가 향한 곳은 젊은 여자였다. 미도리카와 작가 데뷔 50주년 기념 티셔츠를 입고, 가방에 사쿠라기 배지를 잔뜩 달고 있었다. 당장이라도 눈물을 흘릴 듯 감격하고 있었다. 그 정도 열성 팬이라면 흐느낄 만도 하겠지.

"야, 대단하네, 스구루. 이 게임, 뭐가 엄청 많다. 우린 거기까지는 알아채지 못했네."

탈출 게임 축제의 소란을 마음껏 즐기는 가이토 형과 이야기하고 있자니, 점점 나도 피곤해진다.

단상에서 내려온 마사루 형이 눈앞에 나타났다.

형은 가이토 형의 모습을 보자마자 귀신처럼 무서운 얼굴로 노려봤다.

그렇게 두 사람은 홀 안에서 대치했다. 많은 플레이어들이 미도리카와 팬인 여자에게 박수를 보내는 것엔 아랑곳하지 않았다.

가이토 형은 당돌한 표정으로 씩 웃었다.

"야, 이 게임, 네가 이겼네. 최우수상이라니. 축하해."

이에 형은 억지스러운 웃음을 지으며 응했다.

"……그래. 이긴 게 너무 좋아서 미치겠어. 모처럼 이렇게 됐으니 뭐든 해 줄게. 뭐 갖고 싶은 거 있어?"

형도 필사적이다. 자신의 납치극을 숨기기 위해 입막음을 하고 싶어 안달 난 거겠지.

"그래. 아래층 선실 하나가 엉망이 돼서, 수리해 주면 고맙겠어. 너희 집안 재력이라면 별것 아니잖아? 뭣하면 네가 저지른 일로 해도 되고."

가이토 형이 손을 내밀었다.

가이토 형도 이번엔 보통내기가 아니었다. 그러니까, 우리 형이 납치당한 것으로 해도 된다는 얘기다. 그 방에서 탈출 작전도 짰고, 시상대에도 올랐다고. 그러면 아버지도 납득할 테고, 악한들을 타도한 영웅 행세도 할 수 있다.

형은 가이토 형에 대한 증오와 당한 것에 대한 분함을 드러내면서도, 내민 손을 잡아 굳게 악수를 나눴다.

"거래 성립이다."

"그래. 우리 앞으로도 변함없이 친하게 지내자."

가이토 형은 관대한 모습을 과시하려는 듯이 그런 말을 했다.

우리 형의 관자놀이에 푸른 핏줄이 곤두섰다. 최우수상 받은 사람이 저런 표정이나 짓고 있다니.

단상에 올라간 미도리카와 시로는 위풍당당하게 이 게임에 대한 생각을 말하고 있었다. 홀 안을 우레와 같은 박수가 채우며 베타 테스트는 성황리에 끝나 가고 있었다.

그 와중에 우리 세 사람만이 동떨어져 있는 것 같았다.

이 두 사람, 앞으로도 이런 식으로 대결을 계속하려나.

……가이토 형은 정말 잘해 주었다. 기대 이상이었다. 물론, 수도관을 망가뜨린 건 심했지만.

그래도, 그 발언을 할 땐 나도 모르게 웃음이 터질 뻔했다고.

'후후후, 역시 마사루는 수수께끼를 풀고는 답을 제출하고 싶은 유혹을 이겨내지 못한 모양이야. 그 녀석도 단순하다니까. 미끼를 확 물어 버리다니'.

입꼬리가 올라가려는 걸 억누르면서, 숨기느라 어찌나 안간힘을 썼는지.

그게 말이 되겠냐고.

우리 형도 멍청이는 아니거든. 눈에 띄지 않는 게 최우선이니까 정답 제출 같은 건 하지 않을 게 뻔하잖아.

마지막까지 와서도 영 허술하다니까.

진짜로, 다행이다.

다른 누구보다도, 내가 먼저 형의 이름으로 정답을 제출해서.

7. 내막

스구루(동생) 18세

어어, 왜 그래요, 마스다 집사님. 눈이 휘둥그레져서는!

옛날 얘기를 꺼낸 건 집사님이잖아요.

그게 벌써 8년도 더 됐네요. 시간 빠르네. 이런 타이밍에 마스다 씨가 저한테 이야기를 꺼낸 것도 죄책감을 못 견뎌서 그런 거죠? 하지만 괜찮아요. 저는 마스다 씨에게 항상 감사하고 있어요. 오늘도 그렇고, 거기다 그때도 그렇고요. 마스다 씨의 도움이 없었다면, 형도 그런 계획에 발을 들이지 않았을 테니까요.

아, 미안해요. 지금까지 8년 전 사건을 돌아봤는데, 갑자기 제 태도가 달라져서 놀랐죠?

요컨대, 8년 전 형을 우승시키고 납치 사건을 엉망으로 만든 건 나였어요. 그걸 가이토 형의 짓으로 꾸며서 나를 의심하지 않게 했죠.

아직 이해가 잘 안 되나 보네요.

순서대로 얘기할게요.

가이토 형이 신이 나서 설명하던 게임의 트릭이라는 거, 나는 일찌감치 알아냈어요. 답안지에 적힌 주의사항, 복도에 있던 햇볕에 그을린 자국, 게다가 그 과하고 촌스러운 의상! 뻔히 들여다보였어요. 오히려, 이딴 기획을 한답시고 머리를 쥐어짰을 게 눈에 선해서 눈물이 다 났다고요.

규칙 설명을 듣던 시점에 답이 다 풀렸다는 건 믿을 수 없다고요? 에이, 저 원래 그런 게임 잘했었다고요. 마스다 씨도 알았잖아요?

초청 플레이어 자격으로 불려 갔을 정도인걸요.

가이토 형과 처음 만났을 때, 자수가 놓인 제 모자를 말똥말똥 쳐다보고 있던 형이 제 모자를 뒤집어쓰는 바람에 놀랐다고요. 가이토 형이 초청 플레이어인 걸 보고는 라이벌 의식이 작용한 거죠. 덕분에 나는 모처럼 받은 초청 플레이어용 모자를 빼앗겼어요. 우리 형, 정말 허세는 엄청 부린다니까.

하지만, 이내 '앗. 이거 써먹을 수 있겠는데!' 하고 깨달았어요. 덕분에 나는 가이토 형의 경계 대상에서 벗어났고요. 탈출 게임에는 도가 텄다는 것도, 어린 나이지만 형이나 가이토 형보다 머리가 잘 돌아간다는 것도 들키지 않게 됐죠.

정말 완벽한 조건이었어요. 나한테도 계획이 있었으니까요.

그래요, 형의 납치극을 저지한다는 계획 말이에요.

형이 이번 게임을 이용해 납치 자작극을 꾸몄다는 거 처음부터 알고 있었어요. 마스다 씨가 한몫 끼어 있다는 것도요.

하지만 그런 거 하지 말았으면 했어요. 형이 나가면 저 혼자서 어떻게 그 집에서 사냐고요. 완전 눈치 보면서 지내야 하는데.

내가 더 머리가 좋다는 걸 아빠는 진작 알아차렸고, 나를 회사 후계자로 키우려고 하고 있었어요. 형은 부모의 관심을 받지 못하는 고독과 울분을 못 이겨 집에서 도망치려고 한 거예요.

하지만 나가더라도, 내가 자립할 수 있는 나이가 될 때까지 기다려 줬으면 했어요. 형에게 선수를 빼앗기면 내가 대를 잇게 되어 이 집에서 평생 도망치지 못하게 된다는 게 확실해지니까요. 그건 견딜 수 없다고요.

저보다 먼저 태어났다는 것만으로, 그렇게 멋대로 하게 두진 않아요.

그래서 철저하게 방해해 주기로 한 거죠.

대강의 시나리오는 이거예요. 납치범 일당이 나와 가이토 형을 '실수로' 납치하게 해서, 형을 게임 행사장에 고립시킨다. 그리고 형이 1위를 하게 만들어서, 모든 것을 백일하에 드러낸다! 완벽해! 게다가 극적이고! 제 취향에도 딱 맞았죠.

그러기 위해서는,

1. 형의 납치 계획을 망치기 위해 납치 실수를 만들어 낸다.

2. 가이토 형이 모든 것의 흑막인 것처럼 보이게 해서 우리 형이 나를 의심하지 않게 만든다.

3. 동시에 가이토 형에게도 의심받지 않도록 한다.

4. 형을 1위로 만들어 시상대 위에 오르게 한다.

'착각해서' 납치하게 만드는 건 쉬웠어요. 형이 가이토 형과 만난 뒤, 저는 가이토 형에게 딱 붙어 있었죠. 선원들이 덮쳤을 때도, 일부러 선원들이 착각할 만하게 행동했고요. 그 촌스러운 의상도 도움이 됐어요. 모자로 얼굴을 잘 숨겼으니까.

감금당할 걸 알고 있었으니까 주머니에 초코바, 견과류, 쿠키를 미리 잔뜩 넣어 놨지만, 그때는 역시 의심받지 않을까 걱정되더라고요. 가이토 형이 둔해서 아무 일도 없었지만.

그리고 가이토 형이 분위기에 잘 몰입하는 사람이라서 2번 '흑막으로 만든다'는 조건에 아주 딱 맞았어요. 알아서 암호가 담긴 쪽지까지 남겨 줬을 땐 나도 모르게 덩실덩실 춤출 뻔했다니까요.

가이토 형과 우리 형 모두 있는 곳에서, 제가 일부러 주스를 엎질러서 답안지의 '재교부'를 보여 준 것도, 내가 한 일이지만 자연스럽게 참 잘했어요. 가이토 형에게는 문제를 풀게 할 힌트를 주었고, 형은 '가이토가 그때 알아차렸구나' 하고 생각했을 거예요. 꽤 효과적인 복선이었죠.

가장 힘들었던 건 3번, 가이토 형에게 의심받지 않도록 하는 거였어요. 가이토 형이 자신만만하게 해설할 때, 처음으로 알게 됐다는 듯한 태도를 취하는 게 진짜 피곤했거든요. 가이토 형은 장황하게 질질 끌며 얘기하는 습관도 있는데다가 '열 살짜리 꼬마도 알아들을 정도로' 차근차근 얘기해 주는 걸 매번 끝까지 들어주는 게 괴로웠죠.

"그딴 거, 나도 다 안다고!"라고 몇 번이나 말할 뻔했다니까요.

물론 밀실에서 탈출하기 위한 '마법'이라든지, 내가 예상하지 못한 부분에서는 놀랐어요. 방식은 무식했지만요. 그때는 황당한 녀석을 상대하게 된 걸지도 모른다는 생각에 상당히 초조하기도 했고, 가이토 형도 꽤 하는구나 하고 혀를 내두르기도 했어요.

그리고 마지막으로, '형을 1위로 만든다'는 것. 이건 납치된 후에는 무리잖아요. 그래도 오프닝 영상을 본 순간부터 게임의 트릭은 간파했으니, 납치되기 전에, 형의 이름으로 최종 문제 정답을 제출해 버리면 되는 거죠. 마지막 문제 정답은 가장 먼저 제출한 것만 유효하다고 규칙 설명 때 들었으니, 나중에 형이 답을 또 제출하더라도 문제없고요.

마지막 문제의 배점은 80점이었죠. 압도적으로 빠르게 들어온 정답을 사무국도 소홀히 다루지는 않을 거라고 생각했어요. 1번부터 4번 문제는 힌트가 없으니 깨끗이 포기하기로 했어요. 멋지게 해냈죠. 마지막 문제만으로 형이 금상이 됐을 땐 쾌재를 부르고 싶었다고요.

형이 자기 이름으로 받은 답안지를 확인할 기회는 없을 거라 예측할 수 있었어요. 가이토 형 행세를 하고 있었으니까요. 그러면 가이토 형의 답안지를 재발행해서 게임에 참여하고 있을 테니, 자기 것은 숙소에 숨겨 두고 건드리지 않겠지, 하고요.

그렇게 하면 알아채지 못하죠.

자기 답안지가 없어졌다는 사실을요.

이게 전부, 내가 꾸민 거예요.

밀실 안에 들어갔을 때부터 이미 모든 게 끝나 있었던 거죠.

자, 그러면, 옛날이야기는 이 정도로 하죠. 저는 슬슬 가야겠어요.

마스다 씨, 이번 일은 정말 감사합니다. 유학 준비부터, 그곳에서 살 집까지. 어릴 적부터 줄곧 신세만 졌네요. 이렇게 집을 나가는 마지막 날, 마스다 씨와 옛날이야기를 할 수 있어서 즐거웠어요.

아, 그 배 위에서는 정말 잘 해냈어. 그곳에서 내 인생이 열리기 시작한 것 같아요. 나 자신만의 인생! 나의, 자유로운 인생!

아빠는 분명 낙담해 계시겠죠. 후계자로 키우려고 했을 테니까요. 뭐, 형이 저래 봬도 성실하고, 이래저래 좋은 사장이 되지 않을까요. 형에게도 그게 가장 좋을 것 같고요. 아빠도 결국에는 불평을 그만두지 않겠어요?

봐요. 나는 형과 다르게, 나가면서도 우리 집에 대해서 이렇게 걱정한다고요.

정말이지 나는 도리를 아는 아들이죠. 안 그래요?

작가의 말

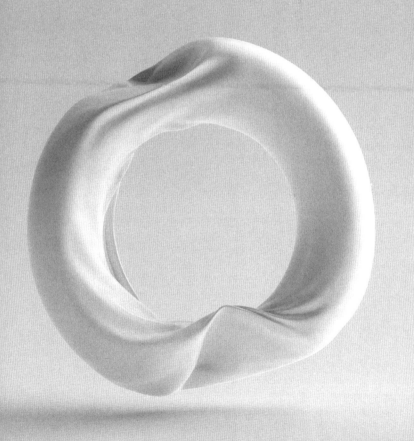

처음 뵙겠습니다. 또는 오랜만입니다. 아쓰카와 다쓰미입니다.

첫 작품집이 완성되었네요.

'단편집'이라고 부르고 싶습니다만, 한 작품 한 작품이 400자 원고지로 환산하면 100매 정도, 혹은 그 이상 되는 작품들입니다. 중편집이라고 하는 게 더 맞을 것 같군요. 〈자로ジャ―ロ〉*에 실렸던 글을 모은 작품집입니다.

편집자와 논의하여 결정한 방침은, 크게 다음과 같습니다.

- 시리즈가 아닌 작품을 지향하되, 다양한 형식으로 구성할 것
- 어떤 형식이 되든, 내용은 본격 미스터리일 것
- 한 편으로 완결 짓는다는 생각으로 무대와 캐릭터의 매력

● 2000년 9월 창간한 미스터리 소설 전문 잡지. 현재는 연 4회 전자책 형태로 발행.

을 최대한 끌어낼 것

이 방침을 바탕으로 느긋한 마음으로 마음껏 써 나갈 수 있었던 것 같습니다. 시리즈가 아닌 각각의 작품을 하나씩 생각하는 것도 즐거웠고, 다양한 '실험'이 가능했던 것이 제게 원동력이 되었습니다.

이제 각 작품에 대하여, 발상의 토대가 된 작품이나 저의 취향 등, 뒷이야기를 조금 써 보고자 합니다.

〈투명인간은 밀실에 숨는다〉(〈자로〉 No.62, 2017년 12월)

SF 미스터리가 좋다. 그리고 도서(倒叙) 미스터리[*]가 좋다.

체스터턴의 〈보이지 않는 남자〉가 발상의 토대가 되었습니다. 그 작품에서는, 누구의 눈에 띄지 않고 밀실에 침입하여 사라져 버린 트릭을, 어떤 역설에 의해 밝히고 있죠. 물리적으로 보이지 않는 게 아니라, 심리적으로 보이지 않는다는 게 이 작품의 포인트였습니다.

그럼, 이를 실존하는 투명인간으로 만든다면 어떨까?

투명인간이 존재하는 세계를 설정하고, 밀실 안에 있는 게 분

---

[*] 역순으로 서술되는 미스터리.

340

명한 투명인간을 찾아낼 수 없는…… 이 밀실 트릭을 이용한다면, 제가 너무나 좋아하는 체스터턴을 향한 오마주가 되리라 생각했습니다.

하지만 투명인간의 생활이라는 것도, 여러 가지 제약이 있겠지요. 《투명인간의 고백》이나, 크리스토퍼 프리스트의 어느 장편을 읽었을 때 그런 생각이 들었습니다. 사람이 북적대는 곳은 어떻게 걸을까? 음식물의 소화는 어떻게 되지? 이러한 시행착오를 범인의 시점에서 써 나간다면, 시간 역순으로 전개되는 미스터리가 제대로 만들어지겠어, 하고요. 드라마 〈형사 콜롬보〉나 〈후루하타 닌자부로〉를 좋아하는 저로서는 두근두근 가슴이 뛰는 작업이었습니다.

이 단편은 《베스트 본격 미스터리 2018》(문고본이 되면서 '베스트 본격 미스터리 TOP 5 단편 걸작선 004'로 제목이 변경됨)에도 실려, 더욱 애착이 가는 작품이 되었습니다.

최종적으로 구성을 망설일 때, 영감을 준 것은 이시자와 에이타로의 〈양치행羊齒行〉이라는 단편이었습니다. 시간의 역순으로 서술되어 있어 범죄가 드러나는 순간이 생생한 미스터리로, 소도구를 사용하는 방식도 능숙해서 추천하는 작품입니다.

〈6명의 열광하는 일본인〉(〈자로〉 No.64, 2018년 6월)

밀실극이 좋다. 그리고 아이돌이 좋다.

이 두 가지를 합쳐 놓은 걸작 영화는 이미 존재합니다. 〈키사라기 미키짱〉이라는 작품으로, 어느 아이돌의 일주기에 모인 오타쿠 다섯 명이 살벌하게 고발·폭로전을 벌이다가, 마지막에는 수수께끼스런 감동까지 생기는 걸작(괴작)입니다. 복선을 까는 방법, 내용을 전개하는 방식 등, 영화 〈12명의 성난 사람들〉이나 〈12명의 마음 약한 일본인〉을 떠올리게 하는 부분이 많은, 정말 좋아하는 작품입니다.

이러한 걸작 영화에 나름대로 도전하고 싶었습니다. 그렇다면, 이 시대 일본 재판원 재판에서 재현한다면 어떨까, 하는 생각이 들었습니다. 전국에서 무작위로 차출되었을 재판원들이, 각각 정도는 다를지언정 하나같이 특정 아이돌을 따르는 '오타쿠'라면……. 본격 미스터리라는 취지는 잃지 않으면서, 이런 '장난'을 시도해 보았습니다. 집필 중에는 〈12명의 신난 사람들〉을 다시 읽으며 동기 유발을 했습니다. 미친 듯이 웃고는 '나도 이 정도로 써 보고 싶다.'며 마음속으로 다짐했습니다.

아이돌 얘기를 하자면, 제가 아이돌 오타쿠가 된 계기이 〈아이돌 마스터〉 시리즈를 언급하지 않을 수 없지만, 긴 이야기가 될 테니 생략하겠습니다.

여기서는 이 작품이 만들어진 것과 관계된 일에 대해서만 언급하겠습니다.

이야기를 구상하기 전, 제가 응원하던 아이돌 그룹이 해체하게 되었습니다. 마음에 구멍이 뻥 뚫린 듯한 느낌을 메우기 위해 이 작품을 구상했죠. '그런 일로 어떻게 이런 장난 같은 단편이 나온단 말이냐!'고 엄청나게 욕을 먹을지도 모르겠습니다.

슬픈 표정만 짓고 있을 수는 없었습니다. 그 아이들은 '최고의 순간'은 영원하지 않다는 걸 가르쳐 줬죠. 그러나 동시에 이 세상에는 '최고의 순간'이 분명 존재한다는 것을 가르쳐 준 것 또한 그녀들이니까요.

〈도청당한 살인〉 (〈자로〉 No.67, 2019년 3월)

탐정이 좋다. 그리고 범인 맞히기가 좋다.

그렇습니다. 범인 맞히기. 이 작품은 이 책 가운데 유일하게 범인 맞히기를 의식하고 만들어 보았습니다. 혹시 작가의 말을 먼저 읽고 계신 독자가 계시다면, 스스로를 시험해 본다 생각하고 작품을 읽어 보시기 바랍니다.

이 작품 속에서 범인을 특정하는 논리적인 과정은, 졸작 《성영사의 기억星詠師の記憶》을 구상하던 중 떠올렸던 소재입니다. 《성

영사의 기억》에서는 제대로 사용하지 못한 설정으로(여기서는 독순술 설정을 살리기 위해, 무음의 세계를 만들고 싶었기 때문), 중단편에서 재활용하게 되었습니다.

탐정의 설정은 술자리에서 떠올랐습니다. 제가 특수한 설정을 자주 사용하긴 하는데, 탐정이 특수 능력을 가진 경우를 쓴 적은 없더라는 얘기를 들은 거죠(이 작품을 발표한 뒤 출간한 《홍련관의 살인紅蓮館の殺人》(고단샤)에 나오는 '거짓말을 구별하는 탐정'은 여기 해당되려나?). 드라마에서는 자주 볼 수 있는 설정입니다. 미각으로 사건을 해결하는 〈신의 혀를 가진 남자〉라든가, 후각이 뛰어난 〈스니퍼 후각수사관〉이라든가…… 하고 생각해 보니, '청력이 유난히 뛰어난 탐정'은 별로 보지 못했다는 생각에, 써 보기로 했습니다.

이 작품에서 의견을 주고받는 부분을 완성할 때, 마지막에 영감을 준 건 덴도 신의 단편 〈별을 주운 남자들星を拾う男たち〉이었습니다. 덴도 신의 단편은 언제 읽어도 재미있어서 정말 좋아합니다.

또한 이 작품은 〈자로〉에 게재되었던 기존 버전을 대폭 수정했는데, 기존 버전에서는 탐정이자 능력자의 고뇌가 전면에 드러나 있지만, 이 탐정 콤비를 더욱 매력적으로 서술할 방법이 떠올라 편집자에게 개고를 제안하게 되었습니다. 궁금하신 분은 비교하며 읽어 보는 것도 재미있을 것 같네요.

덧붙여, 〈도청당한 살인〉이라는 완전히 같은 제목의 작품이 TV 드라마 시리즈 〈게이조쿠〉에 있더군요. 집필할 때는 몰랐었는데, 얼마 전 다시 살펴보던 중에 깜짝 놀랐습니다. 이 드라마도 트릭으로 도청기를 사용하는 방법이 재미난 미스터리이니, 함께 즐겨 주시면 좋겠습니다.

〈13호 선실에서의 탈출〉 (〈자로〉 No.70, 2019년 12월)

리얼 탈출 게임이 좋다. 그리고 선상 미스터리가 좋다.

시작은 잭 푸트렐이었습니다. 〈13호 독방의 문제〉와 비슷한 작품은 별로 본 적이 없는 것 같다는 생각에……

머리를 쓰는 능력을 겨루기 위해 감옥에서 탈출한다는 설정이 현대에서는 아무래도 재현하기 어려울지도 모르겠습니다. 그렇다면, 요즘이라도 이런 능력을 겨루는 게 자연스럽고 리얼리티가 느껴지는 장소는 어디일까? 그런 생각을 하던 중 '탈출 게임'과 푸트렐의 조합이라는 아이디어가 탄생했습니다. 한창 탈출 게임에 참여하는 도중에 '실제로 탈출'해야만 하는 상황에 처하는……. 고등학교, 대학교 동기들과 'SCRAP'의 리얼 탈출 게임을 하러 가 본 경험을 살려 집필했습니다. 게임 시나리오 자체가 재미있지 않으면 인정받을 수 없기에, 게임 시나리오를 먼저 마무리한 후에 '납치' 스토리를 구상했습니다.

푸트렐을 통해 배라는 소재에도 연결되었습니다. 푸트렐은 타이타닉호에서 최후를 맞았죠. 작중에서도 언급되듯이, 맥스 앨런 콜린스와 와카타케 나나미가 그 사실을 되살려 흥미로운 장편을 쓴 것도 이 제재에 기꺼이 도전하게 된 계기가 되었습니다.

선상 미스터리에는 수작, 걸작이 많다는 게 저의 지론입니다. 배 안이라는 한정된 공간에서, 밀도 높은 전개가 이루어지니까요……. 하지만 무엇보다도, 제 자신이 선상의 분위기에 두근두근하기 때문이라고 생각합니다. 존 딕슨 카의 《맹인 이발사The Blind Barber》나, 아와사카 쓰마오의 《희극 비희극喜劇悲喜劇》, 피터 러브시의 《가짜 경감 듀》……. 최근 작품 중에는 제바스티안 피체크의 《패신저 23》, 캐서린 라이언 하워드의 《조난 신호Distress Signals》 등, 모두 좋아하는 작품뿐입니다.

그러나, 단연 최고는 애거서 크리스티의 《나일강의 죽음》입니다. 유람선 여행의 설렘, 주요 사건 외에도 곁가지로 계속해서 터지는 사건들과 수많은 복선, 주요 사건 해결 과정에서 보이는 스마트함……. 전개 과정 하나하나에 작가의 고민과 노력이 응집되어 있어, '선상 미스터리를 만들려면 이 정도는 돼야지!'라고 외치고 싶은 걸작입니다.

대체로 보람이 있었던, 집필하는 것도 즐거웠던 작품입니다.

이상 네 편의 작품을 전해 드렸습니다.

대단한 얘긴 아니지만, 어쩌다 보니 네 개의 작품이 각각 사계절에 해당하는 모양새가 되었습니다. 여름, 봄, 겨울, 가을 순서네요. 집필하던 시기에 따른 우연입니다만, 결과적으로는 사계절처럼 각각 특색 있는 작품들이 담겨 있다고 해도 될 만큼 다양하고 풍부한 작품집이 만들어졌다는 생각에 뿌듯합니다.

앞으로도 시리즈가 아닌 작품을 계속한다면, 또 두 번째 단편집으로 만나뵐 수 있겠군요. 그사이에 시리즈로 만들 만한 작품도 탄생한다면 좋겠습니다만, 우선은 욕심내지 않고 한 작품씩 즐거운 '실험'을 해 나가고 싶습니다.

마지막으로, 데뷔작부터 쭉 저의 작품을 다듬어 주고 계신 고분샤의 S씨와 H씨, 〈자로〉에 게재될 때마다 세심하게 감상을 들려주신 고단샤의 I씨, 언제나 저를 지지해 주시고, 감상평을 들려주는 친구들에게 이 자리를 빌려 감사를 전합니다. 그리고 지금까지 읽어 주신 독자 여러분께 가장 큰 감사를.

그럼, 어딘가에서 또 만납시다.

2020년 1월 길일
아쓰카와 다쓰미

투명인간은 밀실에 숨는다

1판 1쇄 발행　2022년 4월 15일
1판 3쇄 발행　2022년 6월 24일
지은이 아쓰카와 다쓰미 | **옮긴이** 이재원 | **펴낸이** 신현호
편집부장 윤영천 | **편집부** 김다솜 주혜린 | **북디자인** 소요 이경란
본문조판 양우연 | **마케팅** 김민원
펴낸곳 (주)디앤씨미디어 | **출판등록** 2002년 4월 25일 제20-260호
주소 서울시 구로구 디지털로 26길 111 제이앤케이디지털타워 503호
전화번호 02.333.2513 | **팩스** 02.333.2514

ISBN 979-11-977085-0-3 03830

정가 15,500원